LE SCULPTEUR DE NUAGES

Né en 1915 près de Thiers, Jean Anglade a écrit plus d'une centaine de romans. Son père est mort un an après sa naissance lors de la bataille de la Somme. D'origine très modeste (son père était maçon et sa mère servante), il est devenu agrégé d'italien. Héritier spirituel d'Alexandre Vialatte, il est considéré comme le patriarche des lettres auvergnates.

JEAN ANGLADE

Le Sculpteur de nuages

ROMAN

CALMANN-LÉVY

Récit librement inspiré de la vie de Ralph Stackpole.

© Calmann-Lévy, 2013.
ISBN : 978-2-253-09984-0 – 1re publication LGF

À Ralph et à Ginette
Que mon amitié ressuscite
Avec l'aide de Dagda.

J. A.

Non ha l'ottimo artista alcun concetto
Ch'un marmo solo in sè non circonscriva
Col soverchio, e solo a quello arriva
La man, che ubbidisce all'intelletto.

L'excellent artiste n'éprouve aucune pensée
Qu'il ne puisse traduire dans le marbre
En enlevant le superflu, et à cela arrive seulement
La main qui obéit à l'esprit.

MICHEL-ANGE, Sonnets.

1

Bodega Bay

Ralph Stalkner était en train de cueillir des pissenlits pour son lapin Bunny, à trois cents pas de Bodega Bay. Un petit village de pêcheurs souvent perdu dans le brouillard. Quand le soleil l'a évaporé, on découvre un paysage de dunes dominant la mer. Si on la regarde, on s'aperçoit qu'elle est habitée de gros poissons, de phoques, et même, plus loin, de baleines. De l'autre côté, ce sont des montagnes véritables, toutes hérissées, la Sierra Nevada, ce qui veut dire en langue espagnole la « Chaîne neigeuse ». Presque toute la géographie californienne s'exprime en espagnol : Sacramento, Palo Alto, Piedras Blancas, Monterey, Los Alamos. Tous les saints du paradis y participent : San José, Santa Cruz, San Juan Bautista, San Francisco, San Luis Obispo, Santa Maria, Santa Barbara, San Miguel. C'est du moins ce que Ralph Stalkner avait appris à l'école élémentaire.

Il cueillait des pissenlits pour son lapin lorsqu'il vit venir à lui une fillette rousse, vêtue de vert, dont les pieds nus foulaient le sable. Elle leva un bras pour le saluer.

— Je m'appelle Bridgeen O'Bihan, lui révéla-t-elle. Je suis irlandaise.

— Je m'en doutais, répondit-il, tu es verte de la tête aux pieds. Moi, je suis Ralph Stalkner, écossais. Écossais sans kilt.

— Que fais-tu par ici, Ralph Stalkner ?

— Je cueille des pissenlits pour mon lapin Bunny.

— J'ai entendu dire que les Écossais élèvent des lapins pour les manger. Ce qui est une chose horrifique. Est-ce ton cas, Ralph Stalkner ?

— Pas du tout. Mon lapin fait partie de la famille. Il se promène dans la maison comme si elle lui appartenait. Et en vérité, elle lui appartient à lui aussi bien qu'au reste de la famille. Seul l'atelier de mon père lui est interdit.

— Pourquoi donc ?

— Parce que mon père, Jim Stalkner, est scieur de long. On lui apporte des troncs d'arbre, de pin, de sapin, de sycomore. Il les scie sur toute leur longueur. On en fait des planches. Si Bunny se promenait dans cet espace, il risquerait de se faire scier sur toute sa longueur.

— Si vous n'avez pas l'intention de le manger, pourquoi nourrissez-vous ce lapin ?

— Pour la compagnie. Pour l'amitié. Figure-toi, Bridgeen O'Bihan, que ce lapin couche avec moi, dans mon lit.

— Allons donc ! Tu veux me faire croire que les ânes volent !

— Je te dis la vérité sacrée. Quel âge as-tu, Bridgeen O'Bihan ?

— Dix ans depuis la Sainte-Brigitte.

— Moi, j'en ai onze. J'ai atteint l'âge de raison. Tu dois me croire.

— Chez nous, l'âge de raison est à quatorze ans.

— Si tu n'y arrives pas, dimanche prochain, je t'apporterai Bunny en personne.

Ralph retourna chez lui, loin des falaises et loin de la mer. Après un quart d'heure de marche, il atteignit Belmont, un hameau de trente ou quarante habitants, vivant dans des maisons de bois dont Jim Stalkner avait généralement fourni les planches. Sur les hauteurs, où bourg et forêt se confondent, où les rues sont de terre battue, où la nuit aucun lampadaire ne s'allume, les pêcheurs et les paysans parlaient espagnol avec l'accent yankee, ou bien yankee avec l'accent espagnol. Deux familles écossaises s'exprimaient avec l'accent celtique. Les parents et les grands-parents de Bridgeen O'Bihan étaient venus d'Irlande et ils pratiquaient deux religions : celle du pape, qui oblige à croire en Jésus-Christ et en son père, le Seigneur tout-puissant ; et celle de

Dagda, le maître de la vie et de la mort. La première se célébrait à Bodega Bay, dans une église toute en granit et en galets marins. La seconde n'avait point d'église, remplacée par un petit espace fleuri et voûté dans les jardins des pratiquants. Les Stalkner ne s'intéressaient point à cette divinité irlandaise. Ils se disaient presbytériens.

Chez eux auraient dû vivre cinq personnes, il n'en restait que quatre : Jim le père, Big Joe, l'ouvrier, Ralph le fils unique et Virginia Aglaé Heinhold. La mère de Ralph était décédée en lui donnant le jour. Le père avait pris à son service et à celui de Ralph bébé ladite Virginia, une ancienne esclave noire venue de Louisiane pour échapper aux sécessionnistes. Bien qu'elle fût dépourvue de lait elle-même, elle allaitait le bébé Stalkner avec celui de ses trente chèvres. Nourrice et chevrière s'occupant aussi bien de l'enfant que des biquettes. Elle aurait dû s'appeler Amalthée, comme celle qui autrefois nourrit Jupiter. Lorsque la bête mourut, le maître du monde exprima sa reconnaissance en la plaçant parmi les étoiles. Elle y réside encore. Si par une nuit claire on lève les yeux au-dessus de l'horizon, on la reconnaît sans peine. Ainsi une chèvre, mère par le lait sinon par le sang, mère par la douceur, la patience, la générosité, le désintéressement, mère par l'amour, a connu son Assomption. Exemple qui ne fut point perdu.

Outre leur lait, les chèvres des Stalkner produisaient des crottes. Denrée non négligeable qui, dans la chèvrerie, formait le plus riche, le plus précieux des engrais. On l'enlevait deux fois par an, quand il avait atteint une épaisseur gênante. Au jardin, il faisait prospérer les choux, les oignons, les pommes de terre. Pour s'alimenter, les biquettes se passaient d'herbe et de foin. Plus que les prairies grasses et humides qu'aiment les bovidés, elles préfèrent les landes des sommets, le genêt, la saxifrage, le bouleau noir, la gentiane et toutes les plantes amères. Le long des chemins, elles broutaient les feuilles de ronces, les pousses vertes des buissons. On prétendait qu'elles acceptaient les marrons d'Inde, les vieux chapeaux ; que les Espagnols les nourrissaient aussi de leurs espadrilles percées.

Virginia, l'ancienne esclave, se montrait aussi presbytérienne que Jim. Pour ne pas dire aussi puritaine. Elle ne savait ni lire ni écrire, mais elle connaissait les nombres depuis 0 jusqu'à 100 000. Elle les avait fourrés dans la tête de Ralph, son nourrisson, et les lui faisait répéter souvent, corrigeant ses erreurs :

— Combien de gouttes de sang Notre Sauveur a-t-il versées dans le jardin des Oliviers ?

— 60 000.

— Exactement 62 400. Combien de coups de fouet a-t-il reçus sur son sacré corps ?

— 1 864.

— C'est exact. Combien de gifles a-t-il reçues sur son sacré visage ?

— 150.

— Non, 140 : 70 sur chaque joue. Combien de coups de poing a-t-il reçus sur la poitrine ?

— 380.

— C'est exact. Combien de crachats a-t-on jetés sur sa précieuse figure ?

— 120.

— Non. Tu confonds avec les poils de sa barbe qu'on lui a arrachés : 190 crachats. Combien de trous a creusés dans sa tête la couronne d'épines ?

— 308.

— Exactement 328…

Ainsi, grâce à Virginia, l'arithmétique confortait la théologie dans la cervelle de Ralph. Son père Jim l'employait aussi chaque jour dans ses besognes. Il mesurait les troncs et les planches selon des unités venues d'Angleterre : la perche qui valait cinq yards et demi ; le yard qui valait trois pieds ; le pied qui valait douze pouces ; le pouce qui valait douze lignes. Sans parler du mile qui valait sept quarts de yard. Tout cela était d'une complication extrême. En fait, dans ses mesures ligneuses, Jim se servait de son avant-bras, de son médius, de l'ongle terminal. Ses clients le payaient en dollars qu'ils appelaient des *bucks*, en souvenir des trappeurs de jadis lorsqu'ils échangeaient leurs peaux de daims, dites *bucks*, contre des pièces métalliques ou des billets verts. Chacun de ces billets montrait le visage d'un président des États-Unis, Washington, Lincoln ou autre. Pour leur assurer une longue vie, les imprimeurs les composaient non point en papier, mais en coton, en lin et en fibre de soie. Ils résistaient aux déchirures.

L'outillage de Jim Stalkner comprenait un plateau long de dix yards, large de quatre, sur lequel glissaient les fûts tronçonnés, poussés par Big Joe jusqu'à la scie circulaire. Celle-ci, d'un diamètre d'un yard et demi, possédait des milliers de dents acérées qui s'enfonçaient dans le bois comme dans du beurre. Animée par un courant électrique, elle émettait un rugissement dont la sonorité variait suivant la nature du bois, grave dans le pin, aigu dans le sycomore. La rotation la rendait transparente, on pouvait voir au travers de ses quatre rayons d'acier. La sciure volait partout, Jim et Big Joe portaient un masque sur la figure pour pouvoir respirer. Les troncs se réduisaient en planches, en poutres, en lambourdes, en marches d'escalier, en linteaux, en potelets, en sabliers, en poteaux de refend. Toutes ces pièces formaient la charpente des maisons, de même que les os sont la charpente du corps humain. La sciure étendait un tapis sur le sol, ramassé par un aspirateur à manivelle, expédié chaque semaine à des entreprises qui en fabriquaient des briquettes de chauffage. Ralph était admis dans l'atelier paternel lorsque la scie ne tournait point. Il se délectait de l'odeur des bois, le sycomore sentait le poivre, le cèdre sentait l'encens. Il préférait l'odeur du pin, parfumé de sa résine.

Le dimanche, tout le monde marchait jusqu'à Bodega Bay afin de participer au culte sous l'autorité du pasteur Mac Levin. La même église recevait les papistes, peu nombreux, tous espagnols ou irlandais, de huit heures à dix heures. Les presbytériens de dix heures à midi. Les papistes laissaient derrière eux la puanteur de leurs encensoirs, Ralph se bouchait le nez. Pas d'agenouillements, pas de signes de croix. Les femmes presbytériennes venaient la tête enfoncée dans un chapeau ou couverte d'un voile noir. Mac Levin commençait son prêche :

— Chers frères, chères sœurs en Jésus-Christ…

Son discours durait en moyenne trois quarts d'heure. Il racontait l'Évangile, et spécialement les paraboles de Jésus, qui étaient souvent épouvantables, et dont Ralph comprenait rarement la signification. Ainsi celle des vignerons homicides qui frappaient et lapidaient les serviteurs envoyés par leur maître. Ou celle du festin nuptial qui refusait l'entrée d'un homme non vêtu d'une robe appropriée. « Liez-lui les mains et les pieds et jetez-le dehors dans les ténèbres. Là seront les pleurs et les grincements de dents. Car beaucoup sont appelés, mais peu sont élus. » Ralph

18

comprenait seulement que peut-être il ne serait pas élu pour participer au festin éternel.

Venait ensuite la communion, qui était un repas liquide et solide. Mac Levin présentait une boule de pain sans levain et sans sel préparé par Mrs Levin. Il le brisait, l'émiettait dans une corbeille d'osier. Les communiants, disposés en une longue file, se présentaient devant le pasteur, chacun prenait dans la corbeille un quignonnet de pain, le mettait dans sa bouche, tandis que l'offrant répétait tout le long de la cérémonie :

— Ceci est mon corps… Ceci est mon corps… Ceci est mon corps…

Le pain azyme collait aux dents et au palais. Venait alors la communion liquide. La même file se reformait, recevait le calice, buvait une gorgée de vin rouge. Le pasteur essuyait d'une serviette blanche la trace qu'avait pu laisser sur le calice chaque buveur, en prononçant la fin de l'invocation :

— Et ceci est mon sang, le sang de la nouvelle alliance… Et ceci est mon sang, le sang de la nouvelle alliance… Et ceci est mon sang, le sang de la nouvelle alliance…

L'église de Bodega Bay ne contenait point de confessionnal, les papistes qui l'utilisaient se confessaient sur deux chaises. Les calvinistes se confessaient directement à Dieu, sans intermédiaire. « Pèche fortement, se conseillaient-ils, mais nourris une foi plus profonde encore. »

Quand le culte était terminé, toute l'assemblée entonnait un hymne religieux. Par exemple :

Nearer, my God, to Thee, nearer to Thee !
E'en though it be a cross that raiseth me ;
Still all my song shall be nearer, my God, to Thee.
Nearer, my God, to Thee, nearer to Thee !

« Plus près de Toi, mon Dieu, plus près de Toi ! Même si c'est une croix qui m'a soutenu ; Cependant tout mon chant sera plus près de Toi, mon Dieu. Plus près, mon Dieu, de Toi, plus près de Toi ! »

Après ce chœur, le docteur Mac Levin descendait de son estrade et se plaçait à la sortie pour saluer chacun de ses coreligionnaires. Il serrait la main des hommes ; son épouse embrassait les dames. Ralph et son père allaient au cimetière rendre visite aux défunts, notamment à Mary Stalkner, épouse et mère bien-aimée. Ils y rencontraient aussi Ferman Stalkner, frère aîné de Jim, qui avait la responsabilité du champ sacré. Le scieur de long engageait la conversation avec lui. Par exemple :

— Comment vas-tu, Ferman ?

— Un peu fatigué. Je viens de creuser une tombe pour quelqu'un de Belmont, de ton village. Une certaine Cathy Meldon.

— Je connais. Elle est morte d'emphysème caverneux. Âgée de quatre-vingt-neuf ans, elle n'aura pas à se plaindre au Seigneur tout-puissant. À Belmont, on devient vieux, sauf accident.

— Qui sait qui de nous deux partira le premier, mon cher frangin ?

— J'aimerais être le premier, sachant que tu me creuserais un trou irréprochable.

— Belmont ne me fournira pas beaucoup de besogne, me semble-t-il. Il ne vous reste plus que trois ou quatre possibles : Fergy Mac Coo, sa femme Sidonie, sa sœur Marylin, Mauritz Uabas, tous quasi centenaires.

— Et moi-même.

— Non, tu n'as pas l'âge. Ton temps n'est point venu. J'ai huit ans de plus que toi. Je vais commencer à creuser notre tombe.

— Pourquoi dis-tu « notre tombe » ?

— Je la ferai assez large pour deux places.

Leur entretien durait un temps indéfini. Car ils savaient que lorsque Dieu créa le temps, il en fit une grande quantité. Tout à coup, Ferman s'interrompait. Il portait la main à sa poche arrière, en tirait une flasque d'aluminium ; dévissait le bouchon. Une suave odeur de whisky se répandait. Il passait la flasque à son frère, puis à son neveu. La liqueur était un peu tiède, échauffée par les mouvements de la fesse droite de l'oncle fossoyeur. Elle rafraîchissait quand même et effaçait la fatigue. Le scieur de long n'empêchait point son garçon d'en prendre une gorgée, sachant qu'on n'apprécie le whisky qu'après un long entraînement.

Ils allaient enfin se recueillir sur la tombe de Mary, leur épouse et leur mère. Ils arrachaient les herbes folles qui la profanaient, chélidoine, pensée sauvage, ortie, ronce, tamier ou herbe aux femmes battues. Ralph gardait les pissenlits pour son lapin Bunny. La sépulture ainsi nettoyée semblait toute fraîche. Ralph ne pleurait point, il n'avait pas connu sa mère, il n'en imaginait pas même les traits car, en ces années lointaines, les pauvres gens ne pratiquaient point la photographie. Jim ne pleurait pas non plus, son cœur était trop échauffé par le whisky.

Le dimanche de sa promesse à Bridgeen, Ralph se rendit au culte en emportant son lapin Bunny. Celui-ci, pas plus gros que deux pommes, tenait facilement dans la poche de sa veste, y compris ses oreilles de l'espèce tombante. Bunny assista pieusement à la cérémonie, personne ne remarqua le petit bedon de la poche. Pendant la communion, Ralph lui glissa, pour le faire patienter, une bouchée de la première espèce. Il consomma le pain non salé avec gourmandise, sans en perdre une miette. Le culte terminé, la visite au cimetière accomplie, Ralph dit à son père :

— J'attache une cordelette au cou de Bunny et je vais le promener au bord de la mer. Nous reviendrons dans un moment tous deux.

Ainsi fit-il, Bunny sortit de la poche et fut encordé, il n'était pas, d'ailleurs, sujet aux escapades. Ils se dirigèrent vers les falaises d'où l'on voit l'océan Pacifique, qu'habitent des phoques, des requins et des baleines. Ce dernier animal est très utile aux hommes et aux femmes, car ses fanons, qui sont des sortes de longues dents, servent à fabriquer des parapluies et des corsets. De cette hauteur, Ralph distingua sur la plage une demoiselle aux cheveux roux qui ramassait des coquillages. Il la reconnut pour être l'Irlandaise Bridgeen O'Bihan, qui ne croyait pas à l'existence d'un lapin élevé et nourri en pure amitié. Par une descente escarpée, il la rejoignit, tirant derrière lui Bunny au bout de sa ficelle. Il la salua :

— Compliments, Bridgeen O'Bihan.

— Compliments, Ralph Stalknight.

— Je m'appelle Stalkner.

— Compliments, Ralph Stalkner.

— Et voici mon lapin Bunny, au bout de cette cordelette. Auquel tu ne voulais pas croire.

— Quel âge a-t-il ?

— Deux ans, trois mois et dix-huit jours. Ce qui, pour une grande personne, m'a dit Virginia, correspond presque à quarante-cinq ans.

— Qui est Virginia ?

— Ma nourrice noire. Elle connaît parfaitement les nombres. Nous revenons du culte.

— Tu as conduit Bunny au culte ?

— Oui, dans ma poche. Je te l'ai dit : il appartient à la famille. Ensuite, nous sommes entrés au cimetière, pour nous recueillir sur la tombe de ma mère Mary.

— Ta mère est donc morte, Ralph Stalkner ?

— Elle est morte en me donnant le jour.

— C'est une très grande action. Dagda la fera revenir. Seuls ceux qui ont vécu pauvrement ne reviennent jamais. Moi-même, je suis morte autrefois. Ayant fait précédemment de grandes choses, Dagda m'a ressuscitée.

— Qu'as-tu donc fait précédemment, Bridgeen O'Bihan, d'extraordinaire ?

— J'ai fait des rêves. Je volais dans les cieux comme une buse. Je nageais dans la mer comme une phoquesse. Je grimpais aux arbres comme un écureuil.

— Qu'est-ce donc qu'une phoquesse ?

— C'est l'épouse d'un phoque. Dagda était informé de ces grandes choses. As-tu fait, Ralph Stalkner, des rêves comparables ?

— Je ne crois pas.

— Si tu vis pauvrement, tu mourras pour de bon. Pour l'éternité.

Ils restèrent un moment silencieux, ne sachant plus quelle conversation tenir. Bridgeen garda longtemps les yeux clos, les bras écartés, les mains palpitantes, comme si elle allait s'envoler. Elle finit par les rouvrir.

— Entends-tu, Ralph Stalkner ?

— Quoi donc ? Est-ce la voix de la mer ?

— C'est la voix de Dagda. Elle me chuchote : « Recommande-lui de faire de grandes choses. » Alors, je te le recommande.

— J'essaierai.

Ralph remit Bunny dans sa poche et tous deux enfilèrent le chemin de Belmont. De grands oiseaux blancs venus de l'océan, des albatros, les accompagnaient en glapissant. À l'horizon occidental, le soleil était vêtu d'or et de pourpre. Bientôt il allait se noyer. Mais le lendemain il reparaîtrait derrière les montagnes de la Sierra Nevada. Ce qui était une très grande chose qui l'empêchait de mourir. Dagda avait fait un soleil immortel.

Il songea à sa mère Mary qu'il n'avait pas connue. Elle était morte en lui donnant le jour, ce qui était aussi, au dire de Bridgeen O'Bihan, une très grande chose. En conséquence, elle reviendrait un jour.

Il s'essuya les yeux, car il était sur le point de pleurer, et se prit à courir en direction de son village, bien décidé à accomplir de grandes choses.

2

Rivalités

Ralph dormait au premier étage, au-dessus de la chèvrerie. Il en montait une senteur puissante, non pas celle des biquettes, les chèvres n'ont point d'odeur, mais celle de Power, le bouc. Il était indispensable, car sans bouc, les chèvres ne produisent ni chevreaux, ni lait. Des villages avoisinants, on lui amenait même de la clientèle. Chacune de ses interventions rapportait 2 dollars à Jim Stalkner. Elles se produisaient dans la chèvrerie, à l'abri des regards de Ralph. Mais il avait enlevé un nœud à la muraille de bois et s'était renseigné. Sa chambre sentait donc furieusement le bouc. Son lit était composé d'un matelas et d'un oreiller remplis de paille et de fougère sèche. Ralph ne dormait pas seul, il avait à ses côtés le lapin Bunny dont la présence éloignait la puanteur du bouc. Le matin, sur le revers de son drap de chanvre, il devait souvent ramasser les crottes nocturnes de Bunny, pareilles à des dragées noires ; elles avaient aussi un pouvoir désodorisant.

Aucun ornement ne parait les murs. Un placard contenait ses habits du dimanche. Pour sa toilette, il disposait d'une cuvette et d'un broc d'eau de puits. L'été, il allait à Bodega Bay, l'océan était sa salle de bains. Les rencontres qu'il y faisait avec Bridgeen O'Bihan le tourmentaient. L'Irlandaise l'avait persuadé d'accomplir de grandes choses. Il ne savait pas encore lesquelles. Il la revit en rêve. Elle lui conseilla de se regarder dans un miroir. Il n'en existait qu'un seul dans la maison, dans la chambre de Jim Stalkner, il s'en servait pour se raser la figure une fois par mois. Ralph s'examina dans une flaque d'eau, il y vit seulement des grenouilles et des salamandres.

Le soir, de temps en temps, après une longue journée de fatigue et de sciure, Jim Stalkner et Big Joe se permettaient une partie de poker. Ils se servaient d'un très vieux jeu de cartes républicain. Cela signifie que les rois et les reines avaient été remplacés par des présidents élus et des épouses de pionniers coiffées d'énormes chapeaux. Tandis que les valets étaient devenus tout simplement des Peaux-Rouges, puisque le Dieu tout-puissant a créé les esclaves pour qu'ils servent les Visages pâles. L'as unique était une bible découpée en forme de cœur. Jim s'arrangeait pour que Big Joe gagnât toutes les parties, en disant :

— Tu es un chanceux sempiternel.

Ce n'étaient pas de grandes choses.

La grande vint d'elle-même, le 15 mai 1896. Son père et Big Joe étaient en train de scier en longueur le tronc d'un érable blanc. Du jardin où il binait des lignes de carottes, Ralph entendait le ronflement de la scie à cinq diamètres qui en tournant devenait transparente. Le travail durait depuis deux heures, interrompu de temps en temps pour changer la disposition de l'érable. Tout à coup, il y eut un cri, un hurlement d'horreur, le ronflement de la scie s'arrêta. Ralph courut à l'atelier. Ce qu'il vit était indescriptible : son père tombé de face sur la scie. Elle lui avait ouvert la poitrine quasi de part en part. Big Joe l'avait arraché à la lame, avait couché Jim sur le tapis de sciure, immédiatement imbibé d'une mare de sang. Il avait enlevé le masque, la figure de Jim était apparue, les yeux ouverts, la bouche béante, comme pour un appel silencieux. Les mains et les bras de Big Joe étaient ensanglantés jusqu'aux coudes, comme ceux d'un boucher. Virginia vint à son tour. Ralph demeurait pétrifié d'épouvante. L'ouvrier et la nourrice transportèrent Jim dans sa chambre, laissant couler derrière eux un ruisseau de sang pourpre. Ils le déposèrent sur le lit.

— Faut appeler un médecin, dit la négresse.

— Pas la peine, dit Big Joe. Il est aussi mort qu'un jambon.

Ils firent la lessive de toute cette dégoulinade, déshabillèrent le corps partagé, couvrirent la plaie béante d'un pansement qui aussitôt s'imbiba de la même liqueur. Big Joe courut cependant à Bodega et ramena un médecin, le docteur Bloomberg, qui était à la fois boiteux, juif, russe, et roulait les *r* terriblement. Il arriva en boitant, étayé par sa canne. Il examina d'abord le pauvre Jim, mit un doigt dans sa plaie, puis sur la scie toute maculée et rédigea une autorisation d'inhumer attestant que le défunt était décédé *d'une mort accidentelle et inopinée, ce 15 mai 1896*. Puis il regagna son tilbury sans se faire payer, coiffé de son chapeau gibus.

Ralph était si fort terrorisé par cette fin imprévue de son paternel qu'il en oubliait de pleurer. Virginia, au contraire, cessa de fumer sa pipe, versa toutes les larmes de son corps et l'on pouvait remarquer qu'elles étaient aussi transparentes que celles des Blancs. De plus, la négresse gémissait, s'arrachait les cheveux à poignées, se cognait la tête contre les murs. Honteux de sa propre sécheresse, Ralph fit un effort pour pleurer à son tour, avec force grimaces. Il ne savait pas qu'il existe des chagrins sans larmes, de même qu'il existe des orages sans averses. Il fallut avertir les habitants des alentours. Les oncles, les tantes, les cousins et cousines, les voisins et voisines. Gertrude Hay, l'épouse de Big Joe, en eut la charge. Elle s'habilla de noir et, secouant une clochette, alla de porte en porte dans tout Belmont, récitant chaque fois :

— Jim Stalkner est décédé par accident. Il sera enseveli samedi prochain au cimetière de Bodega Bay, à douze heures, après l'office des funérailles.

Ferman Stalkner, le fossoyeur, arriva tout bouleversé.

— J'avais tout prévu sauf ce qui arrive, dit-il. J'ai creusé une fosse pour deux. Mais Dieu n'est pas juste. J'avais huit ans de plus que Jim, j'aurais dû partir avant lui.

C'est Big Joe qui construisit le cercueil, en bois de sycomore, celui qui résiste le mieux à la terre, à la pourriture, aux vers maudits. Le samedi suivant, tout Belmont se trouva dans l'église pour assister au culte mortuaire. Dans son prêche, le pasteur Mac Levin dit tout le bien qu'il pensait de Jim Stalkner :

— Il travaillait chaque jour de l'aube au crépuscule. Il faisait payer sa besogne honnêtement. Jamais personne n'a eu à se plaindre. Chaque dimanche, il assistait au culte dans notre église et communiait par le pain et par le vin. Au physique, c'était un homme maigre. Il n'était pas de ces individus qui se bourrent de victuailles jusqu'à ressembler à des cochons. Il appliquait exactement les paroles du psaume XXIII : « L'Éternel est mon berger. Je ne manquerai de rien. Il me fait reposer dans de verts pâturages. Il me dirige près des eaux paisibles. Il restaure mon âme. Il me conduit dans les sentiers de la justice à cause de son nom… »

Après l'eucharistie, toutes les personnes présentes, en bon ordre, firent le tour du cercueil de sycomore et posèrent leur main sur le bois, à l'emplacement de la tête de Jim que la scie avait épargnée. Ralph baisa le même site et prononça ces mots que personne n'entendit, excepté le père lui-même : « Je te promets de faire de grandes choses pour que tu reviennes un jour. »

À un demi-mile de Belmont, en direction de la Sierra, existait une argilière. Une mine d'argile où des tuiliers et des potiers allaient puiser leur matière première. Le maître d'école l'avait présentée à ses élèves, expliquant sa couleur rouge par la décomposition de roches anciennes, démontrant sa malléabilité exploitée par les sculpteurs, son durcissement au feu. Ralph prit une brouette et s'en alla la charger d'argile rouge.

— Que veux-tu en faire ? demandèrent les argiliers.

— Une grande chose.

— Quelle grande chose ?

— Je ne peux le dire, n'étant pas sûr de la réussite.

En conséquence, ils ne prirent pas un penny pour se payer et il revint, poussant sa brouettée d'argile. Virginia posa la même question. Il fournit la même réponse. Il disposa la substance sur un haut tabouret et commença de la modeler après s'être mouillé les mains. Il en forma d'abord un cylindre pareil aux tambourins dont se servaient jadis les Indiens Delawares, ces fils stoïques de la forêt qui, les premiers, avaient combattu les Visages pâles, les envahisseurs. Avec stupeur, la nourrice noire considérait cet ouvrage. Souvent, Ralph retrempait ses mains dans l'eau qui, à son tour, devenait pareille au vin rosé. Il enfonçait ses doigts dans la glaise, en arrachait des morceaux qu'il mettait soigneusement de côté, sans rien jeter. Il les reprenait, les renfonçait dans leur première place, en enlevait d'autres.

Après des heures de cette trituration, l'argile avait changé de forme, mais on ne distinguait pas encore ce qu'elle voulait représenter. Visiblement, Ralph avait entrepris un ouvrage de sculpture. Ou plus humblement, de modelage. Sans avoir étudié les grands maîtres, reçu les conseils de Michel-Ange, il devinait que dans n'importe quelle masse de marbre, ou d'argile, ou de bois réside une nymphe ou un apollon ; il suffit pour les voir d'enlever ce qu'il y a de trop.

— Tu construis un visage ? dit la négresse.

— En effet.

— Le visage de qui ?

— J'espère que bientôt tu le reconnaîtras.

Il y besogna toute la journée. Et encore le lendemain. Et le jour suivant. Prenant à peine le temps de se laver les mains pour manger ce que la nourrice lui préparait, avec l'aide des chèvres et du jardin. Il semblait avoir oublié le lapin Bunny qui, pour dormir, s'introduisait dans une de ses pantoufles. Le quatrième jour, Virginia poussa un cri d'admiration et de bonheur :

— Oh ! Je le reconnais ! C'est M. Jim Stalkner, votre pauvre père !

Ralph l'embrassa pour la remercier. Jim n'avait que la tête et les épaules. Les bras, la poitrine, les jambes, les pieds lui manquaient. Il était quand même parfaitement identifiable, avec ses longues moustaches, sa barbiche, son crâne chauve.

— Ses joues étaient plus creuses, dit-elle.

— Je les creuserai.

— Il lui manque sa décoration, il a combattu les esclavagistes.

— Je l'ajouterai.

Il passa une semaine encore à perfectionner le buste. Celui-ci devint si parfait qu'il ne lui manquait plus que la parole. Il fut installé sous l'horloge à pendule, de sorte que lorsqu'on voulait connaître l'heure, on était obligé de le regarder. Ses yeux étaient creusés de prunelles, comme les visages antiques. Il surveillait tout le monde.

Une fois encore, Ralph rencontra Bridgeen O'Bihan, sachant qu'il allait prochainement quitter Belmont.

— Mon père Jim Stalkner est décédé, lui révéla-t-il.

— Quand donc ?

— Il y a dix jours. De façon accidentelle, en tombant sur la scie électrique qui l'a presque partagé en deux moitiés, comme un sandwich.

— Pauvre façon de mourir.

— Je suppose, Bridgeen O'Bihan, qu'il ne l'a pas choisie.

— Avant de mourir, avait-il fait quelque chose d'important ?

— Il m'avait donné la vie.

— Que penses-tu, Ralph Stalkner, faire de cette vie ?

— Si j'arrive moi-même à faire des choses importantes, lui et moi aurons la faveur de Dagda qui règle les mouvements du monde, m'as-tu dit, et nous jouirons d'une seconde vie.

— Je te le souhaite, Ralph Stalkner. Ne cueilles-tu point aujourd'hui des pissenlits pour ton lapin ?

— Il est capable de se nourrir d'autre chose. Virginia lui donne des carottes et des navets noirs.

— Salue-le pour moi. Je dois m'en aller. J'attends un bateau qui vient me prendre et m'emporter jusqu'à Corrig Island, une île que Dagda a construite. Je lui parlerai de toi et de ton père partagé comme un sandwich.

Son père et sa mère n'étant plus de ce monde, Ralph devenait l'héritier naturel de leur bien qui comprenait l'atelier de menuiserie, la maison tout en planches, la chèvrerie et son pré, le jardin, une écurie où ne gîtait ni cheval ni voiture, le mobilier intérieur, la cheminée et sa girouette. Sur le buffet, un pot à eau d'argile cuite avec cette inscription gravée IF GOD BE FOR US HO [WHO] CAN BE AGAINC [AGAINST] US ? (« Si Dieu est avec nous, qui peut être contre nous ? »). Accroché à un mur, un rifle, un fusil de chasse pourvu d'un canon unique long de deux mètres que les armuriers définissaient comme *The most fatal widows and orphans maker in the world* (« Le plus inexorable fabricant de veuves et d'orphelins dans le monde »). Un de ces fusils avait tué le général anglais Simon Fraser à la bataille de Saratoga.

Ralph, encore âgé de douze ans et demi, se demanda ce qu'il pouvait bien faire de ce matériel. Il se fournit une réponse : faire cadeau de la maison et de son contenu à l'oncle Ferman, à condition qu'il vînt s'y établir en abandonnant son métier de fossoyeur. Qu'il conservât aussi l'ouvrier Big Joe et la nourrice Virginia. Tout fut accepté, couché noir sur blanc et signé chez Jan Leduc, qui était notaire, papiste et canadien, établi à Bodega Bay. Ferman, qui ne savait pas écrire, signa d'une croix. Il prit la place de Jim, apprit à scier en long et en travers, enseigné par Big Joe. Les services des chèvres, du lapin et du jardin furent également conservés puisqu'ils ne coûtaient rien. Quant à Ralph, qui selon Bridgeen O'Bihan n'avait pas encore atteint sa majorité, il continua jusqu'à l'âge de treize ans de suivre les cours de l'école élémentaire de Bodega, où il se rendait à bicyclette. Ce qui le conduisit à l'an 1897 puisqu'il était né en 1884.

Lorsque, chaque soir, il entendait la scie ronfler, il se disait avec un mouvement de joie de son cœur : « Mon père Jim Stalkner est revenu ! » Mais très vite il se détrompait. L'oncle Ferman ne prenait pas le soin de s'interrompre et de paraître pour venir le saluer. Virginia la négresse s'occupait de ses chèvres. Bunny dormait dans une pantoufle gauche, sa préférée. Ralph devait bien se rendre compte que personne ne l'attendait vraiment. Il entrait dans la salle à tout faire, à manger, à cuisiner, à repasser, à lessiver. Il allait vers la chaise favorite de son père, munie d'accoudoirs, presque un fauteuil. Il prenait place sur le siège. Elle avait conservé une senteur de menuiserie. Il fermait les yeux. Il devenait Jim Stalkner, un Écossais sans kilt. Il lui arrivait de pleurer, bien qu'il fût entré dans l'âge de raison. Il aurait voulu échapper à cette maison à présent dépourvue d'âme.

C'est alors qu'il entendit parler du Klondike.

3

Ruée

Le 10 juillet de l'année 1897, à huit heures du soir, tandis que la négresse Virginia achevait de laver la vaisselle en fumant sa pipe, ils entendirent un étrange cri, long, aigu, sirupeux, tout pareil à un hennissement. Ralph courut à la porte, l'ouvrit béante, vit en effet un cheval ténébreux qui s'arrêtait devant leur ranch. En descendit un gaillard haut de six pieds, qui attacha la bête à un piquet et vint à la maison des Stalkner en touchant de deux doigts le bord de son chapeau.

— Excusez, dit-il. Je m'appelle John Chaney. Je vois que vous disposez d'une prairie bien herbeuse. M'autoriseriez-vous à laisser Faucon-Noir y entrer pour la brouter ?

— Qui est Faucon-Noir ? s'enquit Ralph, comme si la chose n'était pas évidente.

— Mon cheval.

— Il faut que je demande. Je n'ai que treize ans. Je vais consulter.

Ralph referma la porte au nez du voyageur, raconta sa demande à Virginia qui disposait de l'herbe pour les chèvres. Elle exigea 3 dollars.

— Je vous les donnerai, dit Chaney.

Il conduisit le cheval dans la prairie aux chèvres et revint.

— J'ai mangé, j'ai bu. Pourriez-vous me coucher ? Sinon, j'irai entre les pattes de mon cheval.

— Dans ma chambre, dit Big Joe, y a un rocking-chair. Vous pourrez vous balancer. Rien de tel pour bien dormir.

— Expliquez-nous du moins qui vous êtes, d'où vous venez, où vous allez, dit l'oncle Ferman. Un peu de whisky ?

— Pourquoi pas ?

Ferman lui versa un demi-verre de cette liqueur topaze, venue directement de la verte Écosse. Chaney commença de se raconter.

— Je suis né le 12 janvier 1876 à San Francisco, au numéro 615 de la Troisième Rue. Ma mère était Flora Wellman, mon père William Chaney. William chassa Flora de leur domicile, parce qu'il voulait la faire avorter de sa grossesse et qu'elle s'y refusait. Elle tenta deux fois de se suicider, sans y parvenir. Je suis né en janvier, comme je viens de dire, et en septembre Flora s'est remariée à un agriculteur, John London, propriétaire d'une ferme, dans la vallée du

Livermore. Mon faux père me traitait durement. Il élevait des chevaux et m'obligeait à les peigner, à les brosser, à ramasser leurs crottes chaque jour, à les promener lorsqu'ils avaient mal au ventre. Mais en même temps, je me prenais d'amour pour ces bêtes innocentes. Je leur parlais, elles me comprenaient parfaitement, je leur racontais mes misères. Bientôt, je sus les monter. Je courais ventre à terre le long du Livermore, je jetais mon chapeau en l'air, je le rattrapais au sol sans descendre de selle. J'aurais pu participer à des rodéos, mais je n'avais pas l'âge, et mes chevaux n'étaient pas des mustangs, des montures sauvages. En 1890, mon faux père, John London, fut blessé alors qu'il travaillait sur la voie de chemin de fer. Je pris ma liberté – que personne ne m'offrait – et je me fis engager à la conserverie de saumon Hickmott. Amère liberté, puisque je m'y épuisais entre douze et dix-huit heures par jour, payées 10 *cents* chacune.

John Chaney s'arrêta de parler, comme s'il n'avait plus rien à dire. L'oncle Ferman dut l'encourager :

— Avez-vous choisi un autre genre de liberté ?

— J'ai été balayeur de jardins publics, menuisier, agriculteur, éleveur de poulets, chasseur de phoques jusqu'au Japon, blanchisseur, pilleur d'huîtres.

— Quel est ce genre de métier ?

— Il consiste à dérober les huîtres que les ostréiculteurs élèvent au bord de l'océan, dans leurs fascines. On peut s'en nourrir. Ou bien les vendre aux marins.

— Tout ça vous a fait beaucoup voyager, non ?

— Beaucoup. Il y a trois ans – en 1894 – je me trouvais à Pullman City, un peu au sud de Chicago. Ouvrier des wagons de M. Pullman. Ce gros lard de George Pullman avait fait construire une ville à qui il avait donné son nom, destinée à loger et à former son personnel afin de l'avoir entièrement à sa disposition. Au mois de mai, prétendant que la demande en wagons se faisait moins importante et que les revenus de sa compagnie dégringolaient, le gros George baissa les salaires sans réduire les loyers des maisons. L'ARU (American Railway Union), le premier syndicat du secteur, déclencha une grève qui arrêta complètement la production et le fonctionnement des trains. Pour la briser, Pullman engagea des Noirs mal remis de leur récent esclavage. Les grévistes ont brûlé des maisons, des ateliers, du matériel. Le président des États-Unis Grover Cleveland a envoyé des troupes et des policiers qui ont tiré sur les grévistes, en ont tué une douzaine et arrêté une centaine. J'étais de ces derniers. On m'a retenu enfermé tout un mois. Maltraité, battu, à peine nourri. Je raconterai cela quand je pourrai le faire. Je me suis converti.

— Converti à quoi ? Vous avez changé de religion ?

— J'étais en compagnie d'un autre prisonnier. Socialiste. Il m'a converti au socialisme, m'a fait connaître Karl Marx, Herbert Spencer, Proudhon. La propriété, c'est le vol. Prolétaires de tous les pays, unissez-vous. La religion est l'opium du peuple. Le capital est semblable au vampire, il ne s'anime qu'en suçant le travail vivant.

— Et la grève ?

— Elle s'est arrêtée. Les travailleurs sont retournés à leur servitude. Pullman City est devenue un simple quartier de Chicago. Chicago est aussi en train de changer de nom. On va l'appeler Porcopolis. Ce qui veut dire la « Ville aux cochons ».

Ralph, l'oncle Ferman, Big Joe eurent de la peine à comprendre ces événements, mais tous les habitants du ranch montèrent se coucher. Le lendemain matin, ils se trouvèrent réunis autour de la table à manger. Ils déjeunèrent de café noir, de pain, de fromage de chèvre, suivis d'une lampée de liqueur topaze.

— Je vous remercie de votre accueil, dit John Chaney. À présent, je vais vous quitter.

— Pour aller loin ?

— Très loin. Jusqu'à la Colombie-Britannique que traverse le fleuve Yukon. On vient d'y découvrir de l'or, en énormes quantités. De partout, il y va du monde, sans parler des Tagish, des Indiens qui sont chez eux. Je compte y être dans trois ou quatre semaines.

— Sur votre Faucon-Noir ?

— Sur ce cheval et sur d'autres.

— Je pensais, dit oncle Ferman, que vous détestiez la richesse, que la propriété c'est la même chose que le vol ?

— Non point la propriété acquise à force de labeur. La région se nomme Klondike, ce qui veut dire « Riche en poisson », dans le langage indien. Le pays est étrange. Il paraît qu'en hiver – ce qui correspond à notre hiver – le soleil ne se lève pas, que la nuit dure six mois. En été, le soleil ne se couche pas. C'est ce soleil inextinguible qui engendre la sécrétion de l'or dans la terre et dans les rivières.

— Bordel ! s'exclama l'oncle Ferman en langue écossaise.

C'est alors que le jeune Ralph, qui jusque-là n'avait soufflé mot, se leva de table et s'écria :

— Je veux y aller aussi pour revenir tout doré, si John Chaney accepte de me prendre avec lui ! Je veux faire une grande chose !

Silence général, sauf que Big Joe s'écria comme une corneille, *croa ! croa ! croa !* Tous les yeux se portèrent sur Ralph qui opinait fermement de la tête, puis sur John Chaney qui prononça : « La fortune sourit aux audacieux. »

— À treize ans tu veux te faire chercheur

d'or ? Tu ne sais pas même monter à cheval ! dit Virginia.

— Je l'emmènerai en croupe. Je lui apprendrai. Vous dites treize ans ? Il en paraît dix-huit ! La force est une chose, la volonté en est une autre.

— Et la nourriture ?

— Nous en trouverons.

— Est-ce que tu emportes Bunny, ton lapin de poche ? demanda Big Joe.

— Je vous le confie. Nourrissez-le de carottes crues et de patates cuites. Je ne pars point pour l'éternité. Mais je veux revenir millionnaire. Et je vous distribuerai mes millions de dollars.

— Et si les Indiens vous attaquent ? s'inquiéta Virginia. Les Peaux-Rouges me font peur, à moi qui ai la peau noire.

— Je te propose mon rifle de chasse, dit Ferman, pareil à celui qui a tué le général anglais Fraser à la bataille de Saratoga.

— J'ai une carabine Winchester, avec quatorze cartouches. Et un lasso, répondit Chaney. Soyez tranquilles.

Les Peaux-Rouges croyaient que l'âme des hommes habite au sommet de leur crâne, puisque les cheveux continuent de pousser même après la mort. Selon eux, le Grand Esprit prend les corps par la chevelure pour les tirer au ciel. C'est pourquoi ils scalpaient leurs adversaires vaincus pour empêcher cette ascension. Les Visages pâles étaient leurs farouches ennemis. Venus d'Europe où ils étaient généralement persécutés, ils se faisaient persécuteurs. Au début, ils dépossédèrent les Indiens de leurs terres en les payant de verroteries, de bagues, de colliers, de boucles d'oreilles. Puis ils leur enseignèrent une religion nouvelle, leur imposant la Bible, livre sacré, et des prières incompréhensibles. Les Peaux-Rouges y mirent de la bonne volonté, ils baragouinèrent l'anglais, ils priaient les yeux fermés. Quand ils les rouvraient, les terres ne leur appartenaient plus. Inversement, ils apprirent aux Blancs à cultiver le maïs, sous le nom d'*indian corn*, de « blé indien », et à manger de la viande de bison séchée. Mais beaucoup résistaient farouchement. Ils n'avaient pourtant que des flèches à opposer aux fusils. En 1876 – l'année de naissance de John Chaney –, à la bataille de Little Big Horn, ils tuèrent le général George Armstrong Custer ainsi que 260 cavaliers blancs. En revanche, à Wounded Knee, en 1890, d'autres cavaliers massacrèrent 150 Sioux, hommes, femmes et enfants. Un bon Indien était un Indien mort. Pour y parvenir, tous les moyens étaient employés par les Visages pâles. Ainsi, à Fort Pitt, ils distribuèrent aux Peaux-Rouges des couvertures et des mouchoirs provenant d'un hôpital où étaient soignés des soldats vérolés. On les enferma dans des réserves, on leur fit consommer du rhum, ils sombrèrent dans l'ivrognerie.

Benjamin Franklin, ce grand philosophe, avait déclaré un jour : « Le rhum doit être considéré comme un don de la Providence pour extirper ces sauvages et faire place aux cultivateurs de la terre. »

John Chaney était donc armé contre les Peaux-Rouges éventuels. Ralph Stalkner, sous l'horloge à pendule, consulta le buste de son père qui eut l'air d'approuver leur départ. Il ne restait plus qu'à faire les paquets. Virginia remplit deux havresacs, l'un de vêtements de rechange, l'autre de nourriture. John hissa Ralph en croupe sur Faucon-Noir, lui recommanda de le saisir par la taille. Puis il cria *You-Piii*, enfonça les éperons dans les flancs du cheval, et ils prirent de compagnie le chemin du Klondike.

Quand ils eurent couru trente heures, suivant des chemins poussiéreux coincés entre les montagnes Rocheuses, peuplés de bisons et de chevaux sauvages, ils mirent pied à terre près d'une minuscule cascade où ils purent tous les trois s'abreuver.

— Où sommes-nous ? demanda Ralph.

— Dans l'Oregon. Un État peuplé de bêtes plus que de personnes.

Ils firent honneur aux provisions de Virginia. Ils s'étaient assis au pied d'un arbre mort, déchiqueté par la foudre. Un écureuil avait grimpé jusqu'au sommet du tronc et il y restait immobile, avec l'air de contempler au loin le soleil couchant. Déployant en éventail sa queue touffue, assis sur son petit derrière, il semblait jouir des derniers rayons qui éclairaient l'occident. Tout à coup, la bestiole rousse fut prise de frénésie. S'immobilisant parfois, elle levait la tête vers le ciel où tournoyait un oiseau de proie, épervier, ou gerfaut, ou émouchet.

— Prends garde à toi, mangeur de noisettes ! lui cria John Chaney.

Après avoir plané longuement avec ses grandes ailes, l'oiseau de proie s'abattit soudain en produisant un *ouich…* effroyable. Tombant presque à la verticale, il frôla l'écureuil de si près que les deux chercheurs d'or le crurent dans ses serres quand il reprit de la hauteur. Mais l'écureuil lui avait échappé en faisant le tour de l'arbre foudroyé. Se servant de sa queue comme d'un gouvernail, l'épervier changea aussi de direction. Quelques battements de ses ailes puissantes le ramenèrent à la hauteur propice. De nouveau, il fondit sur sa proie. L'écureuil l'esquiva encore en se plaçant sur l'autre courbe du tronc. Deuxième échec du chasseur emplumé. Une troisième et une quatrième tentative ne furent pas plus heureuses. Alors, l'oiseau appela à la rescousse en répétant ses étranges *ouich…* Un deuxième oiseau se présenta, sans doute sa femelle, bien plus grosse que le mâle. Tous deux allaient avoir raison du mangeur de noisettes. Mais une détonation les en empêcha : John venait de décrocher sa carabine, les voraces s'étaient dispersés.

Les deux chercheurs d'or dormirent cette nuit-là entre les pattes de Faucon-Noir, leur cheval unique.

Le lendemain, s'étant repus de pain sec trempé dans l'eau, ils marchèrent cinq heures encore dans l'État de l'Oregon. Comme ils suivaient un fleuve portant le nom étrange de *Snake River* – « Rivière aux Serpents » –, ils eurent la surprise d'y trouver non point des vipères, mais une horde de chevaux sauvages en train de s'y abreuver.

— Le pauvre Faucon-Noir, dit John, monté par deux personnes et divers bagages, ne nous transportera pas jusqu'au Klondike. Voici la solution : je vais m'emparer d'un mustang. Je le dresserai, je le monterai ensuite, t'abandonnant notre Faucon.

— Tu sauras capturer un mustang ?

— Je pense pouvoir, même si c'est sans doute plus difficile que de piller des huîtres.

— Tu sais tout faire, même chasser les éperviers.

Stalkner demeura assis dans l'herbe, considérant les chevaux sauvages qui absorbaient la Rivière aux Serpents. John détacha son lasso, le fit tourner autour de son poing, puis il remonta en selle sur Faucon-Noir. Comme il s'approchait des mustangs, toute la harde prit la fuite. Ils galopaient serrés les uns contre les autres, comme des destriers de combat. L'un d'eux courait en tête, précédant les suivants de plusieurs longueurs. Le sol martelé par leurs sabots tremblait et grondait comme sous une charge. Leur file était si inégale que Chaney, éperonnant Faucon-Noir, se trouva pris et quasi emporté au milieu du nombre. Il jeta son lasso garni de boules de plomb. Par une chance extraordinaire ou une adresse incroyable, le nœud coulant emprisonna et garrotta une bête rousse sous la ganache. Elle poussa un hennissement perçant et tira avec fureur, fit dégringoler Faucon-Noir et son cavalier. Mais plus elle tirait, plus elle s'étranglait. Après une série de ruades, elle finit par s'affaisser. Cependant que les autres animaux s'éloignaient sans se soucier de leur compagnon couleur de miel.

John Chaney vint à lui. Il le dégarrotta, lui caressa la crinière, lui parla doucement, exprimant l'admiration qu'il éprouvait pour sa résistance, pour son amour de la liberté, répétant des phrases apprises à Chicago dans sa prison.

— Sois tranquille, lui souffla-t-il. Je te ferai galoper quelques jours ; mais ensuite je te rendrai ta sainte liberté.

Le mustang se releva. L'empoignant par la crinière, John sauta en selle. Nouvelles ruades, par-devant et par-derrière. L'animal finit par se calmer, par prêter foi à ses promesses. Ignorant que, « dès qu'un intérêt fait promettre, un intérêt plus grand fait violer la promesse », nous dit Jean-Jacques Rousseau.

John le munit d'une bride et d'un mors et reprit la direction du Klondike, suivi de Ralph à cheval sur Faucon-Noir. C'était la première fois qu'il se trouvait tout seul le cul en selle et la tête un peu égarée. Car le mustang devant eux traçait des courbes inexplicables que John avait peine à redresser. De sorte que Ralph se sentait conduit par Faucon, plutôt qu'il ne le conduisait lui-même. Il lui arrivait de s'arrêter tout soudain. C'était pour happer et avaler une touffe de menthe ou de trèfle cornu. Ralph lui tapotait l'encolure en murmurant :

— Nous ne sommes pas pressés… Prends le temps de te nourrir, de te goinfrer s'il te convient.

D'autres fois, désirant rattraper le mustang, il se mettait à courir, à voler. Il se prenait pour un oiseau. C'était une bête odoriférante. Elle avait sa propre senteur, un peu poivrée. À laquelle il convenait d'ajouter celle du cuir, d'une amertume retenue ; des arçons qui gardaient la puanteur des semelles ; celle de l'herbe qu'il mâchouillait ; celle de ses naseaux expirant le parfum de ses poumons. Mais il produisait la plus puissante odeur lorsque, sans s'arrêter complètement, il levait sa queue chevelue et laissait tomber derrière lui des crottins dorés sur lesquels, presque aussitôt, se jetaient des étourneaux le bec ouvert et criant *cui-cui*, c'était leur façon de dire *thank God* mal prononcé.

Ils traversèrent l'Oregon, s'éloignèrent de la Rivière aux Serpents. Bientôt ils eurent achevé les nourritures de Virginia et durent se résigner à tuer une brebis empruntée à un troupeau, malgré les chiens qui les poursuivaient. Sur un feu de branches, ils firent rôtir ses quatre membres. Et elle les nourrit quatre jours de plus.

Ils marchèrent des heures et des heures dans ces déserts ocre, aux cactus géants, aux énormes rochers formant, semblait-il, des cathédrales, des statues, des villes sans nom. Ils côtoyèrent une de ces réserves d'Indiens où les Yankees, se sentant coupables des massacres anciens, avaient, dans leur splendide générosité, enfermé les survivants. Terrains vagues, sans aucune route, où régnaient vautours, pierres et serpents. Les maisons étaient des cahutes saupoudrées de poussière rouge, de vieux camions sans roues, des roulottes sans toit, des tentes raccommodées. Les Peaux-Rouges y pratiquaient divers artisanats, cousaient des vêtements, fabriquaient des bijoux de marbre, se donnaient en spectacle, coiffés de plumes. Ils présentaient des têtes humaines, vraies ou fausses, qu'ils avaient scalpées. Ils tiraient quelques dollars de ce bric-à-brac.

Plus loin, des pancartes informèrent nos voyageurs qu'ils avaient quitté l'Oregon et pénétré dans l'État de Washington, au bout duquel se terminaient les États-Unis d'Amérique et commençait la Colombie-Britannique, peuplée de chercheurs d'or et de bêtes à cornes. Au cours de cette longue traversée, les quatre pattes de la brebis étant consommées jusqu'aux os, deux ou trois fois ils eurent l'occasion de passer devant des cabanes fort rustiques construites et habitées par des gardiens de vaches barbus, moustachus, enfoncés dans des peaux d'ours, qui n'avaient pas d'autre nom que celui de cow-boys. Ils reçurent nos voyageurs avec aménité et partagèrent avec eux des morceaux de vache tout crus. Certains soirs, ils se réunissaient devant leur hutte, au clair de la lune et des étoiles. L'un d'eux soufflait dans un harmonica de cuivre et d'os. Et tous dansaient, hurlaient, vociféraient comme des diables. Ralph et John essayaient de les déchiffrer :

> I sing but as the singing bird,
> Aloft in branches dwelling.
> I have a house where I go,
> Where nobody ever says « No ! »
> Where no one says anything. So
> There is no one but me...

« Je chante comme un oiseau chanteur, Demeurant là-haut parmi les branches. J'ai une maison où je vais, Où jamais personne n'a dit "non". Où personne ne dit jamais rien. C'est qu'on n'y trouve jamais personne excepté moi... »

En contemplant ces êtres hirsutes de partout, il était difficile de les prendre pour des merles ou des rossignols. Ils couchaient à six dans la même cabane. Malgré leurs chansons, ils acceptèrent de recevoir les deux passants, auxquels ils demandèrent seulement de danser avec eux. Ralph et John, fourbus, remontèrent ensuite sur leurs chevaux et reprirent leur route.

Ils capturèrent un autre mustang, Faucon-Noir n'en pouvait plus. Il fut abandonné au milieu d'un plateau herbeux que dominaient des montagnes effroyables, déjà coiffées de neige. Le pauvre Faucon n'avait plus la force de respirer. Comme il s'était étendu de tout son long parmi les saponaires et les herbes aux gueux, John vint à lui, appuya le bout de sa carabine contre la tempe du malheureux. L'explosion l'envoya au paradis des bons serviteurs. Les coyotes ne manqueraient point de se partager sa dépouille.

Sur leurs deux mustangs apprivoisés, John et Ralph marchèrent encore trois jours. Au bout desquels, ils atteignirent la Colombie-Britannique signalée par des pancartes très lisibles. Ils durent franchir le col White, le col Chilkoot ; au passage de ce dernier, ils furent arrêtés par une patrouille de *mounties*, de gendarmes de la montagne, reconnaissables à leur chapeau au large bord, à leur moustache bien peignée, à leur vareuse rouge, à leurs bottes de cuir.

— Êtes-vous des *stampeders* (des « prospecteurs ») ? leur demandèrent-ils. Si oui, vous devez apporter votre nourriture pour une année.

— Nous sommes seulement des voyageurs désintéressés qui visitons la Colombie-Britannique, répondit John, préparé à toutes les situations.

— Dans ce cas, vous devez être pourvus de monnaie. Montrez-la.

— Nous le sommes.

Il sortit une liasse de faux dollars très bien imités achetés à des faux-monnayeurs socialistes de Chicago.

— Ce sont des billets verts, dit le *mounty*. Il faudra les changer contre des piastres canadiennes.

— Nous n'y manquerons pas.

Le Klondike était encore très éloigné, proche du cercle polaire où le soleil pendant six mois oublie de se lever. La Colombie-Britannique était un vaste plateau rocheux d'une altitude moyenne, limité à l'est par le mont Brown et le mont Donald dont les cimes frôlaient les cieux ; à l'ouest par une chaîne côtière entamée par de nombreux fjords, parsemés d'îles. Après quatre jours de marche sur leurs huit pattes, les deux voyageurs firent halte près d'un cours d'eau qui portait le nom rassurant de Peace River, « Rivière de la paix ». Un sentier les conduisit jusqu'à un hameau entouré de vignes et de pommeraies. Ils eurent l'occasion d'acheter et de consommer des nourritures canadiennes, des beignets ronds avec un trou au milieu, des chiens chauds, des muffins aux bleuets (c'est-à-dire aux myrtilles) ou des frites françaises. Alors qu'ils étaient ainsi occupés dans un prétendu « restaurant », ils entrèrent en conversation avec un authentique prospecteur appelé Casimir Subrowski qui était d'origine polonaise et s'exprimait dans un langage difficile à comprendre : on devait lui faire répéter ses paroles.

— Je devine où vous allez avec vos deux chevaux, leur dit-il. Vous allez chercher de l'or.

— Peut-être bien, répondit John Chaney.

— J'ai vu vos chevaux et votre armement.

— Moi, je devine que tu es russe.

— Non, polak. Je m'appelle Casimir Subrowski.

— Je veux bien te croire. Tous les Polaks s'appellent Casimir. Et alors ?

Il sortit de sa poche une poignée de pépites irrégulières, les étala sur la table. Des longues, des courtes, des plates, des arrondies.

— Tu reviens du Klondike ?

— Sans doute. Mais je n'y suis pas resté très longtemps. Il y a trop de chercheurs d'or, venus de tous les coins du monde. Les mineurs meurent comme des mouches, de la fièvre typhoïde et d'autres maladies. Des femmes aussi : infirmières, religieuses, danseuses, chanteuses, putains.

— Des putains ?

— Il faut bien divertir les mineurs. Ou les soigner. Dawson City est devenu un bordel.

Il prononça *brothel* en bon anglais.

— J'ai tenu le coup deux mois, puis j'ai foutu le camp. Ce n'est pas au Klondike que j'ai trouvé ces pépites. C'est autour du fort Saint-John, pas très loin d'ici. En creusant. En m'enfonçant dans la terre. N'allez pas au Klondike, si m'en croyez. Allez creuser aux environs du fort Saint-John.

Là-dessus, Casimir but une bière, dit en polonais « Que Dieu vous conserve ! » et s'éloigna les poches remplies d'or. On entendit dehors le pas tranquille de son cheval. Ralph et Chaney restèrent pleins de stupéfaction. Ils dormirent dans une écurie. En se réveillant, ils décidèrent de se rendre au fort Saint-John. Dans une *grocery*, ils achetèrent un fourniment nécessaire au travail souterrain. Deux pioches de fer, deux pelles, une boussole, des allumettes, des chandelles de suif, une carte de la Colombie-Britannique. Et ils se mirent en route vers le nord, parallèlement au cours de la rivière Nechadka. Qui s'appelait réellement, peut-être, Nekaska, les pancartes étant à demi effacées. Ils allèrent deux jours, arrivèrent enfin au pied du fort Saint-John. D'autres *stampeders* s'y trouvaient déjà, comme l'attestaient des trous de mines. Ils attachèrent leurs chevaux à des troncs d'arbres morts, visitèrent le terrain. Aux premiers coups de pioche, il se révéla friable par endroits, comme du sable agglutiné, mais ailleurs mou et argileux. Des prospecteurs voulurent leur parler. On les comprenait mal car ils venaient du Japon ou de la Chine.

Au terme de leur journée de labeur, selon une fréquente habitude, ils dormirent entre les pattes de leurs mustangs.

Dès le lendemain, ils reprirent leur ouvrage de taupes. Ils trouvèrent quelques pépites grosses comme des perles.

— Quand nous aurons fini, nous pèserons notre or, dit John, et nous nous le partagerons exactement.

Chaque jour, ils s'enfonçaient un peu plus dans la terre. Bientôt, ils durent s'éclairer avec des chandelles. Encouragés par leurs trouvailles.

Après une semaine et demie, une grande partie du terrain qu'ils avaient fouillé s'écroula derrière eux, les retenant prisonniers comme des rats dans une souricière. Les chandelles s'éteignirent. Eux-mêmes respiraient difficilement.

Ménageant leur souffle, ils restèrent longtemps muets.

— Nous allons sans doute crever, dit Ralph. Sauf si les Chinois nous aident à sortir.

— Je ne crois pas, dit John. J'ai échappé déjà à plusieurs catastrophes. Et je les ai racontées. En réalité, comme écrivain, j'ai pris un autre nom : je signe ce que je publie *Jack London*. Nom emprunté à mon beau-père.

— Écrivain ? Comment devient-on écrivain ? s'enquit Ralph Stalkner.

— En lisant ce que d'autres ont écrit. Si je survis, je raconterai notre expérience de prospecteurs.

En creusant le plafond de leur tunnel avec les manches joints de leurs outils, ils réussirent à ouvrir une étroite cheminée qui leur fournit de l'air. Ils crièrent dans ce conduit « Au secours ! Au secours ! Aidez-nous à sortir ! »

Ces longs efforts produisirent en effet singulier sur leur personne : ils éprouvèrent de la faim. Ils mangèrent leurs chandelles au suif qu'ils ne pouvaient rallumer.

Après trois jours dans leur souricière, ils furent sauvés par des Chinois et des Mexicains réunis. Ils leur distribuèrent les pépites pour les remercier.

Ils furent pris en charge par des infirmières de l'Ordre de Victoria. Ce n'étaient pas réellement des religieuses, mais des volontaires profanes, recrutées par ledit ordre. Habillées sobrement, elles n'avaient pas le droit de friser ou de boucler leurs cheveux. Elles soignèrent, lavèrent, nourrirent les rescapés. Elles vendirent leurs chevaux. Après quinze jours de ces remises en ordre, elles les transportèrent à Vancouver, les installèrent sur deux navires qui les ramenèrent en Californie. Jack London raconta plus tard dans *À l'homme sur la piste* sa désastreuse participation à la Ruée vers l'or. Se souvenant de la grève de Chicago, il décrivit dans *Le Talon de fer* une révolution socialiste, qu'il situait aux États-Unis, et sa répression par une société de type fasciste où la dictature s'allie au capitalisme ; cette odieuse association doit durer trois cents ans. À l'heure où j'écris ces lignes, cette vision annonce plutôt la Chine actuelle, capitalo-communiste. Pareillement, Adolphe Hitler prophétisa mille ans de nazisme pour l'Allemagne.

Ralph Stalkner retrouva Belmont près de Bodega Bay, la négresse Virginia, l'oncle Ferman, l'ouvrier Big Joe et le lapin Bunny. Il n'avait pas fait de grande chose. Sauf accomplir sa quatorzième année en 1898, sa quinzième en 1899 ; sa seizième en 1900. Il occupa ses doigts et son esprit à former en argile rouge toutes sortes d'objets ou de figures qu'il dispersa à travers la maison : une chèvre cornue, un cheval ténébreux en souvenir de Faucon-Noir, une des mains épaisses de son oncle Ferman, ci-devant fossoyeur. Et même un broc à eau qu'il fit cuire au four.

4

Prémices

Un jour – avant ce qui précède – qu'il fréquentait encore l'école élémentaire de Bodega, où il se rendait chaque matin à bicyclette, Ralph eut un entretien particulier avec le maître, Lewis Isherwood. Celui-ci était occupé à présenter un poète anglais, Thomas Lovell Beddoes, qui posait cette question à ses lecteurs :

> *If there were Dreams to sell,*
> *What would you buy ?*

« S'il existait des rêves à vendre, Lequel voudriez-vous acheter ? »

Chaque élève eut dix minutes pour écrire sur sa feuille la réponse qu'il proposait. Lewis Isherwood les ramassa toutes, les parcourut des yeux, lut à voix haute les plus originales. « J'achèterais volontiers une épicerie où je vendrais du pain, des œufs, du fromage… J'aimerais parcourir le monde pour savoir comment il est fait, je ne crois pas que la Terre soit ronde, comme on me dit… Il me plairait d'épouser Kate Flocker si elle voulait bien de moi… J'aimerais monter au paradis pour retrouver ma petite sœur Barbara que j'ai perdue… J'aimerais bien, plus tard, être élu président des États-Unis d'Amérique… »

M. Isherwood commenta chaque réponse, soulignant sa poésie ou son absurdité. Quand il en fut à celle de Ralph Stalkner, il ouvrit les yeux tout grand avant d'ouvrir la bouche. Il la lut enfin mot à mot : « J'aimerais pratiquer le métier de sculpteur, sur bois, sur pierre, sur bronze. J'ai trouvé quelque part cette phrase du sculpteur italien Michel-Ange : il y a dans chaque bloc de marbre un apollon qui sommeille. Pour le réveiller, il suffit d'enlever le marbre qui est en trop… »

— Tu resteras un peu après la classe, dit Isherwood. Nous parlerons ensemble.

Ainsi fut-il fait. Le maître d'école posa une main sur la tête de Ralph et s'écria en souriant :

— Voici donc le futur Michel-Ange américain !

— Je n'ai jamais écrit ça, fit Ralph, rouge de confusion.

— C'est encore plus difficile que d'être élu président des États-Unis d'Amérique. Ne te fâche pas, je plaisante. Pourrais-tu m'apporter, me montrer quelques-uns de tes ouvrages ?

Dès le lendemain, il apporta la chèvre cornue et la main épaisse de l'oncle Ferman. L'instituteur tourna et retourna ces objets avec surprise et admiration.

— Tu as donc fait ça tout seul ? Sans maître ?

— Aucun maître n'existe à Belmont ni à proximité.

— Tu en trouveras à San Francisco, à la California School of Design and Fine Art. Mais tu devras avoir acccompli ta seizième année.

— J'attendrai donc trois ans.

Après quoi, il partit vers le Klondike en compagnie de Jack London. Et revint Gros-Jean comme devant.

Le 31 décembre 1899 s'acheva le XIXe siècle et avec lui la formation complète de l'Américain ordinaire. Quelle que fût son origine, il ressemblait plus désormais à l'Indien qu'à l'Européen. Sec, nerveux, osseux, très endurant sous un climat aux températures extrêmes, habitué aux horizons immenses, sans limites, dans un pays largement vide d'habitations, il voyait grand. Démesuré. N'ayant à compter que sur lui-même parce que ses voisins habitaient trop loin, il avait appris à se débrouiller tout seul. Il était pratique, réaliste, mais volontiers égoïste et orgueilleux.

Détaché de son passé originel, il n'avait plus le sens de la tradition et ne s'embarrassait pas de scrupules. Très libre, très indépendant, il aimait la liberté et la voulait pour tous et partout comme il le chantait dans son hymne national, « Sur un sol fier et libre se dresse la bannière étoilée ».

Le 1er janvier 1900 commença donc le XXe siècle qui consacrait la seizième année de Ralph Stalkner. M. Isherwood vint exprès à Belmont pour chambrer l'oncle Ferman. Reçu dans le ranch, il lui désigna l'un après l'autre chaque bibelot sorti des mains de son neveu pour orner les murs et les meubles. Particulièrement le buste de Jim, le père, scié de long accidentellement comme un sandwich.

— Vous rendez-vous compte du talent de votre neveu ?

— Il m'aide à abattre des arbres. Il aide Virginia à garder ses chèvres et à faire du fromage.

— Je parle de ses capacités artistiques, de son travail de sculpteur. Vous ne pouvez laisser ce talent enfoui. Connaissez-vous la parabole des cinq talents ?

— Je l'ai oubliée.

— Le talent était autrefois une pièce d'or qu'on peut estimer à 2 000 dollars.

— 2 000 dollars !

— De nos jours, l'or a perdu beaucoup de sa valeur. Il y eut donc autrefois un homme qui, partant pour un long voyage, appela ses trois serviteurs et leur confia ses biens. À l'un, il remit cinq talents. À l'autre, deux. À un troisième, un seul. Puis il partit à ses affaires. Le premier serviteur plaça habilement les cinq talents reçus et en gagna cinq autres. De même le deuxième qui, en ayant reçu deux, en gagna deux autres. Mais celui qui n'en avait reçu qu'un seul s'en alla creuser un trou dans la terre et y enfouit l'argent de son maître pour le préserver. Longtemps après, le maître revint et fit rendre des comptes à ses serviteurs. « Seigneur, dit le premier, vous m'aviez confié cinq talents ; en voici cinq de plus que j'ai gagnés. – Très bien, bon et fidèle serviteur, lui dit son maître. Puisque tu as été fidèle en peu de chose, je t'établirai sur beaucoup… » Celui qui avait reçu deux talents vint ensuite et rendit quatre talents au lieu de deux. Il reçut de même les félicitations du maître. Vint enfin le troisième. « J'ai caché en terre votre talent, dit-il. Je vous le remets, intact. » Il ne reçut que des reproches. « Il fallait placer mon argent chez des banquiers. J'en aurais obtenu les intérêts. Jetez dehors ce serviteur inutile, dans les ténèbres. Il ne nous donnera que des pleurs et des grincements de dents. »

— Pourquoi m'avez-vous récité ce conte ? demanda l'ex-fossoyeur.

— Pour que vous n'agissiez pas comme le

troisième serviteur en laissant inutile le talent de votre neveu.

— Cela demande réflexion.

— Il existe à San Francisco une école, la California School of Design and Fine Arts, qui développera son talent à merveille et fera de lui un sculpteur incomparable. On le demandera partout. Il deviendra millionnaire comme Rockefeller ou Pierpont Morgan, et il vous en reviendra quelque chose.

L'oncle Ferman réfléchit une semaine. Il se rappela qu'il avait un cousin à San Francisco, père de trois filles, Adele, Amanda et Amelia. Le cousin Timothy donna son accord, les petites-cousines également. Ils habitaient sur le Park Presidio. Ralph Stalkner fut inscrit à la California School.

En 1579, le grand corsaire anglais Francis Drake aborda la côte californienne et prit possession du territoire au nom de la reine d'Angleterre. Il l'appela Nouvelle Albion. Il rapportait aussi un galion espagnol chargé d'or et d'argent. Élisabeth Ire le fit chevalier et l'honora d'une visite à son bord. Curieusement, ce n'est qu'au XVIIIe siècle que ce qu'on appela plus tard la baie de San Francisco fut découvert par des missionnaires espagnols venus du Mexique. Cachée par le brouillard, elle avait échappé aux précédentes investigations.

Ils la nommèrent d'abord *Yerba Buena* (la « Bonne Herbe »), en référence à la menthe qui poussait sur les collines environnantes. Saint François d'Assise étant le patron de ces religieux, ils baptisèrent le petit village de pêcheurs indiens qui s'y trouvait San Francisco. (Ernest Hemingway, lui, ne se souviendra que du brouillard : « Le pire hiver que j'aie jamais vécu est un été à San Francisco. ») Nos moines édifièrent alors une église qui subsiste, et un *presidio* peuplé de militaires.

Long de quatre-vingts miles – ou cent vingt kilomètres – en ajoutant ses deux tranches, San Francisco est mouillé de toutes parts. À l'est, deux baies : celle de S.F. proprement dite et celle de San Pablo ; elles communiquent par un étranglement ; on y trouve plusieurs îles, Alcatraz, Treasure Island, Angela Island... À l'ouest, c'est l'océan Pacifique que dominent des falaises. La ville s'arrête brusquement au nord de la partie occidentale, séparée de Sausalito par un détroit qui porte depuis la Ruée vers l'or l'appellation de Golden Gate. Mais en 1846 un étrange épisode retarde son développement. Importunés par la présence des Espagnols mexicains, une trentaine d'Américains arrivent de Sacramento, portant un drapeau sur lequel ils ont peint un ours. Ils s'emparent de Sonoma, un bourg situé au nord-est de San Francisco, sans tirer un coup de feu. Ils font prisonniers le général Vallejo, gouverneur mexicain de la ville, ainsi que ses hommes, proclament la République de Californie. Un président est élu. Le régime ursidé durera vingt-cinq jours, jusqu'à ce que la marine américaine s'empare de Monterey, siège du pouvoir mexicain, et exige de ces indépendantistes le remplacement de leur drapeau par le *Stars and Stripes*. Ensuite viendra la Ruée vers l'or.

En 1900, lorsque Ralph Stalkner, armé de ses seize printemps, mit le pied à San Francisco, la Ruée appartenait au passé. Fini l'Eldorado. Finies les hordes d'aventuriers, de filles de joie, de scélérats de tout poil venus du monde entier. Finies les anciennes Sodome et Gomorrhe... La ville sortait de son visage du Far West pour prendre les traits d'une métropole plus sérieuse, avec ses banques, ses commerces, ses ateliers, ses hôtels, ses bureaux. Son caractère cosmopolite, cependant, n'avait pas entièrement disparu. Il restait le quartier chinois, le quartier russe, le quartier mexicain, aussi différents dans leurs décors que dans leurs populations. La ville elle-même était toute en collines, en montées, en descentes, en tramways. Le cousin Timothy et ses trois filles commençant par un A majuscule promenèrent Ralph Stalkner dans les divers parcs, souvent enrichis d'un bassin où nageaient des cygnes ; dans le zoo ; dans le *presidio* devenu un musée des Beaux-Arts.

Empruntant des autobus, ils se rendirent dans la Sierra Nevada et visitèrent la Yosemite Valley où ils virent avec une stupeur inexprimable le plus grand être vivant qui existe au monde : le séquoia géant General Sherman. Un monstre sacré de la Giant Forest, nommé d'après un héros de la guerre de Sécession. Selon des calculs compétents, cet arbre pouvait avoir entre 2 300 et 2 700 ans d'âge. Ses mensurations : 86 yards de hauteur, 15 yards de diamètre, poids total de 300 tonnes. La première de ses branches se trouvait à 45 yards du sol. Au milieu de la même forêt, on pouvait voir d'autres colosses, dont un séquoia couché, dans le tronc duquel on pouvait marcher comme dans un tunnel. Ralph y joua à cache-cache avec ses trois petites-cousines. Le cousin Timothy estima plusieurs de ces arbres fabuleux, l'un à 4 millions de dollars, l'autre à 4,5, le troisième à 5 millions. Il avait l'habitude de jongler avec les millions, étant comptable de profession dans une banque.

Il eut l'occasion de présenter quelques amis. Leur conversation portait essentiellement sur l'argent. Et quand l'ami s'était éloigné, le cousin précisait :

— Il vaut 150 dollars par mois.

Dans San Francisco, Ralph remarquait des choses singulières. Washington Square n'avait pas la forme d'un carré. Au centre, se dressait une statue qui aurait dû être celle de George

Washington et représentait Benjamin Franklin. Le quartier s'appelait North Beach, mais il n'y avait aucune plage. Dans les rues, des dames ou des demoiselles distinguées ramassaient avec une petite pelle les crottes de leurs chiens et les emportaient précieusement dans des paniers d'osier comme on cueille des prunes ou des cerises.

— Qu'en font-elles ? demanda-t-il innocemment.

— De la confiture, répondit Adele avec un grand éclat de rire.

Ils passèrent devant le numéro 605 de la Troisième Rue. Aucune plaque n'indiquait que dans cette maison était né un certain Jack London, écrivain, aventurier, pilleur d'huîtres. Mais en l'an 1900, ledit Jack n'était pas encore assez connu.

Dans le quartier chinois, ils burent du thé, accompagné de petits gâteaux secs appelés *fortune cookies*. Chacun était entouré d'une bandelette de papier portant un message horoscopique. Celui de Ralph disait : « Tu seras célèbre un jour et tu épouseras deux princesses. » Les petites-cousines en A ne voulurent pas révéler le leur.

Dans le quartier de Richmond, ils habitaient une belle résidence de brique rouge, couverte d'une terrasse d'où l'on pouvait voir l'océan Pacifique et ses bateaux, souvent chinois ou japonais. Ils ramenaient des esturgeons, des maquereaux, des chiens de mer, des harengs, des morues, des poissons à moustaches. Les petits-cousins disposaient d'une servante mexicaine qui en préparait du *bacalao*. La mère des trois A était malade. Elle passait toutes ses journées sur un fauteuil à bascule en donnant des ordres à tout le monde, ou en lisant des livres. La chambre de Ralph était au second étage, à côté de celles des filles. Il regardait souvent le ciel et les nuages.

Il prenait un tramway pour se rendre à la California School of Design and Fine Arts. Il eut pour professeur de dessin et de peinture un certain Arthur Frank Mathews qui, pour premier essai, le mit devant une planche et une feuille de papier blanc.

— Je veux, lui dit-il, que tu me fasses l'O de Giotto.

— Le quoi ?

— La lettre O. C'est-à-dire un cercle aussi parfait que possible comme il fut demandé à Giotto par son maître Cimabue. Voici un fusain. Je l'ai appointé.

Ralph comprit le sens de cette épreuve. Sa main droite saisit le charbon et se mit à trembler. Il n'était pas Giotto. Mathews posa une main sur sa tête.

— Je comprends ton émotion. Je peux patienter, jusqu'à ce que tu retrouves ton calme en suçant un bonbon.

Il le lui présenta, dans une papillote. C'était un bonbon au miel. Ralph le suça en regardant la mer, blanche près des côtes, puis verte, puis bleue. Quand il eut fini le bonbon, il dit :

— Je peux commencer.

Ses mains ne tremblaient plus. Il reprit le fusain pointu. Il mesura des yeux l'espace fourni par la feuille. Arthur lui tournait le dos pour ne pas le troubler, disant seulement :

— Tu me diras quand tu auras fini. Je ne veux pas de repentirs. Un trait unique, giottesque.

Ralph se remplit les poumons d'air et de courage. Puis, les lèvres serrées, sans lâcher le charbon mais sans toucher la feuille, il traça en l'air une ligne imaginaire comme font les faiseurs de passe-passe. Deuxième cercle : les lèvres se desserrèrent un peu. Au troisième, elles sourirent. Au quatrième, le crayon toucha la feuille, fit un O complet, revint à son point de départ, sans un *fremito*.

— J'ai fini, dit Ralph.

Arthur revint aussi. Des yeux, il mesura le cercle. Puis il promena une règle graduée sur un diamètre, sur un autre, sur un troisième, sur un quatrième.

— Giotto n'aurait pas fait mieux, conclut-il.

Il serra la main un peu charbonneuse de son élève sans prononcer aucune félicitation.

— L'épreuve n'est pas terminée, expliqua-t-il.

Je veux qu'à présent, sans aucun instrument, tu me traces un triangle équilatéral.

Ralph sentit une sueur lui venir au front… Il prononça dans sa tête les paroles du Seigneur : « Tu gagneras ton pain à la sueur de ton front. » Il est vrai que toutes ces études fournies par la California School avaient pour but final de lui fournir son pain quotidien. Sans règle, sans rapporteur, il traça au charbon la ligne horizontale de un demi-pied. *No problem*. Le problème venait des deux autres et du sommet supérieur. Il s'en tira à vue de nez. Arthur vint vérifier. Il se montra satisfait du résultat à quelques poussières près, et présenta à Ralph ses félicitations en lui serrant la main.

Dans les jours qui suivirent, Stalkner se trouva en compagnie de six autres étudiants, chacun occupé à dessiner au crayon noir sur sa feuille les traits et les lignes d'un groupe, en marbre à l'origine, qu'Arthur présenta comme étant l'ouvrage en plâtre copié d'un sculpteur français nommé Théodore Rivière. Intitulé *Les Deux Douleurs*, il s'agissait visiblement d'une mère et de sa fille, l'une soutenant l'autre. Enveloppées jusqu'aux pieds de voiles qui auraient dû être noirs et qui étaient blancs. Quel motif avaient-elles de tant pleurer ? La perte d'un père, d'un fils, d'un frère ? De toute une famille ?

— Considérez, dit Arthur Frank Mathews, que ces deux figures expriment tragiquement l'infini de la détresse humaine.

Ralph songea à sa mère et à son père. Il en eut le cœur serré et s'appliqua davantage à bien faire. Arthur allait d'un élève à l'autre, dispensant quelque critique ou quelque conseil :

— Effacez la tête de la fille… Ces voiles tombent mal… Redressez ce coude…

Après six heures de travaux, il ramassa toutes les feuilles, les rendit le lendemain chacune munie d'une note alphabétique depuis A jusqu'à F. Ralph obtint un C.

Tous les deux jours, il proposait un sujet nouveau. D'après des sculptures antiques. Ainsi, la classe eut à dessiner un apollon grec nu, qui tendait les mains pour présenter quelque chose. Il y eut beaucoup de ricanements étouffés car, si chaque partie de sa personne correspondait bien à ce qu'ils connaissaient de la leur, les étudiants remarquèrent que l'organe génital était si réduit qu'on eût cru à un sexe d'enfant.

Une autre semaine, ce fut un homme barbu intitulé *Poète grec*. On se demandait à quoi se révélait sa profession. À sa barbe et à ses cheveux bouclés ? À sa poitrine découverte ? À ses sandales bien lacées ? À son buste gras ? Il tenait dans la main gauche une sorte de bouteille à long col que Mathews prétendit être une écritoire.

Vinrent encore de jeunes Romains, d'une incroyable beauté, toujours pourvus d'une zézette minuscule. Des empereurs, magnifiquement chevelus et moustachus. La *Vénus de Milo*, parfaite en tout, sauf qu'elle avait perdu ses bras et que ses seins manquaient de féminité. Ralph obtint plusieurs fois des B, et une fois un A. Après le fusain, il apprit à se servir du crayon noir, du crayon blanc, de la sanguine, du pastel. Il orna les murs de sa chambre de ses meilleurs ouvrages. Les trois petites-cousines confirmèrent l'horoscope chinois :

— Tu deviendras célèbre. Et tu épouseras deux princesses.

Autres épreuves : ils eurent à dessiner d'après des êtres vivants, des hommes nus, des femmes nues. Modèles professionnels qui restaient des heures sans bouger, sauf, quelquefois, quand ils devaient se rendre aux toilettes. Dans cette situation, ils supportaient les gronderies de M. Mathews :

— Avant de venir ici, il vous faut prendre chez vous des précautions. Ne pas boire, ne pas manger si nécessaire. Vous devez bien comprendre qu'après les toilettes vous ne reprenez jamais tout à fait la même position.

Ils étaient jeunes ou vieux. Les femmes toujours belles, ou très belles, ou belles à mourir. Quelques-unes trouvèrent parmi les étudiants chaussure à leur pied, et ne vinrent plus. C'est ainsi qu'un jour, bien plus tard, Ralph rencontra Francine Mazeil.

Durant ces prémices de Ralph, Jack London, le compagnon avec qui, en n'allant pas jusqu'au Klondike, il avait mangé des chandelles de suif, était devenu un écrivain affirmé. Il publiait des romans dont les personnages principaux étaient des chiens ou des loups : *L'Appel de la forêt*, *Le Fils du loup*, *Les Vagabonds du rail...* Le 7 avril 1900, il avait épousé Élisabeth Bessie Maddern, qu'il avait clairement informée de ses sentiments : « Je ne vous aime point d'amour. Seulement d'amitié. Vous me plaisez assez cependant pour me laisser espérer que nous produirons ensemble des enfants vigoureux. » Il se fit construire une magnifique résidence dans la vallée de Sodoma, qui produisait le meilleur vin de Californie. Il en buvait une pinte par repas.

En 1905, on apposa une plaque de cuivre sur sa maison natale au numéro 615 de la Troisième Rue.

La California School ne s'intéressait pas à la sculpture. Se sentant dépourvu de professeur dans cette spécialité, Ralph Stalkner en trouva un, Bernard Harsche, au *Montgomery Block*, un îlot inspiré par le quartier parisien de

Montmartre. Familièrement appelé *Monkey Block*, « Bohème de Singes ». On y pratiquait l'eau-forte, la peinture murale, la sculpture. À Belmont, la maison des Stalkner était pleine de ses modelages en argile sèche. Il montra le buste de son père Jim, décédé accidentellement en tombant sur une scie circulaire.

— Mon rêve, dit-il, serait de le reproduire en bronze.

— En bronze ? s'écria Harsche effaré.

Là-dessus, il lui fit une conférence sur ce métal connu depuis deux mille ans avant Jésus-Christ, alliage de cuivre et d'étain. Les Latins distinguaient le *sculpteur* qui travaillait la pierre, du *statuaire* qui fondait le bronze. Plus tard, les sculpteurs devinrent aussi statuaires. Plus tard encore, les artistes sont retournés à l'ancienne méthode, s'il s'agit d'ouvrages volumineux. Dans ce cas, le statuaire est un technicien du moulage, un industriel capable de fondre un canon, une cloche aussi bien qu'une statue d'argile. Quelques mots sur le moulage. L'œuvre initiale est enrobée dans une couche de cire peu épaisse qui répète exactement les formes de l'argile. Par fusion, elle transmet ces lignes à un moule réfractaire, de plâtre ou de stuc. C'est dans ce moule que sera versé le bronze liquéfié, éblouissant, insupportable à la vue, on le regarde avec des lunettes noires. Il descend dans le moule en produisant des gargouillis. L'air expulsé s'échappe

par des évents. On le laissera refroidir, se solidi-
fier, ce qui exigera plusieurs jours. Lorsque enfin
il deviendra abordable, il ne restera plus au fondeur qu'à fignoler le travail, qu'à corriger les
petites malfaçons au burin ou à la lime, l'embras-
sant enfin comme une fiancée.

— Ouf ! dit Bernard Harsche. Il y a des fon-
deurs à San Francisco. Mais tout cela coûte très
cher.

Ralph remporta le buste de son père à Belmont. Renonçant au bronze, il se spécialisa dans
le travail du bois. Il travailla six mois, sans
modèle, de mémoire seulement, à extraire d'un
tronc de poirier la figure d'une fillette assise sur
un rocher et caressant un lapin couché sur ses
genoux. À personne, il ne révéla l'identité de ces
deux créatures. Il s'agissait de la petite Irlandaise
Bridgeen O'Bihan et du lapin Bunny. Cet
ouvrage parut si remarquable qu'il valut à son
auteur une bourse de 200 dollars (correspondant
à 5 000 dollars à l'heure où j'écris ces lignes)
pour l'encourager à séjourner en France ou en
Italie. Ralph dit au revoir à son oncle Ferman, à
la négresse Virginia, à ses petits-cousins, prit le
chemin de fer Central Pacific qui le conduisit en
douze jours jusqu'à New York, en passant par
Sacramento, Salt Lake City, Denver, Topeka,
Kansas City, East Saint Louis, Dayton, Philadelphie, Reading, Trenton, Newark, avant d'arriver
à la statue de la Liberté éclairant le monde. De

là, il monta sur le paquebot français *La Fayette* qui, après sept jours de navigation, le déposa au Havre. Trois jours plus tard, grâce à une recommandation de Bernard Harsche et de la Bohème des Singes, il trouva un minuscule logement sur la butte Montmartre. Il arriva juste à temps pour apprendre que San Francisco venait de s'écrouler.

San Francisco, comme toute la Californie, est situé sur ce qu'on appelait alors la grande faille de l'océan Pacifique, dite faille de San Andreas. Le globe terrestre est pareil à une montre construite par un apprenti horloger, dont les organes internes fonctionnent maladroitement, s'arrêtant, se contrariant, se détraquant. Malgré la protection de saint François. Le territoire de San Francisco est donc une région tectonique instable. En 1906, eut lieu un terrible tremblement de terre : 28 000 maisons furent détruites – les quatre cinquièmes de la ville –, moins d'ailleurs par le séisme que par l'énorme incendie qui, pendant trois jours, les embrasa. Les esprits puritains de l'époque affirmèrent que la catastrophe représentait la punition divine méritée par un port où régnaient le jeu, la prostitution, la recherche perpétuelle de l'or et du plaisir. D'autres États américains ou européens proposèrent leur aide pour la reconstruction. Elle fut refusée. En quelques années, tout fut remis debout. Les fonds ne manquèrent point, grâce à la décision d'un juge ; il affirma que la destruction de la ville n'était pas due à la faille terrestre mais aux maisons qui s'étaient enflammées les unes les autres. Les compagnies d'assurances, d'abord très réticentes à payer les dégâts, furent donc mises en demeure d'honorer leurs contrats.

La maison natale de Jack London fut brûlée et non reconstruite. Le *Montgomery Block* subit le même sort. La sculpture de Ralph représentant une fillette tenant un lapin sur ses genoux fut réduite en cendres.

5

Voyages

On connaît de nombreux Paris. Deux villes
américaines portent ce nom, l'une dans l'Illinois,
chef-lieu de comté ; l'autre dans le Kentucky, sur
le Stoners Creek, bassin du Mississippi. Pâris avec
un accent circonflexe, héros mythologique, il
gardait des troupeaux sur le mont Ida quand
lui apparurent trois déesses : Héra, Aphrodite,
Athéna, qui se disputaient le prix de la beauté ;
Pâris remit la pomme à Aphrodite, ce qui déclencha l'interminable guerre de Troie. Il a existé en
France un nombre considérable de Paris, comtes,
professeurs, financiers, érudits, architectes. Un
assassin monarchiste qui, en 1793, tua d'un coup
de sabre un conventionnel qui avait voté la mort
du roi. Un diacre janséniste nommé Paris qui
produisait des miracles. On pratique les paris lors
des courses de chevaux. Il y a en dérivation le
pari de Blaise Pascal qui démontre l'intérêt que
nous avons à croire en l'existence de Dieu et en
la vie éternelle. Il n'y a qu'un Paris-sur-Seine,

ainsi nommé parce que la Seine le lave et le nourrit.

Ralph Stalkner découvrait cette ville, capitale de la France, au cœur d'une région que les rivières ont découpée en bandes orientées différemment, creusant ainsi de larges sillons qu'ont ensuite remplis les alluvions de ces mêmes cours d'eau. La ville se trouve au point précis où aboutit la route d'Aquitaine et d'Espagne par la vallée de la Loire et le seuil du Poitou. Elle occupe ainsi le sommet du grand triangle équilatéral (comme celui que Ralph dut tracer devant Arthur Frank Mathews) des voies historiques de la France. Tantôt conquérante, tantôt conquise, comme en parle Roland à Roncevaux :

> *Li quens Rollanz se jut desoz un pin*
> *Envers Espaigne en at tornét son vis*
> *De plusors choses a remembrer li prist*
> *De tanz païs que li ber as cunquis*
> *De dolce France, des homes de son lign...*
> *Claimet sa colpe si priet Dieu mercit...*

« Le comte Roland est gisant sous un pin, Vers l'Espagne il a tourné son visage. De plusieurs choses prit à se souvenir : De tant de pays que le baron a conquis, De douce France, des hommes de son lignage... Il frappe sa coulpe et prie Dieu en merci... »

La Seine, qui traverse la ville d'est en ouest en serpentant y entoure les îles de la Cité et de

Saint-Louis, la partage en deux secteurs dont le moindre est situé sur la rive gauche. Plus de trente ponts relient les deux rives. Des hauteurs naturelles lui donnent un peu de relief : Montmorency, Cormeilles, mont Valérien, Montmartre. Les monuments les plus élevés étaient en 1906 les tours de Notre-Dame, la tour Saint-Jacques et la tour Eiffel. Sur la butte Montmartre était en train de s'achever une basilique commencée en 1875, le Sacré-Cœur, à laquelle manquait encore le clocher. Son édification avait été décidée pour faire oublier le point maudit d'où était partie, le 18 mars 1871, la terrible guerre civile nommée la Commune. Elle avait opposé les socialistes aux soldats d'Adolphe Thiers, faisant trente mille morts. On prévoyait la fin des travaux pour l'année 1910. Derrière la basilique, existait une ancienne et modeste église et son cimetière. Autrefois, la butte Montmartre comptait de nombreux moulins à vent pareils à ceux que combattit Don Quichotte. Il en restait deux seulement, le moulin de la Galette et le moulin Rouge, transformés depuis belle lurette en salles de spectacles de variétés.

Se promenant sur la butte Montmartre, Ralph eut la chance de rencontrer deux amis, exilés comme lui, le Mexicain Diego Rivera et l'Italo-Américain Gottardo Piazzoni.

— Laisse-toi conduire, tu es notre frère, lui dirent-ils.

Autour de la basilique ou descendant les escaliers de la butte, on trouvait des portraitistes au fusain qui, en dix minutes, croquaient votre profil pour « 100 sous », 5 francs, sur une feuille de papier Canson. Pour 5 francs de plus, ils fournissaient le cadre. Et encore cette autre espèce d'artistes : des chanteurs des rues, reconnaissables à leur cravate lavallière, à leur canne, à leurs immenses chapeaux. Ainsi Aristide Bruant, propriétaire du cabaret *Le Chat noir*, servait ses nullités :

> *Je cherche fortune*
> *Autour du* Chat noir*,*
> *Au clair de la lune,*
> *À Montmartre un soir...*

> *Mais tu connais donc pas l'gros Charles,*
> *L'chemisier de la rue Saint-Martin ?*
> *Tu sais donc pas à qui qu'tu parles ?*
> *J'suis dans l'Bottin.*

Rivera et Piazzoni promenèrent Ralph dans tout Paris, lui firent visiter les musées, grimper au premier étage de la tour Eiffel, naviguer en bateau-mouche, entrer dans quelques maisons particulières. Ainsi, dans le musée Grévin, au numéro 10 du boulevard Montmartre. Un musée de cire qui présentait aussi bien des scènes d'actualité que des personnages historiques.

Piazzoni lui présenta les écrivains ciréfiés : Victor Hugo, Émile Zola ; les musiciens Massenet, Gounod, Berlioz ; les hommes politiques Bismarck, Gambetta, Adolphe Thiers, le roi d'Italie Umberto, la reine d'Angleterre Victoria, l'anarchiste Louise Michel dans son cachot. Sur une banquette, un inconnu assoupi était en train de lire *Le Figaro*.

— Comment obtenez-vous la ressemblance de ces figures ? demanda Ralph.

On le conduisit dans l'atelier où opéraient des mouleurs et des mouleuses. Il examina leur travail et se dit qu'il pourrait en faire autant.

— Je ne vois, fit-il observer, aucun Américain. Est-ce que vous recevez des touristes venus de New York ou de San Francisco ?

— Cela nous arrive assez souvent. Ils se plaignent en effet de cette absence.

— Je vous propose d'y remédier. Faisons un essai. Engagez-moi pour quelques jours. Je suis américain.

— Volontiers.

Il fut donc engagé. Remplaçant les mouleuses sur cire, il édifia de mémoire, comme il avait fait pour son père Jim, les bustes des présidents Washington, Lincoln et Grant, espérant qu'ils seraient reconnus. Leurs noms figuraient d'ailleurs sur les socles. Ralph quitta le musée Grévin honnêtement payé et sortit en saluant. Il remarqua que l'homme assoupi sur son canapé ne lisait plus le même journal. *Le Figaro* avait protesté contre cette réputation de feuille ennuyeuse qu'on voulait lui faire. On l'avait remplacé par le *Journal officiel*, notoirement plus soporifique.

Sans toucher aux dollars de sa bourse, il put dès lors, toujours en compagnie de Rivera et de Piazzoni, s'offrir le spectacle du *Moulin-Rouge*, 9, boulevard de Clichy, juste au pied de la butte. Luxueux établissement de variétés, surmonté d'un énorme moulin à vent factice. Il avait été illustré par un peintre et dessinateur étrange dans sa personne (il était resté à la taille qu'il avait à l'âge de treize ans) et dans ses sentiments : Henri de Toulouse-Lautrec. Quoique né de famille aristocratique, il détestait le « beau monde » et il croyait que les fleurs les plus pures poussent dans les terrains vagues et dans les décharges publiques. Il aimait les femmes meurtries. Il méprisait les poupées fardées parce qu'il abominait l'hypocrisie et l'artifice. Aussi fréquentait-il régulièrement le *Moulin-Rouge*, croquant ou peignant les danseuses du French Cancan, montrant leurs dessous « jusqu'à l'âme », comme disaient les voyeurs armés de lunettes.

— Lui, nous ne le verrons pas, dit Gottardo. Il est mort en 1901. Mais nous pourrons voir ses modèles.

Ils entrèrent donc dans le *Moulin-Rouge*. Les célèbres dames s'y trouvaient : la Goulue, Jane Avril, May Belfort. Celle-ci une Irlandaise comme Bridgeen O'Bihan. Elle se présentait déguisée en nourrisson avec entre les mains un petit chat noir et chantait en anglais :

> *I've got a little cat*
> *I'm very fond of that.*

« Je possède un petit chat Je suis folle de ça. »

Ils virent aussi des hommes acrobates, contorsionnistes ; Chocolat, un Noir prestidigitateur. Le cas le plus ébouriffant était celui du « pétomane » qui faisait parler son derrière. Se servant de cet instrument, il arrivait à exécuter le refrain de *La Marseillaise*. Ralph Stalkner apprécia beaucoup, également, même si Piazzoli dut l'aider à comprendre, la prestation d'une élégante chanteuse, Yvette Guilbert, dont le visage mobile et spirituel égayait tous les spectateurs. *Le Fiacre* était son morceau favori :

> *Un fiacre allait trottinant,*
> *Cahin, caha, hue, dia, hop là !*
> *Un fiacre allait trottinant,*
> *Jaune avec un cocher blanc.*
> *Derrièr'les stores baissés,*
> *Cahin, caha, hue, dia, hop là !*
> *Derrièr'les stores baissés,*

On entendait des baisers.
Puis un'voix disant : « Léon ! »
Cahin, caha, hue, dia, hop là !
Puis un'voix disant « Léon !
Tu m'fais mal, ôt' ton lorgnon ! »
Un vieux monsieur qui passait,
Cahin, caha, hue, dia, hop là !
Un vieux monsieur qui passait
S'écrie : « Mais on dirait qu'c'est…
Ma femm'dont j'entends la voix !
Cahin, caha, hue, dia, hop là !
Ma femm'dont j'entends la voix ! »
Il s'lanc'sur pavé en bois.
Mais il gliss'sul sol mouillé,
Cahin, caha, hue, dia, hop là !
Mais il gliss'sul sol mouillé,
Crac ! Il est écrabouillé.
Du fiacre une dam'sort et dit :
Cahin, caha, hue, dia, hop là !
Du fiacre une dam' sort et dit :
« Chouett' Léon ! C'est mon mari !
Y a plus besoin d'nous cacher,
Cahin, caha, hue, dia, hop là !
Y a plus besoin d'nous cacher.
Donn'donc cent sous à c'cocher ! »

Tout le monde riait aux éclats. Gottardo dut expliquer :

— En France, Léon est un prénom assez ridicule. On dit par exemple : « Si tu ne me rends pas cet argent, je t'appellerai Léon ! » Et quand on doit embrasser une femme, c'est une précaution élémentaire que d'abord on enlève son lorgnon. Yvette Guilbert souligne qu'à Paris, la fidélité conjugale est peu pratiquée. On emploie les cocottes. Ou bien la femme du voisin. Toulouse-Lautrec rendait souvent visite aux filles de joie, qu'il payait en dessinant leur portrait. La plupart des chanteuses du *Moulin-Rouge* se prostituaient. Enfin on peut dire que la dame du fiacre, faisant donner 100 sous de pourboire au cocher, prouve qu'elle n'estimait pas bien haut la valeur de son mari.

Les murs du bar étaient tapissés d'affiches qui n'avaient pas été enlevées après le départ de Toulouse-Lautrec, leur auteur. Elles annonçaient le programme du jour – 2 octobre 1897 – ou montraient des vedettes anciennes : Yvette Guilbert, Louise Weber, dite la Goulue, Cha-U-Kao, la clownesse au chapeau pointu, Loïe Fuller. Cette dernière particulièrement remarquable. Née en Amérique, elle avait d'abord joué des rôles d'enfant. Danseuse au *Moulin-Rouge*, elle paraissait vêtue de vêtements légers et flottants, éclairée par des projecteurs multicolores, ce qui lui permettait de produire une danse serpentine, une danse du papillon, une danse du feu, au milieu desquelles flambait sa chevelure rousse.

Une de ces affiches montrait le peintre Van Gogh, derrière un verre d'eau verte, l'air terriblement malheureux. Toulouse-Lautrec avait écrit dessous à l'encre de Chine quelques lignes dont il faisait lui-même son catéchisme : *Il faut être ivre. Tout est là, c'est l'unique question. Pour ne pas sentir l'horrible fardeau du temps qui brise vos épaules et vous penche vers la terre. Il faut vous enivrer sans trêve. Mais de quoi ? De vin, de poésie ou de vertu, à votre guise. Baudelaire.*

— Qui est ce Baudelaire ? s'enquit Ralph.

— Un poète fils de bourgeois qui, lui aussi, détestait la bourgeoisie.

Dans le public du *Moulin-Rouge*, on pouvait reconnaître des spectateurs d'importance, Oscar Wilde, Apollinaire, des comtes, des comtesses. Ralph et Gottardo, un soir, identifièrent Édouard VII qui venait de succéder à sa mère Victoria et qui, pour sceller avec la France l'« entente cordiale », fréquentait Paris et ses plaisirs. Chauve, barbu, moustachu, il souriait à tout le monde. Avec ses lunettes de marine, il se plaisait à observer les danseuses dont certaines portaient des culottes bouffantes et transparentes. Au bar, il consommait aussi volontiers le champagne et l'absinthe.

— Comment, demanda Ralph, ce Toulouse-Lautrec de si grand talent a-t-il terminé sa vie ?

— En très mauvais état. En présence de son père et de sa mère dans le château de Malromé, près d'Arcachon, que les révolutionnaires de 1793 avaient épargné. Il avait trente-six ans et dix mois.

6

La Diane au cerf

On avait accordé à Ralph Stalkner une bourse de 200 dollars pour qu'il suivît l'enseignement des Beaux-Arts de Paris. Il choisit de s'intéresser principalement à la sculpture de la Renaissance. Le maître inégalé en était Jean Goujon dont les jeunes sculpteurs parisiens du XXe siècle pouvaient admirer sur place les grandes œuvres. Le jubé de Saint-Germain-l'Auxerrois, bas-relief en pierre comprenant une *Déposition de croix* et quatre évangélistes. Le Christ est un athlète fatigué, la tête inclinée sur la poitrine. Aucune trace de la couronne d'épines ni du coup de lance. Pas de stigmates dans les mains ni dans les pieds. Les saintes femmes crient et pleurent adorablement dans leurs longues robes plissées. Au-dessous, les évangélistes sont reconnaissables à leurs symboles : saint Luc à son taureau, saint Marc à son lion, saint Jean à son aigle, saint Matthieu à son livre. Pas de croix dans cette

Déposition. Les hommes sont musclés, sans chaussures, les femmes bien coiffées. Ce pourrait être une scène de théâtre.

Du même Jean Goujon, les apprentis sculpteurs virent sur place la fontaine des Innocents, ornée de nymphes fort dénudées et de petits génies à cheval sur des tritons. Tontaine et tonton. Tous abondamment chevelus en boucles fines. Tout y est force, grâce, sensualité.

Ralph put encore admirer en passant un buste du roi François Ier, construit au XVIe siècle et fondu au XVIIIe. Rien ne manquait dans son armure, dans la doublure des coudes et des épaules, pas un poil de sa barbe, de sa moustache, de ses cheveux. Œuvre admirable du fondeur autant que du sculpteur non identifiés. Mais la merveille des merveilles fut offerte à ces apprentis lorsqu'un autobus les transporta près de Dreux, dans l'Eure-et-Loir, au château d'Anet. Construit par Henri II pour Diane de Poitiers, presque entièrement démoli pendant la Révolution, partiellement restauré, il contient la statue de *Diane au cerf*. Diane nue, les orteils en éventail, armée de son arc, enjambant un chien lévrier, donne l'accolade de son bras droit à un cerf parfaitement vivant. Grâce à la longueur des cornes, la statue mesure 1,55 mètre de haut. Comme les Amazones, Diane est presque dépourvue de seins ; mais son visage, son nez droit, ses paupières closes, ses cheveux relevés et réunis en chignon sont d'une grâce infinie. Son corps est velu, ses oreilles tendues. Au-dessous de ce groupe soutenu par une sorte d'urne, l'initiale D de Diane, tournée dans les deux sens, forme une légende[1]. Diane de Poitiers est ensevelie dans la chapelle. Jean Goujon lui-même, mort à cinquante-sept ans, de religion réformée, a choisi de mourir à Bologne en Italie.

Empruntant le chemin de fer, Stalkner se rendit seul au château d'Anet, dans l'Eure-et-Loir. Il voulait revoir la *Diane au cerf*. Il en fit plusieurs croquis, puis regagna son taudis de Montmartre, abritant ses dessins sous son manteau, car il pleuvait. Il se procura du bois de poirier d'une épaisseur de douze centimètres. Il le travailla pendant trois mois, sans abandonner ses figures au musée Grévin : il y ajouta celle de Toulouse-Lautrec avec ses courtes pattes et sa barbe noire. Mais il avait entrepris un ouvrage plus significatif : la *Diane au cerf* en demi-relief ou ronde-bosse, dont les figures ressortent avec la moitié de leur épaisseur. Le cerf et ses longues cornes en étaient la partie la plus difficile, la plus exigeante. Et aussi ses yeux exorbités comme s'il voyait la mort venir. Sentiment imaginé par Jean Goujon, car de tous les animaux, l'homme seul

---

1. *Légende* signifie : « Ce qu'il faut lire ».

pressent qu'il va mourir. Et le poil de sa toison.
Il y besogna tout un semestre. Il montra son
ouvrage à Diego Rivera et à Gottardo Piazzoni.

— *Que maravilla !* dit le premier.

— *Che meraviglia !* dit le second. Il faut que
tu la montres au prochain Salon.

— C'est bien ce que je comptais faire.

Il avait déjà associé dans ses ouvrages la
femme et la bête, Bridgeen O'Bihan et le lapin
Bunny, conscient de ce qu'on trouve d'animalité
chez la femme et de féminité chez l'animal. Son
essai avait été réduit en poussière par le tremblement de terre de San Francisco. Dans la
Diane au cerf, cette association était beaucoup
plus sensible. La coiffure du cerf, exubérante,
monte très haut comme la coiffure de la chasse-
resse. Les yeux baissés, le nez et la bouche
confus, elle le serre par le cou, lui demandant
pardon de devoir le sacrifier. Et lui, fièrement,
répond : « Je suis prêt. » Le chien seul, complice
de Diane, est indifférent. Dans son demi-relief,
Stalkner travailla à rendre tout cela. Le bois de
poirier y mit toute la bonne volonté qui jadis
avait circulé dans ses veines pour produire le
plus agréable des fruits. La sculpture mesurait
un mètre de haut.

Encouragé par Gottardo et Diego, il osa présenter son demi-relief au Salon de 1910. Celui-ci
se tenait près des pieds de la tour Eiffel, sur
une vaste esplanade entièrement occupée sous

Louis XV par la culture maraîchère. Après la fondation de l'École militaire, on consacra cet espace aux exercices des futurs soldats et il devint le Champ-de-Mars, le dieu de la Guerre, à l'imitation du Champ-de-Mars de Rome, sur la rive gauche du Tibre. En bordure de la Seine, le terrain était clos par un mur, contre lequel nombre de suspects avaient été fusillés. Notamment le général Malet qui, annonçant la mort de Napoléon à Moscou, prétendait prendre sa place. Avant ce fait divers, une foule énorme y avait célébré le 14 juillet 1790 la fête de la Fédération qui voulait prouver les sentiments de la majorité des Français en faveur de l'union de tous les pays de France et de tous les citoyens d'une nation unique. D'autres célébrations y eurent lieu. Notamment, en 1794, celle de l'abolition de l'esclavage. À partir de 1867, cette magnifique promenade fleurie reçut des expositions universelles. Plus tard, annuellement, un Salon des beaux-arts. En 1910, Ralph Stalkner et son demi-relief y furent admis.

Au milieu des tulipes et des myosotis, une charpente de trois cents mètres de longueur et autant de largeur avait été construite. Pavoisée de drapeaux de tous les pays. Peu comptait la nationalité des artistes, seuls comptaient les talents, reconnus par une commission d'artistes officiels. Les peintres y occupaient la majorité des places : les derniers impressionnistes, les fauves, les cubistes, Maurice de Vlaminck, André Derain, Henri Matisse, Georges Braque, Marie Laurencin, surnommée la Fauvette, Modigliani, avec ses femmes au cou de girafe. Très peu de sculpteurs : Brancusi, González, Zadkine, Duchamp-Villon, pratiquant le constructivisme ou l'expressionnisme, la technique du fer soudé ou de la serpillière de bronze. Par exemple, l'un avait produit un cheval, qu'on eût pu prendre aussi bien pour un canard ou pour un tas de merde, il n'en avait pas l'odeur, mais il en avait la couleur. Un autre avait ramassé chez les fer-railleurs auvergnats une quantité de tubes, de tournevis, de démonte-pneus et il avait assemblé cet appareil sous le titre *Femme se coiffant*. Les Parisiens venaient nombreux à ce Salon. Ils restaient longtemps, les yeux écarquillés devant ces constructions, ou bien ils se payaient une tranche de rigolade en se tapant sur la cuisse droite. Certains préféraient la gauche. Ralph mourait de honte devant sa *Diane au cerf*, se demandant à quelle école il appartenait. Son demi-relief était cependant bien regardé. Devant lui, personne ne se désopilait. Beaucoup toutefois reconnaissaient l'œuvre de Jean Goujon et concluaient :

— Quelle belle ouvrage ! Mais c'est de la copie. Vous êtes copiste ?

— Pas toujours. Allez voir au musée Grévin. J'ai fait les bustes de trois présidents des États-Unis sans avoir de modèles.

Le Salon dura une semaine. Beaucoup de toiles furent vendues, même les plus abracadabrantesques. Les acheteurs étaient généralement des négociants en peintures ou sculptures, ils avaient des preneurs habituels russes ou allemands. Peut-être des détraqués de la cervelle. Ralph se tenait toujours près de son ouvrage, se nourrissant à midi d'un sandwich. « Je ne reviendrai plus », se promettait-il en remontant le soir à Montmartre. Le lendemain, il redescendait quand même. Diego Rivera n'exposait rien, c'était un spécialiste de la peinture murale. Rien non plus Gottardo Piazzoni, spécialiste de la gravure et des ex-libris. C'est alors que la Diane et le cerf reçurent la visite du docteur Robert Aerstein qui fit deux propositions à leur auteur :

— Primo, je vous achète votre demi-relief si vous acceptez de me le vendre. Secundo, s'il vous arrive de retourner en Californie, j'aurai peut-être à vous proposer une besogne qui pourrait durer plusieurs années. Réfléchissez-y. Donnez-moi demain votre réponse.

Il souleva son chapeau et prit congé. Ralph passa la nuit suivante à ruminer mille choses. Combien devait-il demander pour sa *Diane* ? Se rappelant les prix exorbitants qui couraient chez les constructivistes, il hésita entre 400 et 500 dollars, puisque l'acheteur était américain. Quant à la besogne envisagée, comment cet homme pouvait-il la confier à un modeste copiste ?

Ils se retrouvèrent au Salon, vers midi trente, alors que Stalkner venait d'entamer son sandwich.

— Je vous demande pardon, prononça-t-il, la bouche pleine.

— C'est moi qui vous le demande. Dois-je revenir ?

— Non, non. Tout est parfait, répondit Ralph en s'essuyant les badigoinces avec son mouchoir. Je suis vendeur.

— À quel prix ?

— À 500 dollars. À 400 peut-être.

Sans barguigner, l'homme signa un chèque de 800 dollars de la Western Union Bank.

— Quant à l'autre pensée, nous en reparlerons à San Francisco. Voici ma carte. (Elle disait : *Dr Robert Aerstein 333 Sloat Boulevard*.) Puis-je emporter votre ouvrage ?

— Naturellement. Tous mes remerciements.

— Au revoir à Frisco. C'est près du Harding Park.

Avec stupeur, Ralph vit s'éloigner sa *Diane au cerf* qu'il avait copiée sur Jean Goujon. Dans les jours qui suivirent, il fit ses bagages, alla au musée Grévin saluer Washington, Lincoln et Grant et prit le train du Havre, serrant sur son cœur le chèque de la Western Union Bank, puis il traversa l'océan Atlantique, fit à rebours le voyage de New York à San Francisco par le Central Pacific. Frisco s'était parfaitement remis des destructions causées par le tremblement de terre. Il avait même ouvert des parcs et s'était embelli. À Bodega Bay, il ne retrouva point Bridgeen ; on lui expliqua qu'elle avait épousé un *policeman* et ne pensait plus au tout-puissant Dagda. À Belmont, son oncle et Big Joe lui serrèrent la main. Virginia l'emprisonna contre sa volumineuse poitrine en gémissant :

— Mon fiston ! Mon fiston !

Le lapin Bunny avait rendu sa petite âme à Dagda. Au-dessus d'eux, dans le ciel sans nuages, les mouettes riaient à qui mieux mieux :

— Le voilà ! Le voilà ! Le voilà !

C'était le 1er mai 1912. Elles célébraient son vingt-huitième anniversaire.

7

Mariage et pendaison

Toujours logé par ses cousins de Richmond, Ralph Stalkner se rendit chez le docteur Robert Aerstein, au numéro 333 de Sloat Boulevard. Il fut reçu par un domestique mexicain qui l'introduisit dans un vaste bureau-salle d'attente aux murs tapissés de peintures dont il identifia quelques auteurs : un Manet, un Monet, un Van Dongen. Il se crut tout à coup encore au Salon du Champ-de-Mars. Sentiment confirmé par la présence aussi, un peu à l'écart, de sa *Diane au cerf* en demi-relief. À l'écart mais bien visible quand même parce qu'elle faisait face à une fenêtre ronde. Un hublot, comme il y en a dans les navires. Le Mexicain revint et dit :

— Le docteur Aerstein vous prie de l'attendre un moment. Désirez-vous un cigare ?

— Merci, je ne fume pas.

Ralph continua d'examiner tous ces chefs-d'œuvre. Aucun constructiviste n'y figurait.

Comme l'attente se prolongeait, il se leva, regarda par la fenêtre le Harding Park où des enfants se balançaient en se poussant à tour de rôle.

Enfin le docteur parut, le visage rouge, les cheveux ébouriffés, comme quelqu'un qui sort d'un bain. Habillé d'une simple robe de chambre.

— J'ai fait un long voyage. Je reviens d'Espagne. J'avais besoin de me rafraîchir. Pardonnez-moi.

Ralph eut l'impression qu'il fallait le pardonner souvent.

— Permettez que je vous offre un rafraîchissement. D'Espagne, j'ai rapporté du malaga, un vin liquoreux…

— Je bois très peu de vin.

— Pardonnez-moi. Si vous refusez tout…

— Je prendrai un peu de malaga.

Le docteur appuya sur le bouton d'une sonnette, puis parla dans un cornet acoustique : « Un peu de malaga. »

Le Mexicain revint avec une carafe et deux verres. Il remplit celui de son maître.

— La moitié seulement, dit Ralph.

— Trinquons, dit le maître. *Con Dios*.

— *Con Dios*.

Quand ils eurent bu, Robert Aerstein demanda pardon une fois encore.

— Je ne peux point parler de choses

importantes en robe de chambre. Permettez que j'aille m'habiller correctement.

— Je ne suis pas pressé.

Ralph resta seul à se ronger les ongles. Après quinze autres minutes, le docteur reparut en veston d'alpaga, cravaté, peigné, les deux bouts de sa moustache relevés en crochets. Siégeant sur deux fauteuils Voltaire, ils se considérèrent encore un moment, silencieux.

— Êtes-vous fort en histoire ? s'enquit Aerstein.

— Pas trop.

— Connaissez-vous un Français nommé Ferdinand de Lesseps ?

— Pas du tout.

— Cet aristocrate a dirigé le creusement du canal de Suez qui, sur une longueur de 195 kilomètres, réunit la mer Méditerranée et la mer Rouge, abrégeant considérablement la navigation entre, par exemple, l'Angleterre et les Indes. Canal inauguré en 1869, en présence du sultan d'Égypte et de Napoléon III, l'empereur des Français. Trente-cinq ans plus tard, le même aristocrate, considérant l'étroitesse des terres qui unissent l'Amérique du Nord à l'Amérique du Sud, a eu l'idée de creuser le canal de Panamá, ce qui devait abréger également la navigation entre l'Atlantique et le Pacifique, sans passer par le cap Horn, comme on le faisait depuis Magellan. Vous me suivez ?

— Je vous suis parfaitement, docteur.

— Puis il vint un embrouillement et les travaux s'arrêtèrent. Les États-Unis d'Amérique les ont repris, après un accord avec la république de Panamá, en 1904. Beaucoup plus court que celui de Suez – 80 kilomètres seulement et 6 écluses – il sera terminé, selon nos prévisions, dans deux ans, en 1914. Inutile de souligner qu'il facilitera le commerce international entre l'Europe et les Amériques, qu'il développera l'agriculture, l'industrie, le tourisme, la communication internationale, qu'il éloignera les conflits guerriers, qu'il développera les relations du Nouveau Monde et de l'Ancien, l'amour de la paix. Merveilleux effets de ce canal !

— Je comprends bien tout cela.

— Alors voici la pensée que certains hommes américains – dont je suis – ont conçue : organiser une exposition qui montrera les bienfaits du canal de Panamá sur la vie des deux mondes. Elle montrera en même temps la résurrection de San Francisco.

— Comment l'appellerez-vous ?

— Simplement *Panamá Pacific International Exposition*. Elle comprendra tous les palais nécessaires : celui de l'agriculture, celui de l'industrie, celui de l'art, celui des beaux-arts et même celui de la pensée. Qu'en dites-vous ?

— Ce sera une énorme besogne. Un prodige.

— L'énormité nous convient. J'ai pu obtenir

qu'elle soit installée à San Francisco, l'année 1915 pour être sûr de son achèvement. Et je vous y emploierai, si vous en êtes d'accord.

— Pourquoi ne le serais-je pas ?

— Nous signerons un contrat où figureront les travaux que j'attends de vous de façon détaillée. Vous aurez trois ans pour les exécuter.

— Vous avez toute ma gratitude.

Ainsi se firent les choses, minutieusement. Les paroles s'en vont, les écrits restent.

San Francisco fournit le site nécessaire, un terrain de 635 acres (2,7 kilomètres carrés) le long de sa côte nord, appelé de nos jours le quartier de la Marina. Trois ans de suite des ouvriers y travaillèrent, parmi lesquels quelques Peaux-Rouges employés à construire des tours hautes de 200 mètres, parce que les Indiens sont insensibles au vertige. Tour des Joyaux, à l'ouest, couverte de 100 000 éclats de verre colorés qui multipliaient les rayons du soleil ; la nuit, ils recevaient les rayons de puissants projecteurs. Tour italienne à l'est, évoquant la tour de Pise en plus pointue.

De nombreux palais occupaient cette vaste surface : le palais de l'Alimentation, celui de l'Éducation, celui de l'Économie, celui de l'Agriculture, celui des Mines et de la Métallurgie, celui du Machinisme, celui des Beaux-Arts, celui des Diverses Industries, celui du Commerce, celui de la Pensée. Une avenue était destinée aux nations étrangères. Une vaste surface, *The Zone*, offrait aux enfants des balançoires, des chevaux de bois, des jeux de boules et autres brimborions. Tous ces bâtiments, destinés à une courte existence, étaient composés d'un matériau provisoire, le staff, une combinaison de plâtre et de filasse de chanvre. Inaugurée par le président William Howard Taft, orné de son chapeau gibus et de sa jolie moustache blanche, toute l'exposition fut détruite à la fin de 1915, excepté le palais des Beaux-Arts à cause de son dôme et de sa colonnade, ornée de femmes en pleurs.

Des attractions excitaient la curiosité ou le plaisir des innombrables visiteurs. On fit venir, par exemple, la première locomotive à vapeur achetée par Southern Pacific Railroad, avec sa cheminée haute de trois mètres, son chasse-pierres, son sifflet strident qu'on ne pouvait supporter qu'en se bouchant les oreilles. Karl Marx a dit que les révolutions sont les locomotives de l'Histoire ; c'est juste, mais il ne faut pas s'impatienter. On fit venir *La Cloche de la liberté*, fondue pourtant à Londres en souvenir de l'indépendance américaine. Déposée en Pennsylvanie, elle prit le train et fit un long voyage. On ne lui demanda pas de chanter car on s'aperçut qu'elle comportait une fissure. Beaucoup de libertés présentent des fissures. Elle regagna

Philadelphie sans gloire. On installa aussi une ligne téléphonique pour que les habitants de New York puissent entendre clapper les vagues du Pacifique à travers tout le continent. Des dollars en or furent frappés, portant pour la première fois la devise *In God We Trust*[1].

Mais que fit Ralph Stalkner dans cette foire ?

— Je voudrais, dit le docteur Aerstein, que vous orniez à votre goût les frontons des divers palais. J'ai une seule suggestion à vous faire. Ayant voyagé en Espagne, comme je vous l'ai dit, et visitant Tolède, j'ai remarqué, à l'hospice de Santa Cruz, une très belle illustration au-dessus de l'entrée principale. Elle représente six figures de saints. Voici une photographie de ce groupe. Je vous suggère de vous en inspirer pour remplir le fronton du palais des Diverses Industries. Qu'en pensez-vous ?

Ralph se mordit la langue pour ne point exprimer l'humiliation qu'il éprouvait toujours à être tenu pour l'éternel copiste.

— Je ferai de mon mieux, répondit-il modestement, pour vous satisfaire. Je remplacerai les saints par des figures de travailleurs. Mon père était menuisier-charpentier.

— Rappelez-vous que l'exposition doit être terminée au début de l'année 1915.

---

1. « Nous avons confiance en Dieu. »

— Je ne l'oublierai pas.

— Si c'est nécessaire, ayez recours à des assistants. Des assistants masculins. Les femmes ne sont bonnes à rien, sauf dans un lit !

Le docteur éclata de rire, ce qui incendia sa bouche car il y avait plusieurs dents en or.

Ralph Stalkner travailla trois ans à faire ces ouvrages qui devaient disparaître après 1915. Il n'en resterait rien, que des photographies peut-être, alors que les sculptures de l'Antiquité égyptienne, grecque, romaine étaient encore visibles. Les œuvres des constructivistes dureraient sans doute plus longtemps que les siennes. « Je veux, se disait-il, travailler pour mon plaisir et pour gagner mon pain, comme un forgeron, comme un menuisier-charpentier, comme un tailleur de pierre. »

Lorsque le président Taft vint inaugurer l'exposition, il lui expliqua ses œuvres, craignant qu'il n'y vît que des lignes. Le fronton du palais des Diverses Industries montrait un mineur avec une pioche, un maçon avec sa truelle, un forgeron avec son marteau, une femme filant de la laine, un menuisier avec sa scie.

Ailleurs, il sculpta le Nouveau Monde recevant l'enseignement de l'Ancien, une figure de la Pensée. Devant le palais des Beaux-Arts, une Vénus agenouillée face à l'autel de l'Inspiration. Dans tous ses travaux, Ralph Stalkner employait un peu d'inspiration et beaucoup de transpiration.

En 1912, âgé de vingt-huit printemps, il rencontra Lucy Barnet, sa cadette de deux mois, diplômée de la California Academy of Arts and Music, et chacun épousa l'autre. Elle fut sa première princesse.

Ralph arrivait au mariage presque vierge. Dix ans plus tôt, il avait rencontré Chloe – on prononce « clou » – Salz, qui était juive et allemande d'origine. Elle se laissait caresser, mais ne valait rien au lit, contrairement à ce que pensait le docteur Aerstein. Elle prétendait que sa religion interdisait l'acte sexuel et le remplaçait, entre deux draps, par des audaces manuelles qui provoquaient des inondations fort déplaisantes. Un jour, elle prit congé de lui, disant :

— Je vais épouser un Juif et je suis obligée de rompre toutes nos relations.

Il s'en accommoda. Et voici qu'en 1912, après des années d'incertitude, il se laissait aller à convoler en justes noces. Il connaissait un certain avertissement de William Shakespeare, prononcé par Nerissa dans *Le Marchand de Venise* : « *Hanging and wiving goes by destiny.* » Écrit à une période où pour une peccadille on risquait d'être pendu : « Mariage et pendaison, question de chance ou de malchance. » Selon la volonté du destin (les Irlandais disent de Dagda), on peut tomber dans une bonne entreprise ou dans une mauvaise. Mais comment faire autrement ? Le mariage à l'essai n'existait pas encore. Il se risqua donc à épouser Lucy Barnet parce qu'elle avait de jolis yeux et un énorme chignon de cheveux noirs. Ils trouvèrent un logement près de l'*embarcadero* vers Sausalito.

Lucy était une personne qu'il ne fallait jamais contrarier. Elle jouait de la clarinette à toute heure du jour et de la nuit. Les *Quatre Saisons* de Vivaldi remplissaient leur domicile. Elle était capable de faire quand même la cuisine, sans s'intéresser aux goûts de son mari. Elle lui servait des *appetizers* qu'elle achetait tout confectionnés à la *grocery* du coin, aux saveurs virulentes, petites bouchées à l'anchois, saucisse, poisson fumé, pickles divers, souvent sur des bâtonnets eux-mêmes plantés, comme les piquants d'un hérisson, sur des demi-pamplemousses. Parfois aussi, c'étaient de menus morceaux de légumes crus, choux-fleurs ou carottes, qu'il fallait tremper dans une sauce épicée au fromage ou au curry. Après quoi, on passait tout de suite au dessert : salade de fruits, ou tarte à la compote, ou tarte au potiron. En cachette, Ralph était obligé de se servir dans le garde-manger, où il trouvait des restes, ou des biscuits. Par chance, il n'était pas un gros mangeur. Certains jours, quand il revenait de ses besognes, il la trouvait

108

en compagnie de Rossini, ayant oublié le repas. Après tous ces imprévus, ils se raccommodaient sur l'oreiller.

— Je t'avertis, lui dit-elle, tous les printemps, en avril, mai, je suis malade.

— Quel genre de maladie ?

— Une sorte de langueur. Je n'ai plus faim. Je dors mal. Je garde juste assez de force pour honorer mes concerts.

Car elle allait jouer dans des églises, dans des temples, dans des théâtres, dans des opéras. Sans parler de ses répétitions personnelles. Au lit, elle refusait les avances de son mari. Ou les acceptait avec répugnance, ce qui était pire. Pour effacer cette langueur, on allait courir, ou simplement marcher dans les parcs environnants. On jouait avec les enfants des autres au ballon ou au cerceau. « Ce qu'il nous faudrait, songeait Ralph, c'est un enfant à nous. » Il eut satisfaction : le 15 juin 1913, une cigogne leur apporta au bout de son bec un petit garçon qu'ils appelèrent Peter.

Il n'y eut plus de langueur printanière, mais la chaleur ne revint point dans le ménage. Dès lors, Lucy partagea son temps entre Peter et la clarinette. Elle allaita le premier pendant six mois, jusqu'à ce que, de lui-même, il fît comprendre qu'il ne voulait plus de ce lait-là. Il fallut engager une nourrice, pareille à celle que Ralph avait eue à Belmont. Pas tout à fait pareille : Juana était mexicaine et de couleur jaunâtre. Lucy surveillait chaque tétée la montre à la main. Elle ne la déposait que pour aller clarinetter. Pendant ce temps, Ralph prenait le bateau de Sausalito, traversait le Golden Gate, retournait à la foire-exposition Panamá Pacific. Il aurait pu songer à se pendre : mariage et pendaison, question de chance ou de malchance. Il n'en fit rien. Il adhéra à la California Society of Etchers (CSE), association d'aquafortistes installée à Sacramento. Elle comprenait quinze membres et organisait de petites expositions. Les choses allaient ainsi tant bien que mal.

En 1917, les États-Unis entrèrent en guerre contre l'Allemagne et l'Autriche-Hongrie, aux côtés de l'Angleterre et de la France. Un peu partout, des affiches furent placardées, montrant la figure farouche de l'oncle Sam, la barbiche hérissée, l'index tendu, et s'exclamant *Join Us !* (« Rejoignez-nous ! »). La Californie était bien trop loin de ce conflit pour qu'on s'y intéressât. La plupart des Californiens situaient mal la France, ce pays mangeur de grenouilles. Seuls les Yankees en savaient quelque chose, en souvenir, peut-être, d'un certain Lafayette qui avait emprunté son nom à la ville de Lafayette entre Orinda et Walnut Creek. Une escadrille d'aviateurs américains portant ce nom était même partie combattre en 1916. Aussi Ralph Stalkner et ses amis restèrent tranquilles dans leurs bottes et poursuivirent les travaux commencés. Jack

London venait de mourir, en 1916, multimillionnaire, empoisonné par l'urémie dont il souffrait depuis longtemps. En revanche, les Noirs et les Peaux-Rouges, poussés par les missions chrétiennes, obéirent à l'injonction de l'oncle Sam et furent expédiés vers le front français. Il arriva même qu'un Indien du Dakota, s'étant brillamment comporté en capturant plusieurs dizaines de soldats allemands, les Français voulurent lui décerner leur médaille militaire ; mais ils s'aperçurent que ce vaillant combattant ne possédait aucune nationalité.

— Comment t'appelles-tu ? demandèrent-ils.

— Peau-de-Bison.

— Répète un peu.

— Peau-de-Bison.

— Quelle est ta nationalité ?

— Comanche.

On ne put le décorer. On n'allait pas attribuer une telle médaille à une Peau-de-Bison. Il dut s'en passer[1].

En France, les soldats américains furent accueillis chaleureusement, avec leurs chapeaux pointus de cow-boys. Les soldats français leur apprirent l'usage des chars d'assaut et des

---

1. Ce n'est que beaucoup plus tard, en 1924, que le statut de citoyen américain fut accordé aux Peaux-Rouges, dans l'indifférence générale aussi bien indienne que yankee.

mitrailleuses de Saint-Étienne. Eux-mêmes apprirent aux Français à se raser et à se laver les dents. Ensemble, ils parvinrent à enfoncer les lignes allemandes. Puis les *boys* blancs, noirs ou rouges regagnèrent les États-Unis après avoir possédé un très grand nombre de femmes françaises plus ou moins consentantes. Lorsqu'elles l'étaient, ils traçaient sur leur ventre, avec un bâton de rouge à lèvres, le mot franco-anglais *souvenir*.

Pendant ces années difficiles, Stalkner résidait à Sacramento, capitale de la Californie. Ce nom est aussi celui de la rivière qui la traverse, affluent de droite du San Joaquin. Après avoir arrosé de riches campagnes produisant des légumes, des fruits, des cannes à sucre, il s'épanche avec lui dans la baie de San Francisco. Sacramento, capitale modeste de 100 000 âmes, cherchait à se donner de l'importance, avec ses trains à vapeur et le fort construit par l'aventurier John Augustus Sutter en 1840 lorsque la Californie appartenait au gouvernement mexicain. Né en Allemagne en 1803, mais se considérant suisse, Sutter abandonna sa femme, ses cinq enfants et ses lourdes dettes pour émigrer en Amérique en 1834. Il travailla à New York, passa par le Missouri, le Kansas, naviqua aux îles Hawaï, s'installa enfin en Californie avec l'intention d'y faire fortune. Les Mexicains lui accordèrent une immense concession territoriale – près de 20 000 hectares

– et un passeport mexicain. En échange, il s'enga-geait à participer à la « pacification » des terres indiennes. Dès l'été suivant, il entreprit la construction d'un *presidio*, un fort. Pionnier de l'Ouest, son rêve était de fonder la Nouvelle Hel-vétie en sol américain. Il y parvint, devenant même à la longue le plus grand propriétaire de l'Ouest, élevant chevaux, vaches, moutons. Ensuite vint la Ruée vers l'or, qui amena des milliers de nouveaux immigrants. Sutter les secourut, songeant à son ancienne pauvreté. Il se ruina même pour avoir aidé trop de monde. La pauvreté lui revint, il implora le gouvernement fédéral américain, qui fit la sourde oreille, et il mourut entre les bras de la misère, comme Fran-çois d'Assise.

La capitale de la Californie, qui avait remarqué le talent sculptural de Ralph Stalkner pendant l'exposition Panamá Pacific, eut recours à lui.

— Nous souhaitons, lui dit le maire, une statue qui rappellera le souvenir de John Augustus Sutter. Il fut pour notre ville le modèle du pion-nier économique, politique, social. Même s'il ne réalisa point tous ses rêves. « Il n'est pas néces-saire d'espérer pour entreprendre, ni de réussir pour persévérer. » Qui a dit cette jolie chose[1] ?

---

1. Attribuée à Guillaume d'Orange qui défendit la Hol-lande contre les soldats de Louis XIV en inondant les pol-ders.

— Je ne sais pas.

— Moi non plus. Proposez-moi plusieurs dessins du pionnier que vous envisagez. Je ferai mon choix.

Sur papier Canson, Ralph dessina trois personnages qui pouvaient, selon lui, prétendre au titre de pionniers de 1840. Hirsutes, barbus, mal chaussés, mal vêtus, armés d'une pioche ou d'une pelle à trois dents. L'un avait un flacon de whisky émergeant de sa poche. L'autre taillait une lance en pointe avec un couteau. Le troisième armait un fusil à chien. Le *mayor* de Sacramento les examina attentivement et choisit le premier, parce qu'il était lui-même grand amateur de whisky.

— Mettez-lui deux flacons, un dans chaque poche, recommanda-t-il seulement.

— En quel matériau dois-je le faire, demanda Ralph. En bronze, en pierre, en staff ?

— En une pierre dure et colorée.

Ralph visita plusieurs carrières. Il choisit le porphyre rouge qu'il trouva dans le mont Shanta, où naissait le fleuve Sacramento. Il travailla trois ans à son pionnier de porphyre, reçut un chèque proportionné, fut porté en triomphe lors de l'inauguration.

— Qu'allons-nous faire de tout cet argent ? demanda-t-il à sa femme Lucy. Nous pouvons nous permettre de prendre un peu de repos.

— Allons en France. Je voudrais voir Paris.

Ton ami Piazzoni fera le nécessaire pour nous trouver un logement pas trop cher.

— Pour combien de temps ?

— Disons pour deux mois.

— OK.

Ils traversèrent tout le continent américain. À New York, ils prirent deux places et demie sur le paquebot *Paris* qui fumait de ses trois cheminées. La traversée ne subit aucun orage. On présenta des personnes importantes qui prenaient l'air sur le pont. Notamment une dame réservée, aux tempes grisonnantes qu'on leur dit être la savante Marie Curie, d'origine polonaise, qui avait reçu deux prix Nobel, découvert avec son mari, Pierre Curie, le radium et les rayons X qui permettent de voir les organes d'un corps humain comme s'il était transparent, et de détruire les cancers. Sans parler d'autres propriétés plus extraordinaires. Mme Curie se promenait chaque jour le long du bastingage et semblait étudier les palpitations des vagues.

Le *Paris* se mit à quai au Havre. Une foule énorme encombrait le port, secouant des drapeaux tricolores et chantant des chansons que les Stalkners ne connaissaient point.

— Ils viennent accueillir Mme Curie, pensèrent-ils.

Elle allait lentement, un peu claudicante. Elle descendit l'escalier en se tenant bien à la rampe.

Deux ou trois personnes l'attendaient. Une minute plus tard, toute la foule du quai hurla :

— Maurice ! Maurice ! Momo !

Tandis que, presque aussitôt, elle entonna ce chœur :

> *Elle avait de tout petits petons,*
> *Valentine ! Valentine !*
> *Elle avait de tout petits tétons,*
> *Que je tâtais à tâtons,*
> *Tonton tontaine...*
> *Outre ses petits petons,*
> *Son p'tit menton, ses p'tits tétons,*
> *Elle était frisée comme un mouton...*

Tous ces mangeurs de grenouilles étaient venus attendre et acclamer Maurice Chevalier qui arrivait d'Hollywood. Marie Curie ne les intéressait point.

8

Escapade

Gottardo fit bien son travail. Il logea la famille Stalkner chez un cousin, rue Boissy-d'Anglas.

— Qu'est-ce que c'est Boissy-d'Anglas ? s'enquit Lucy.

— Un parlementaire qui, pendant la grande Révolution, faillit être décapité et ne le fut pas.

Piazzoni promena ses amis à travers Paris-sur-Seine. L'enfant Peter fut inscrit à l'École alsacienne, où il devait apprendre la langue française et la religion protestante. Ralph revit la butte Montmartre, la basilique du Sacré-Cœur à peine terminée, le *Moulin-Rouge* et autres parisienneries. Sur la façade de l'Opéra, la *Danse* de Carpeaux toute en marbre de Carrare, émerveilla Ralph autant que l'avait fait la *Diane au cerf.*

— Si tu veux, dit Gottardo, je t'y amène.

— Où ça ?

— À Carrare. Michel-Ange allait y choisir son marbre. Le travail des carriers est une besogne fabuleuse.

— Et ma femme ? Et mon fils ?

— Ils ont un logis, une occupation, de l'argent. Ils peuvent se passer de toi quelques jours. Disons une semaine.

— Il faut que je leur en parle.

Il en parla. Lucy aurait voulu être de la partie, mais Peter la retenait.

— Ce sera juste une escapade, dit Piazzoni. De trois ou quatre jours.

Elle donna son accord, de mauvais gré.

Ils prirent le train, passèrent par Lyon, Turin, Alexandrie, Gênes, la Spezia. Carrare se trouve tout près, au pied des Alpes apuanes.

Vues de la plaine côtière, au crépuscule, ces Alpes blanches ont l'air d'une chaîne de montagnes en carton pâte dressée par quelque metteur en scène. Un carton rongé çà et là par des souris : on distingue les traces capricieuses de leurs dents. De jour, le relief leur revient. Ce sont bien des Alpes, avec leurs cimes pointues et d'éblouissants névés. Il s'agit en fait de débris de marbre, millions de mètres cubes exploités depuis trente siècles. Ils s'éboulent lentement, en produisant le même craquement menu que le gros sel sous le pilon. Ils descendent en suivant de larges incisions faites dans la pâte de la montagne, auxquelles on donne ici le nom de *canale* : *Canale del Rio*, *Canale di Ravaccione*, *Canale di Fantis-critti* et même *Canale Grande*, comme à Venise. D'une année à l'autre, la figure de ces vallées change à cause de l'érosion humaine et des détritus amoncelés.

Quoique potiers, modeleurs de glaise avant tout, les Étrusques déjà creusaient dans cette matière blanche. Et avant eux d'autres hommes sans doute. D'ici sont sortis le *Laocoon*, mille vénus, mille apollons, la *Pauline* de Canova, la *Danse* de Carpeaux. La réserve de marbre est si énorme qu'on peut supposer que trois autres millénaires ne l'épuiseront pas.

À Carrare, le marbre est partout. Non seulement les maisons en sont remplies – façades, escaliers, pavements – mais il borde les trottoirs, compose les murets des jardins, les fontaines, la cathédrale. Autour des tailleries où on le débite à la scie en dalles, en lames, en cubes, en plaques de toutes dimensions, les routes, les arbres en sont enfarinés. Les scieurs se mouchent et crachent blanc, comme les meuniers.

— Pour comprendre notre travail, dit un carrier à ses visiteurs, allez d'abord là-haut, à la source du marbre. C'est un spectacle.

Ralph et Gottardo n'ont que l'embarras du choix. Quinze cents sources, quinze cents carrières. Chacune expédie ses blocs informes ou équarris. Les quinze cents ruisseaux finissent par se réunir en un torrent de marbre qui s'écoule vers les ateliers, vers la gare, vers Marina di Carrara, d'où il atteindra tous les coins du monde. Mais avant d'arriver au port, il abandonne sur ses rives quelques déchets. Toutes les voies qui montent vers les montagnes marmifères sont bordées de moraines blanches, de rocs bruts, d'éclats de toutes tailles, sur lesquels besognent des hommes hâves de trente à soixante-quinze ans. Ces récupérateurs portent le nom de « spartiates » parce qu'ils ont toujours vécu plus chichement que les vrais carriers, parce qu'ils se contentent de glaner les pierres dont personne ne veut, à cause de veines mal placées ou de formes bizarres. Les patrons les leur abandonnent pour quelques lires. Quand la pierre est assez grosse, le *spartano* la taille géométriquement, en tire un cube ou un parallélépipède ; il la vendra aux scieries qui la débiteront. En attendant qu'elle trouve preneur, elle peut rester des mois au bord de la route ; le soleil en attendrira la surface. S'il s'agit d'une pierre plus petite, le spartiate la sculpte lui-même, en tire une croix, un vase, un bénitier. Indépendants par goût et par nécessité, ces travailleurs ne sont protégés par aucune loi sociale, aucune assurance. Ralph demande :

— Et en cas d'accident, qu'est-ce que vous faites ?

— On se démerde.

Le *spartano* interrogé a le visage incrusté de grenaille noire. Étincelles de marbre qui se sont logées dans les pores de la peau.

Autrefois, pour arracher les blocs à la montagne, on employait exclusivement des explosifs : les mines fendaient la roche en tous sens, produisant beaucoup de débris. Le rendement était faible. En 1922, on emploie le fil hélicoïdal. Il s'agit d'un fil d'acier à trois brins, constamment poudré à l'émeri ; mû par un moteur électrique, il court sur des poulies et s'enfonce lentement dans le marbre. C'est à peu près le principe du fil à couper le beurre. La patience en plus. La coupure est constamment humidifiée ; l'avance est d'environ dix centimètres par heure.

Mais avant d'en arriver là, il faut ausculter le bloc dans la montagne, en découvrir le front à la pioche, au marteau-piqueur, en employant des mines de faible puissance. Les notes d'un cor annoncent aux alentours l'imminence de l'explosion. Les carriers dégagent ensuite de chaque côté deux couloirs aussi larges et aussi profonds que le bloc lui-même. Quand la chose est faite, ils installent au sommet le fil hélicoïdal qui entreprend de trancher verticalement la masse convoitée. Il faut une semaine ou davantage pour qu'il atteigne la base. Les ouvriers préparent alors le « lit » destiné à la recevoir : une surface plate, un peu relevée du côté de la pente, abondamment garnie d'éclats de marbre qui amortiront la chute.

De petites charges de poudre noire sont fixées dans l'échine du bloc pour le convaincre de quitter le sein de la montagne. Sous leurs poussées successives, l'énorme masse – qui peut atteindre 30 mètres de haut et autant de large – est parcourue de tressaillements. Des failles apparaissent, qui s'élargissent de plus en plus. Les carriers disent que le marbre « consent ». Puis, après l'explosion d'une mine plus forte, l'immense cube, comme poussé par une main formidable, a un sursaut et commence lentement à plonger du front. La chute s'accélère, la vaste façade s'abat sur le lit avec un fracas de tonnerre, dans un jaillissement de poussière et de débris.

Le fil hélicoïdal recommence son grignotement : il faut partager le bloc en masses transportables. On a essayé tous les moyens pour les descendre jusqu'aux routes, c'est-à-dire ceux qui écrasaient le moins de monde. Le système le plus longtemps en vigueur fut celui de la *lizza*. C'était un sentier chargé de déchets sur lequel on faisait glisser le cube, au moyen de traverses savonnées. Pour retenir l'énorme poids, l'empêcher de dégringoler dans le ravin, des câbles d'acier étaient enroulés autour de bornes en bois, lubrifiées à l'huile minérale. Une douzaine d'hommes s'affairaient ainsi autour du bloc. Le chef carrier se tenait devant, au poste le plus dangereux. Quelquefois, le câble se brisait. Le bloc échappait à ses convoyeurs, glissait tout seul le long de la *lizza*, allait s'écraser au pied de la montagne en broyant plusieurs hommes. Plus tard, la *lizza* fut abandonnée. On installa des wagonnets sur des rails. Il y eut moins de morts et moins de blessés.

Après la guerre de 1914-1918, sont venus des camions qui avaient combattu à Vittorio Veneto. Tout y était renforcé : le moteur, les essieux, les pneus, les bennes, les cabines. Les anciennes voies de *lizza* avaient été améliorées quelque peu. Mais la descente restait fort dangereuse.

— Comment recrutez-vous les chauffeurs de ces engins ? demanda Gottardo.

— On les recrute au *manicomio*, à l'asile de fous. Qui d'autre voudrait faire ce métier ?

Tout en haut de la montagne, au-dessus des glaciers de marbre, accrochée à une écorchure, on voyait une petite bête noire qui avançait, qui reculait, qui avançait encore. On pouvait la prendre pour une araignée, un grillon. Non, c'était un camion Fiat, conduit par un de ces dingues. Aucune carrière ne leur était inaccessible ; il y allait non seulement de leurs spaghettis quotidiens, mais de leur honneur. Petite plaisanterie pour reprendre souffle. M. Peugeot est venu de Montbéliard à Rome pour demander à Sa Sainteté de glisser son nom, à titre publicitaire, dans le *Je vous salue Marie* ou toute autre prière catholique.

— Je paierai ce qu'il faut, dit M. Peugeot.

— Vous plaisantez ! s'écrie le pape. Comment pourrais-je faire un truc pareil ?

— Saint Père, vous avez bien mis Fiat dans *Fiat lux et lux fuit* !

À midi, les ouvriers interrompent leur besogne. De leurs mains blanches et rugueuses, ils tirent de la musette le pain, le saucisson, l'omelette froide, un poivron dans lequel ils mordent comme dans une pomme. Les spaghettis seront pour ce soir, à la maison. Ils boivent au goulot le vin toscan, rouge et fort. En été, ils dorment un quart d'heure, assis sur la pierre, adossés à la pierre. Puis tout recommence. Le fil, lui, jamais ne chôme. De temps en temps, un apprenti va d'homme en homme, comme pour une quête. Il ramasse les burins émoussés ; puis il va les chauffer, les reformer, les aiguiser à sa forge, en donne de frais, installé dans un creux, sous un toit d'écailles. Le fil hélicoïdal court en tous sens, avec son inépuisable patience, les burins crépitent, les marteaux-piqueurs pétaradent, les camions rugissent. Quand un homme est gravement blessé, on le couche sur une civière. Les autres font la chaîne, se le passent de l'un à l'autre jusqu'à une des infirmeries disséminées dans la montagne. Une ambulance, si nécessaire, vient ensuite le chercher. Ce chantier produit en moyenne un mort chaque mois.

— J'aimerais voir des sculpteurs, dit Ralph Stalkner.

— C'est un autre spectacle.

Ces artistes n'ont nul besoin de cubes ni de parallélépipèdes. On leur livre des blocs bruts. Eux les regardent, les mesurent et décident :

— Toi, tu seras mon christ 421… Toi, ma vierge 74… Toi, mon ange 203…

Chaque œuvre naît du travail de trois artisans : le modeleur, le sculpteur, l'ornemaniste. Le premier dégrossit la pierre au burin et au marteau ; bientôt, sous les formes rudes de l'ébauche, on devine la figure de l'ange, du Christ ou de la Vierge comme enveloppée dans un sac. Elle passe alors entre les mains du sculpteur qui donne au visage, aux membres, aux étoffes leurs lignes définitives. Vient enfin l'ornemaniste qui ajoute les fleurettes, les boutonnières, les franges, les broderies. Il emploie toute la série des ciseaux, poinçons, ognettes qui ressemblent parfois à des scalpels de chirurgien, parfois à des queues-de-rat. De temps en temps, il souffle au visage de Marie pour la dépoussiérer. Et Marie le poudre à son tour. Les trois compagnons ont enfin la face enfarinée comme des clowns.

Gottardo prend l'exemple d'Adriano Giacomini. Il a étudié six ans à l'Académie des beaux-arts de Carrare. Il protège ses cheveux d'un calot en papier journal où l'on peut lire les dernières

nouvelles : « Grèves dans les chemins de fer... »
Les murs de l'atelier sont tapissés d'outils,
compas, équerres, ponceuses, ciseaux, de mou-
lages, de bustes, de dessins. Il doit posséder des
centaines de christs, de vierges, d'anges, de
démons, photographiés dans toute l'Italie.

— C'est un copiste comme moi, se dit Ralph
avec quelque satisfaction.

Et en bonne place, une œuvre de Michel-
Ange : une pietà, un david, une aurore... Présente dans tous les ateliers de Carrare.

— Buonarotti, explique Giacomini, est notre
maître à tous. Non pas que nous cherchions à
l'égaler. Personne ne l'égalera jamais jusqu'à la
fin des siècles. Mais il est là, il nous encourage
à bien faire. Il venait lui-même à Carrare, il montait jusqu'aux carrières, il choisissait ses blocs.
Un jour, il en choisit un assez haut, mais qui
manquait de largeur. Il le prit pour faire son
David de Florence, le bras replié, il tient la
fronde. En ce temps-là, on transportait les blocs
sur des chariots tirés par des buffles. On montre
encore une caverne où il avait coutume de
s'arrêter pour boire. Quand la besogne des carriers ne lui plaisait pas, il les traitait de *cazzi*, de
couillons, de toutes sortes de mots grossiers.
Quel artiste génial !

Adriano Giacomini se spécialise dans les articles funéraires. Ses anges pleurent sur des tombes

d'enfants ; ses vierges, les mains ouvertes, promettent des consolations posthumes.

— En somme, dit Ralph, vous vivez de la mort. C'est elle qui vous nourrit.

— C'est vrai. Nous ne sommes pas les seuls.

Ils cherchent ensemble d'autres nécrophages. Ils en trouvent beaucoup : entrepreneurs de pompes funèbres, fossoyeurs, menuisiers, maçons, prêtres, teinturiers, notaires, fabricants de couronnes, fleuristes, assureurs, imprimeurs. Ralph se rappelle l'oncle Ferman dans son premier métier. En parlant, Adriano sculpte un christ en majesté, imposant sur son trône.

— Combien en avez-vous faits de cette catégorie ?

— *Hi !*

Hi ! est une exclamation typiquement italienne. Elle peut se traduire, selon les circonstances, par : « Que dites-vous là ? » Ou par : « Vos paroles sont encore trop faibles ! » Ou par : « Je n'en ai aucune idée. » Ralph insiste :

— Des dizaines ? Des centaines ?

— Plutôt des centaines. Mais pas tous de cette dimension. Des moyens, des petits…

— Y croyez-vous, au moins ?

— À quoi ?

— Au Christ, à la Vierge, à ces anges ?

Il hausse les épaules, avant de répondre :

— Il faut bien que j'y croie, puisqu'ils me nourrissent, moi et ma famille.

— Vous doutez ?

— Je suis communiste. Je sais qu'ici beaucoup de personnes se disent communistes et vont quand même à la messe. Ce ne sont ni de mauvais communistes ni de mauvais chrétiens. Jésus multipliait les pains, les poissons. Lorsqu'il voyait des hommes occupés à de bonnes œuvres, il leur recommandait de ne pas sonner de la trompette pour le faire savoir, mais de garder ces aumônes secrètes. Il proposait aux riches de distribuer leurs richesses. Mais je ne crois ni à l'enfer ni au paradis, qui sont des théâtres de marionnettes. L'enfer, c'est quand je n'ai plus une lire dans ma poche. Je crois au travail qu'on me fait faire et qui me donne du pain. Voilà ma religion.

— Prendrez-vous une retraite ?

— Quand je ne pourrai plus travailler. Nous avons ici un ornemaniste de soixante-quinze ans. Il souffre de silicose.

Adriano cessa de parler. Il n'est pas bon dans le travail du marbre d'ouvrir la bouche plus que nécessaire. Ralph et Gottardo errèrent d'un atelier à l'autre. Des sculpteurs se spécialisaient dans le paganisme touristique : tours de Pise, damiers, tables et guéridons, cendriers de toutes couleurs (en marbre teint), sujets d'albâtre, amours et vénus en poussière de marbre moulée.

Ralph et Gottardo ont redescendu à pied la route poussiéreuse. Les spartiates levaient vers eux des regards chargés de reproche parce qu'on ne leur achetait rien. Mais cela ne durait qu'un instant. Ils rebaissaient le nez sur leur marbre. Le cliquetis de leurs ciseaux ressemblait à un concert de grillons.

Ils reprirent le train à Marina di Carrara. À Paris, ils retrouvèrent Lucy et Peter rue Boissy-d'Anglas. Elle les accueillit furieusement :

— Vous aviez prévu trois ou quatre jours d'escapade, et vous en avez passé quinze.

— Nous n'avions pas compté le temps du voyage, dit Stalkner.

— Boissy d'Anglas, précisa Gottardo, était président de la Convention lorsque, en mai 1795, un groupe d'assassins lui présenta la tête d'un de ses collègues au bout d'une pique. Il se leva et la salua respectueusement. En mai, disent les mangeurs de grenouilles, fais ce qu'il te plaît.

— Je me fous des mangeurs et des grenouilles, vociféra Lucy. Je viens de recevoir une invitation pour participer à un concert à South Lake Tahoe le mois prochain. Je pars après-demain. On se reverra à San Francisco.

Elle partit en effet comme elle l'avait décidé, en compagnie de sa clarinette et de Peter. Rentré en Californie, Stalkner accepta d'enseigner la peinture et la sculpture dans son ancienne école rebaptisée « California School of Fine Arts ». Il eut l'occasion, quelques mois plus tard, de présenter à ses étudiants un modèle féminin venu de France portant le prénom de Francine et montrant des formes dignes de Canova[1]. On en reparlera.

---

1. Allusion à la statue de Pauline Borghese, sœur de Napoléon.

9

Francine et Marcel

Francine Mazeil, née en 1899, avait quatorze ans de moins que Ralph Stalkner. Elle provenait d'une région, l'Auvergne, dont aucun Californien n'avait jamais entendu parler en 1923. Les anciennes peuplades américaines ou européennes prenaient le nom de leur totem, l'arbre qui devait les protéger. On peut supposer que les habitants de l'Auvergne avaient dû choisir en conséquence le *vergne*, mot celte pour « aulne » ; de même les Limousins avaient pris le *lemos* (l'orme), les Ségusiaves (Foréziens) adoraient le seigle, *segos*. Voilà pour le nom.

Voyons la substance. L'Auvergne, cœur de la France, est formée d'une partie dure et hérissée. Une sorte de noyau de pierre. Couverte de sombres forêts de vergnes, de pins, de sapins, d'épicéas, disposés autour de lacs circulaires, comme les cils autour des yeux. Il s'agit de cratères endormis, alimentés par d'invisibles sources lacrymales où se reflètent exactement les humeurs de la région. En décembre, à l'approche de la plus grande fête religieuse de l'année, les habitants des villes montent sur les flancs des montagnes, bien que des lois l'interdisent, afin de décapiter quelques sapins pour en faire des « arbres de Noël ». Pieusement, mais subrepticement.

Le Dieu créateur, affirment ces personnes, modela jadis lui-même ces volcans aux lignes sinueuses : ils gardent encore la rondeur et les replis des divines paumes. Ensuite, il les accrocha en colliers et en pendentifs au cou de l'Auvergne. Heureusement, les hautes terres échappent encore aux convoitises. La population qui les habite les a nommées « cantal », à cause de la jolie musique que font les clochettes au cou des vaches : *cantal ! cantal ! cantal ! cantal !* Sur ces bosses verdoyantes, l'herbe et l'élevage sont la ressource commune et unique. C'est-à-dire que hommes, femmes, enfants, animaux s'élèvent ensemble et se nourrissent l'un l'autre, formant une congrégation rigoureusement hiérarchisée, dont les échelons se disposent ainsi, en allant de la base vers le sommet :

la vache Salers
l'évêque
le curé
le maître

le premier valet
le second valet
la femme
la chèvre
le cochon
le lapin

Ainsi, du lapin à la vache Salers, se dresse la pyramide majestueuse qui forme la charpente du Cantal. On remarquera que la femme est classée un peu bas. Au-dessus, néanmoins, de la chèvre, du cochon et du lapin. La bête superbe qui trône au sommet n'est pas un cadeau pur et simple de la nature. Elle fut élaborée soigneusement par un éleveur, Tyssandier d'Escouts, qui lui donna le nom de sa ville natale. On connaît les ingrédients dont il usa : la vigueur de l'aurochs, les cornes et le port royal du bœuf Apis, importé d'Égypte, l'œil de la biche. Il l'habilla d'une herbe rude qui pousse à ces altitudes, le poil-de-bouc, et la teignit de la couleur des pouzzolanes.

Elle a une rivale, la vache Aubrac, qui fait près d'elle figure de sous-développée, avec ses flancs maigres et son pelage fumeux. La Limousine est une Aubrac à lunettes. Tout cela sonnaille à qui mieux mieux sur les pâturages de l'estive où la gentiane élève vers le ciel l'offrande de ses calices d'or, entre ses feuilles réunies deux à deux, comme des mains jointes et ouvertes. L'homme trait ses vaches deux fois par jour, assis sur un tabouret monojambique attaché à sa ceinture. Il fabrique des fromages auxquels – absolument dépourvu d'imagination – il a donné le nom de la contrée : Cantal. La pâte en est tendre, fondante, couleur paille, et entre dans la composition de plusieurs plats de cuisine locale : la souple truffade, l'aligot filandreux, la compacte patranque.

Les nuits de l'Auvergnat sont perturbées par le hululement d'un hibou, oiseau insomniaque qui ne trouve le sommeil que vers six heures du matin en été, vers neuf heures en hiver. Et aussi par les gémissements de la Galipote, une divinité aux formes un peu floues. Elle traîne une queue de renard, est armée de piquants comme le hérisson et de douze doigts à chaque main.

La cour de la ferme est toujours ornée d'un monument grandiose : le tas de fumier. À son point culminant, se juche le coq le plus ancien du poulailler pour lancer chaque matin son cri qui fait lever le soleil.

Le temps y est variable. Il arrive que l'Auvergne ait ses quatre saisons dans la même journée : l'hiver avant l'aube, le printemps vers onze heures, l'été l'après-midi, l'automne à l'heure du crépuscule. Le dimanche avant Pâques, vient la fête des Rameaux qui rappelle l'entrée triomphale de Jésus-Christ dans Jérusalem.

Chaque enfant se présente à l'église avec un rameau de buis auquel la maman a suspendu des bonbons, des nougats, des fruits confits. De sorte qu'il revient de la messe comblé de bénédictions et de sucreries. Celles-ci consommées, on suspend le rameau à un clou pour qu'il protège la maison tout le reste de l'année.

Naguère, le vacher de la montagne fabriquait lui-même son fromage suivant une technique compliquée. Le sommet de l'opération était le moment où l'homme retroussait ses culottes et s'agenouillait sur la pâte encore molle et suintante, la triturait, la pressait de tout son poids, avec la volonté acharnée d'en exprimer la dernière goutte de petit-lait, qui est le poison du fromage. Par la suite, ce travail s'est effectué mécaniquement, en des locaux immaculés. Le cantal y a perdu un peu de la riche saveur qu'il acquérait par un lent mûrissement dans la cave d'altitude. Il y a perdu aussi ces poils de genoux humains qu'on trouvait parfois dans sa chair et qui étaient une garantie d'origine.

Qu'ils occupent les hautes ou les basses terres, les Auvergnats exploitent aussi des sources chaudes et minéralisées qui possèdent des vertus guérisseuses. L'Auvergne engage celui qui se sent usé avant l'âge à se tourner vers elles. L'une lui purifiera le sang. L'autre lui dégagera les bronches ou bien lui décrassera le foie. Une troisième lui calmera les nerfs, fortifiera son cœur et ses artères. Une quatrième exterminera ses parasites intestinaux, ou lui ramonera les reins. Et toutes lui ramoneront le portefeuille, il s'en trouvera grandement allégé.

Pour sa part, l'Auvergnat traditionnel n'est pas un grand consommateur d'eau. Ni à usage interne ni à usage externe. On dit qu'il ne se débarbouille qu'une fois l'an : le matin du 1er janvier. Mais les plus purs représentants de l'espèce ne font toilette que deux fois dans leur vie : la veille de leur mariage et la veille de leur enterrement. Encore ne traitent-ils que le devant puisque le derrière ne se voit pas. Ces purs de purs croient au danger mortel de l'eau de fontaine, du savon et du socialisme ; au pouvoir qu'a le tocsin d'éloigner la foudre ; aux vertus de l'épargne ; à l'influence de la lune sur l'humeur des femmes, la crue du seigle, des feuilles et des cheveux. Avant de passer chez le coiffeur, ils consultent leur calendrier : « J'attendrai la lunaison suivante, la coupe me durera quinze jours de plus. »

Pour eux, il n'est jamais de trop petite économie. On peut voir des Auvergnats fumeurs se réunir le matin à quatre ou cinq avant d'entamer leur première cigarette.

— Attention ! Êtes-vous prêts ? demande l'un.

Lorsqu'il voit ses quatre compères en cercle

autour de lui, il se décide à craquer une allumette. Il se sert d'abord, puis va de cigarette en cigarette, allumant chacune, protégeant la courte flamme dans le creux de sa main, parcelle de vie infiniment précieuse. Les bouts tordus flambent et fument. À la fin, il lâche le tison avec regret et soupire :

— J'aurais pu en allumer une autre.

Les Auvergnats ne sont pas d'humeur voyageuse, ils n'aiment guère à s'éloigner de leur lopin. D'ailleurs, qu'iraient-ils chercher dans les autres pays ? La mer exceptée, leur région offre tout ce qu'on peut trouver dans le reste du monde. Des plaines à blé comme en Ukraine. Des chapelets de lacs comme en Finlande. Des fjords comme en Norvège. D'épaisses forêts comme en Amazonie. Des landes à bruyère comme en Écosse. Des rivières à saumon comme en Irlande. Des volcans comme en Sicile. Des artisans aussi habiles que les Suisses. Une cuisine aussi savoureuse que l'italienne ou l'espagnole. Et même, en cherchant bien, si la chance favorise le chercheur, il lui arrivera d'entrer dans quelque auberge citadine et d'y manger aussi mal qu'en Angleterre. Exceptionnellement. Il n'y retournera point.

Les Auvergnats n'habitent pas tous la campagne. Ils vivent aussi dans un certain nombre de villes. La plus importante s'appelle Clermont-Ferrand, qui aux temps lointains s'appelait

Augustonemetum parce qu'elle était couronnée d'un bois consacré à l'empereur Auguste. Elle adopta dès lors les lois romaines, la toge latine, les bains de pieds, la tonsure césarienne, le culte des dieux innombrables. Jusqu'au jour où un nommé Stremonius, ou Austremoine, introduisit une religion monothéiste. Une cathédrale fut construite à l'emplacement du bois sacré, qu'environna une douzaine d'églises plus modestes, comme des poussins la mère poule. Elle changea de nom, devint Arvernas, puis Clarus Mons. Au début du XXᵉ siècle, elle aurait mérité de devenir Augustobibendum, Bibendum étant le surnom de l'entreprise Michelin. *Nunc est bibendum.* « Maintenant il nous faut boire. » Tout Clermont dépendait des pneumatiques Michelin, sans cette glorieuse fabrique, les Clermontois ne pouvaient plus boire ni manger. Chauriac, le bourg natal de Francine, n'aurait pu écouler son vin. Le bonhomme Bibendum, composé de pneus superposés, envahissait le monde. À Londres, une affiche le montrait brandissant un étendard et proclamant *My strength is as the strength of ten because my rubber is pure* (« Ma force est comparable à la force de dix parce que mon caoutchouc est pur »).

Chauriac est une bourgade de quelques centaines d'habitants, située dans la Limagne viticole entre Dallet et Billom, entre l'Allier et son affluent le Joron. À l'horizon se profilent le Grand Turluron et le Petit Turluron, modelés par la nature, l'un couronné de bois, l'autre d'une chapelle qui résiste aux bourrasques plutôt mal que bien. Chauriac possède deux églises, l'une romane, Saint-Julien, avec un fronton triangulaire rempli de mosaïques où s'accordent la blondeur de l'arkose, les ocres brunes et rouges des tufs volcaniques et la noirceur de la lave. Au-dessus, monte un octogone troué de doubles fenêtres. À l'intérieur, on peut voir un festival de chapiteaux, parmi lesquels un âne jouant de la harpe, et par terre une pierre tombale qui porte cette curieuse inscription : *Cy gyst Pierre Escot, le plus bel homme de France.* Qui était-il ? Personne n'en sait rien, quoique les Escot soient nombreux dans la région. La seconde église, dédiée à Marie, possède une crypte dans laquelle est creusé un puits alimenté par une source. Après la Révolution, l'église fut vendue comme bien national à un franc-maçon qui avait voté la mort de Louis XVI. Il fit inscrire au clocher les insignes de la franc-maçonnerie (le triangle équilatéral surmonté d'une étoile à cinq branches), détruisit les fresques et transforma le tout en un magasin de commerce. En 1923, le propriétaire des lieux vendait du vin de sa production.

Francine et sa mère résidaient à l'école communale où Mme Caroline Mazeil était institutrice, M. Félix Mazeil instituteur, secrétaire de mairie et producteur d'ail. Caroline avait les filles, Félix les garçons car, en ces années lointaines, on ne mélangeait pas dans les écoles les jupes et les culottes. La cour de récréation était partagée en deux moitiés par une muraille de brique. Les parents de cette gaminaille, comme M. Mazeil, étaient tous des planteurs d'ail. Leur capitale, Billom, en était toute parfumée, dans son atmosphère et dans sa cuisine. Le second week-end du mois d'août s'y tient une foire à l'ail qui attire beaucoup d'amateurs. On le présente en bouquets, en chapelets, en colliers, en guirlandes. Il est le condiment le plus apprécié des pays méditerranéens. Les Provençaux l'aiment tellement qu'ils ont donné son nom à un de leurs caps, près de Nice, le cap d'Ail. Les Vendéens le cultivent dans le sable de leurs dunes enrichi de varech, où ses bulbes atteignent une énormité. Ce végétal ne craint ni le froid, ni le chaud, ni le gel. Planté avant l'hiver, on le récolte en juillet. Mais un bulbe d'ail peut vivre isolément, au sommet d'une carafe, ainsi que la jacinthe. Il émet alors une pousse verte qu'on découpe en petits morceaux et qu'on mélange au fromage blanc toute la saison froide. Les vieux bergers des montagnes en frottaient une gousse sur une tranche de pain ; c'était leur tartine. Ils la donnaient aux veaux atteints de diarrhée. Excepté en pâtisserie, le bon cuisinier met de l'ail partout. Il relève la fadeur du gigot d'agneau, du foie poêlé, des pommes à l'huile. À l'Élysée, il donne un peu de piquant à la platitude des discours officiels. Henri IV en consommait deux ou trois gousses chaque matin à son déjeuner, ce qui lui conférait une haleine à laquelle peu de diplomates étrangers résistaient dans les négociations, ils capitulaient tout de suite. Plus tard, Francine apprit à Ralph le plaisir de son déshabillage. Car il y faut de la patience, de la délicatesse, une exacte connaissance de ses contours, jusqu'à ce que la gousse se révèle enfin, dans sa blanche et lisse nudité. Elle devait elle-même ce talent à son frère Marcel, son aîné de quatre ans.

Sous la baguette de Mme Mazeil, Francine apprit tout ce qui convient à une élève de l'école laïque : lecture, écriture, conjugaison, calcul, couture, broderie, un peu de cuisine, un peu de ménage. Il lui arrivait de prendre un balai, de le présenter à sa fille et de commander :

— En t'amusant, va balayer l'escalier qui monte à nos appartements.

Quel amusement Francine y trouvait ! Heureusement, elle faisait aussi beaucoup chanter. Par exemple, *Le Départ de l'hirondelle* :

L'automne avait jauni la cime des grands bois,
Dans les airs assombris, la craintive hirondelle

Jetait un chant plaintif pour la dernière fois,
Puis s'envolait bien loin, vers une aube nouvelle.
Oh ! Pourquoi la chasser, implacables autans ?
Pourquoi donc entraîner vers la mer incertaine
Où peut-être l'attend quelque douleur lointaine,
Cet oiseau des beaux jours, cette sœur du prin-
[temps ?

Caroline Mazeil avait coutume de proposer à ses fillettes cette composition française : « Imaginez le retour de l'hirondelle. Faites-la parler. Faites-lui raconter son voyage aller et son voyage retour. » Francine, qui avait lu *Le Tour du monde en quatre-vingts jours*, promena son oiseau sur le Nouveau Monde et obtint la note 16 sur 20. Elle poursuivit ses études jusqu'au sacro-saint certif, puis fut placée au collège Notre-Dame. Elle pensa à se faire religieuse. Mais les bonnes sœurs ne voyagent guère. Elle y apprit l'anglais et l'espagnol. Secrètement, elle caressait le rêve d'imiter l'hirondelle.

Marcel Mazeil eut à subir les gifles que son père distribuait généreusement, même à son propre fils. Les cinq doigts de sa main droite traçaient sur les joues une fleur rose qu'il appelait sa « giroflée à cinq pétales ». Il enseignait les mêmes disciplines que son épouse, sauf la broderie et la couture. Et il faisait chanter *Au drapeau* :

Aux jours de gloire et de souffrance,
Mes chers amis, il est un air
Que nos vaillants clairons de France
À pleins poumons jettent en l'air.
Puisqu'une fête nous rassemble,
Unis de cœur près du drapeau,
Groupant nos voix, disons ensemble
Sur ce vieil air un chant nouveau.
Joli drapeau de France, gage d'espérance,
Donne-nous l'espérance et la victoire immense...

Tous étaient prêts pour récupérer l'Alsace-Lorraine. Le père de Marcel lui ouvrit une carrière appropriée. À Billom, existait une école d'enfants de troupe réservée, en principe, aux fils de militaires. Ses fonctions de secrétaire de mairie obtinrent à M. Mazeil une dérogation : Marcel fut accepté. Il devint la gloire de la famille. Elle put, lors de ses permissions, l'admirer dans son uniforme bleu marine aux boutons dorés, coiffé de la galette, un béret de gros drap, d'une dimension exagérée, dont il fallait mettre la bordure au ras des oreilles afin que les cheveux fussent dissimulés. Pour donner le pli de l'élégance aux pantalons informes, on les humidifiait avant de les disposer sous le matelas. Lever à six heures du matin, hiver comme été. Petit déjeuner : trois tranches de pain gris à tremper dans du café noir. Cours théoriques ou exercices sportifs. Goûter de dix-sept heures : un quignon de pain avec une barre de chocolat Meunier. Repas de midi de même que le repas du soir : une louchée de patates ou de lentilles, ou de haricots secs, ou de pois cassés, avec un morceau de viande bovine filandreuse. Lors de ses permissions, tous les Mazeil lui faisaient le salut militaire.

Dans la caserne, les nuits étaient vacillantes. Ceux qui dormaient mal entendaient des pleurs et des gémissements. D'autres fois, c'était un concert de ronflements. Ou l'arrivée du sergent Camugli qui vociférait :

— Fermez vos gueules, petits *choupati*[1] ! Vous êtes ici pour devenir de bons soldats.

On ne savait jamais qui étaient ces *choupati*.

Une année, ils eurent un spectacle éberluant : le Soleil fut caché par la Lune. On leur permit d'examiner cette éclipse à travers un trou minuscule creusé dans un carton.

— N'essayez pas de regarder ça à l'œil nu, recommanda Camugli. Vous en seriez aveuglés.

Marcel respecta la consigne. Il vit la Lune éclipser le Soleil. Une ombre épaisse tomba sur Billom ; en plein milieu de l'après-midi. Un élève s'évanouit, croyant à la mort du Soleil.

— Encore un *choupatu*, fit le sergent Camugli. Ramassez-le.

Célèbre pour son ail et pour son école d'enfants de troupe, Billom avait d'autres gloires.

---

1. En dialecte corse, « pauvres d'esprit ».

Pendant des siècles, une brillante université, la quatrième de France après Paris, Montpellier et Toulouse, voulue par Charlemagne.

L'enseignement s'y faisait en latin alors que dans les églises les prêtres s'adressaient en langue vulgaire au peuple ignorant. Billom posséda même jusqu'à la Révolution un buste de cet empereur, sans barbe fleurie. Au XVIe siècle, un collège y fut installé par l'évêque de Clermont, Guillaume Duprat. Saint François-Régis, le patron des dentellières, y enseigna la grammaire pendant deux ans avant de partir ramener au catholicisme les brebis égarées sur le plateau ardéchois et y cueillir la récompense du martyre. Il y a consanguinité entre la grammaire et la dentelle à cause de leurs complications.

Autour de la place du Vieux-Marché, la ville ancienne a gardé ses ruelles étroites où se croiseraient difficilement deux brouettes, pavées de cailloux pointus, sans trottoir, la rigole au milieu ; ses enseignes, ses tourelles d'escalier. On s'attend à voir paraître le doyen derrière sa belle fenêtre en anse de panier. Son beffroi domine toujours la ville, souvenir de la surveillance que les habitants exerçaient tantôt contre les dangers d'incendie ou d'émeute, tantôt contre les ennemis de l'extérieur. S'il n'exerce plus cette fonction, il continue de ponctuer, au son de sa vieille cloche, les différentes heures de la journée. Place de la Halle, une fontaine à cinq étages répand ses jets et ses arcs-en-ciel. Tous les pigeons y viennent boire. Dans l'église Saint-Cerneuf où se marient le roman et le gothique, on admire une grille en fer forgé de la première période, une mise au tombeau avec neuf personnages, des fresques ; une figure allégorique de l'Auvergne. Dans le déambulatoire, un chapiteau raconte l'histoire de Zachée. Il exerçait à Jéricho la fonction de collecteur d'impôts, et il ne se gênait point pour en détourner une bonne part. Jésus vint à passer. Afin de mieux le voir et de mieux l'entendre, Zachée, qui était de courte taille, grimpa sur un sycomore. Voyant cette marque de foi, Jésus lui dit qu'il allait coucher dans sa maison. Quel honneur ! Y réfléchissant la nuit, Zachée éprouva des remords insupportables en songeant à ses détournements. Sans en référer au Christ, il se promit de donner la moitié de ses biens aux pauvres et de restituer quatre fois ce qu'il avait pris malhonnêtement. Quel exemple aux percepteurs, aux fonctionnaires, aux ministres de notre époque !

À Billom, la rivière Angaud coule paisiblement au milieu du bourg, bordée de berges verdoyantes. Dans le parapet du pont qui l'enjambe, sont creusées d'anciennes mesures à grain : il se vendait jadis au litron[1].

---

1. Ancienne mesure pour les matières sèches, seizième partie du boisseau.

Marcel Mazeil fit donc toutes ses études à l'école d'enfants de troupe. Il obtint le brevet élémentaire, mais échoua au concours d'entrée à Saint-Cyr. Il revint à Chauriac et pratiqua la culture de l'ail, des carottes, des choux et autres légumes, à la satisfaction de sa mère, Caroline, au dépit de son père Félix. Pendant ce temps, leur fille Francine perfectionnait ses rêves de voyage. Encouragée par une revue bimensuelle, *Les Annales politiques et littéraires*. En fait, tous les sujets du jour y étaient traités. Politique : Gustave Le Bon y vilipendait les « assurances sociales » que le Sénat venait de voter. « On évalue leur coût annuel à 8 ou 10 milliards. Il en résultera nécessairement une colossale élévation des impôts. » En opposition à la méthode étatique chère aux peuples latins, Gustave Le Bon proposait la méthode américaine qui laisse aux individus le soin de se préserver du malheur dans des compagnies d'assurances privées.

Souvenirs personnels. Pierre Mac Orlan y présentait son plaisir de la chasse : « Je ne sais quel démon me pousse tous les ans, avec la permission de l'État, à prendre mon fusil et à parcourir les bois et la plaine dans l'intention de tuer tout ce qui peut se manger. Beaucoup de chasseurs, quand leur fusil repose dans un étui, possèdent l'âme merveilleuse de saint François d'Assise qui parlait aux bêtes le langage universel de la fraternité. Mais sitôt qu'arrive le 15 septembre, ils ne pensent plus qu'à former leurs cartouches… »

La publicité commerciale tenait dans ces *Annales* une place considérable. Pour le Fly-Tox, ennemi juré des mouches, moustiques, puces, punaises, guêpes, cafards… Pour la poudre laxative de Vichy contre la constipation… Pour la farine lactée Nestlé, riche en lait et en vitamines… Pour le chocolat Poulain, à cuire ou à croquer… Un dessin de Poulbot montrait deux gamins de Paris faisant naviguer un bateau de papier sur un ruisseau, avec ce dialogue : « Barbouillé ?… Pas si barbouillé que toi ! J'me lave les pieds, moi !… Et pis les dents au Dentol ! » Un dentifrice créé d'après les travaux de Pasteur. Il raffermit les gencives. Il donne aux dents une blancheur éclatante…

Deux placards publicitaires attirèrent spécialement l'attention de Francine Mazeil. Dans l'un, *L'École universelle, 59, boulevard Exelmans, Paris (16ᵉ)*, proposait à tous les jeunes gens ou jeunes filles d'acquérir, sans nécessité de quitter leur domicile, un complément de connaissances assuré, vérifié et corrigé par des professeurs d'université de très haute compétence. Ladite école permettait d'accéder aux carrières administratives, à celles de la marine marchande, des travaux publics, des mines, de la métallurgie, du dessin, de la couture (petite main, seconde main,

148

première main, vendeuse, retoucheuse, représentante). Elle enseignait les arts du dessin, de la musique, les langues étrangères, anglais, italien, espagnol, allemand, russe, arabe, espéranto…

Francine n'avait aucune envie de se consacrer à l'enseignement comme sa mère et son père. Elle désirait connaître le monde, voyager, visiter particulièrement l'Amérique, pays de la liberté et de la fortune. Chez les bonnes sœurs, elle n'avait appris que le latin, qui n'est plus parlé nulle part sauf dans les églises catholiques. Elle chambra si fermement Caroline et Félix qu'ils finirent par céder. Elle fut inscrite à l'École universelle.

Un autre numéro des *Annales* montrait un autre dessin de Poulbot. Il représentait deux gamins de Paris occupés à édifier une motte d'ordures sur un trottoir. Sur leur tête, contre un mur, une inscription municipale disait : *Défense de souiller les trottoirs, sous peine de procès-verbal.* Et le plus dépenaillé de dire à l'autre : « Ah ! Si j'avais connu l'École universelle ! »

Vint la guerre de 1914. Né en 1871, Félix Mazeil y échappa comme il avait échappé à celle de 1870. Son fils Marcel, né en 1895, classe 1905, cultivateur d'ail et de carottes, n'avait aucun motif de ne pas la faire. Il fut enrôlé au 121e RI d'Aurillac, ce qui lui fit connaître un département où les vaches étaient plus nombreuses que les personnes. Il y resta quelques jours, le temps de cueillir quelques gentianes et de boire quelques salers[1]. Puis il partit vers la ligne bleue des Vosges, comme avait dit Jules Ferry[2] originaire de Saint-Dié. De temps en temps, il envoyait une carte militaire où il donnait de ses nouvelles écrites au crayon-encre. (La mine en est toute bleue, il faut la tremper dans une goutte d'eau ou la lécher pour qu'elle trace des lignes.) Elles étaient toutes bonnes : « Dans la cour de l'école d'enfants de troupe, il y a un charme, haut d'à peu près vingt mètres. Je me porte comme un charme. Pourvu que ça dure… Nous avons reçu des uniformes dits bleu horizon. Quand on est dedans, on devient invisible. Transparent. Beaucoup de mes copains tombent quand même… Bientôt, je viendrai en permission… » Il vint en mars 1915. Dans une capote dégueulasse. Pas transparente du tout. Mme Mazeil la lessiva, lui rendit une couleur honnête. Et il repartit la musette remplie de chèvretons à l'ail.

Une carte nouvelle arriva en 1916. « Je suis blessé. Et prisonnier. On me soigne. Bons baisers. » Puis plus rien jusqu'à la fin de la guerre.

11 novembre 1918, un feu de joie fut allumé

---

1. Liqueur à la gentiane.
2. Dans son testament : « Je désire reposer en face de cette ligne bleue des Vosges d'où monte jusqu'à mon cœur fidèle la plainte des vaincus. »

sur la grande place de Chauriac. On dansa, on chanta, on tourbillonna autour de ses flammes. Seules quelques femmes pleuraient. Caroline Mazeil et sa fille Francine retenaient leurs larmes. En 1919, les poilus démobilisés revinrent. Vinrent aussi les avis officiels des hommes tombés au champ d'honneur.

En 1920, on construisit un petit monument aux morts. Une simple stèle. Marcel Mazeil y avait son nom avec la mention *Disparu*, sans date ni lieu de décès. Se promenant dans Chauriac, Félix Mazeil entendait souvent chuchoter derrière lui : « Son fils s'est rendu aux Boches. » Il ne se promenait plus qu'avec deux boules de cire dans les oreilles.

Lorsque nos soldats prisonniers rentrèrent en France dans les années 1919 ou 1920, ils passèrent tous devant un tribunal militaire qui leur demanda des explications sur les circonstances de leur capture. Plusieurs, qui surent mal s'expliquer, furent considérés comme des traîtres ou des lâches. Ils avaient le droit de mourir, mais non de se rendre les bras en l'air. Condamnés à la relégation, ils furent expédiés en Afrique ou à Cayenne. Il se trouva des municipalités d'un patriotisme chatouilleux qui refusèrent d'inscrire sur leurs monuments aux morts les noms des soldats décédés en Bochie, comme on disait alors. Il fallut, plus tard, une loi d'amnistie pour que les relégués fussent rendus à leurs familles.

Marcel Mazeil combattit en 1916 sur le Hartmannswillerkopf, un sommet des Vosges qui termine un contrefort montagneux s'avançant dans la plaine d'Alsace, entre les vallées de la Thur et de la Lauch. Du haut de ses 956 mètres, il se rattache au ballon de Guebwiller, domine Mulhouse, la forêt de la Hardt et le Rhin. Les troupes françaises s'en étaient saisies en 1914, en avaient été délogées, avaient repris cette montagne qu'elles appelaient le Vieil-Armand, alors que son nom signifie plutôt la « montagne de la Mort ». Les prêtres faisaient sonner les cloches pour couvrir le bruit et la fureur des canons. Ce Vieil-Armand n'avait plus figure humaine, hérissé de flèches barbelées auxquelles pendouillaient des lambeaux de capotes, vertes ou jadis bleu horizon. Blessé et fait prisonnier, Marcel avait été emporté de l'autre côté du Rhin, dans une région appelée Bade, enfermé et soigné jusqu'à ce qu'il fût en mesure de se servir de ses quatre membres. Alors qu'il se trouvait dans un *Krankenhaus* militaire, proche de Baden-Baden, cet hôpital reçut la visite d'un vieil homme au chapeau pointu et aux longues moustaches qui demanda si la clinique disposait de prisonniers valides, spécialisés dans la culture des choux et des poireaux. *Kohlen und Porreen*. Un interprète traduisit. Deux se présentèrent, un Corse et un Auvergnat.

— Combien de sortes de choux connais-tu ? demanda au Corse le vieil homme, par l'entremise de l'interprète.

— Le chou vert et le chou blanc, dit le Corse.

— C'est tout ?

— Peut-être aussi le chou rouge.

Maurice fut plus explicite :

— Le chou-fleur, le chou de Bruxelles, le chou frisé, le chou-navet, le chou camus, le chou à la crème.

— C'est bon, dit le vieil homme, je te prends. Je m'appelle Wurtsch.

— Et moi, Marcel.

— Markus ?

— Oui, Markus, si vous préférez.

— Où t'a-t-on ramassé ?

— Au Vieil-Armand.

— Connais pas.

— Une montagne tapissée de barbelés.

— *Stacheldraht*, dit l'interprète.

Tout fut arrangé. Le vieux moustachu emmena Markus au bout d'une chaîne longue d'un mètre et demi, comme celle d'un chien, pour ne pas le perdre. Plus loin, ils montèrent dans une charrette tirée par un cheval. Et en avant la musique ! Ils traversèrent des champs de choux, d'autres de betteraves, des vignes. La campagne allemande était merveilleusement belle, fleurie de colzas et de tournesols. Pas un obus n'était tombé sur ses maisons, ses fermes, ses lignes de chemin de fer. Les troupes, les aéroplanes ennemis l'avaient scrupuleusement respectée. Alors que les campagnes françaises n'étaient plus que des champs d'immondices, des ruines, des églises sans clocher, des arbres échevelés. Ici, des vaches, des moutons broutaient des pâturages. Des femmes de tous âges piochaient la terre, prenaient de l'eau à des fontaines, des enfants se poursuivaient dans des cours d'école pavoisées de drapeaux multicolores. Peu d'hommes étaient visibles, mobilisés dans une guerre interminable.

La charrette s'arrêta devant une ferme à trois bâtisses, disposées comme la lettre grecque *pi*, que Maurice avait eu l'occasion de fréquenter à l'École des enfants de troupe pour exprimer, en fonction de leurs rayons, la longueur de la circonférence, $2\pi R$, et la surface du cercle, πR^2. Rapport invariable, quelle que soit la dimension des figures. Valeur arithmétique simplifiée : 3,1416… En réalité, 3,1415 suivie de trente autres chiffres, dont M. Petiot, professeur de maths, leur fournissait les onze premiers traduits en mots poétiques :

Que j'aime à faire apprendre un nombre utile aux sages…
  3 1   4 1 5   9   2   6   5 3 5

Mais ce jour-là, Marcel n'avait pas l'esprit géométrique. Wurtsch le fit descendre de la voiture, lui délia les mains, l'avertissant :

— Si tu cherches à t'enfuir, on te remettra la chaîne, aux mains et aux chevilles. Bien compris ?

— Bien compris.

La branche gauche du π contenait l'écurie du cheval et des outillages agricoles ; la branche droite abritait les vaches et quelques brebis ; la partie centrale était réservée aux personnes. Wurtsch présenta le prisonnier à sa femme Margret, à sa bru Johanna, à son petit-fils Clem, aux chats, au chien, à l'horloge, au buffet. C'était un homme assez chaleureux. À tous, il expliqua que Markus savait travailler la terre, et qu'il connaissait douze sortes de choux. Les deux dames lui firent un semblant de petite salutation, et Margret demanda s'il avait faim ou soif, avec des gestes de la main devant sa bouche. Étonné de ces questions, Marcel hésita à répondre autrement que par un demi-sourire, qui pouvait signifier aussi bien oui que non. Elle lui fit signe de s'asseoir. Il prit place sur un banc, derrière une longue table. Après un moment, Johanna lui apporta une tranche de pain gris, pain de seigle manifestement. Maurice savait – la propagande l'en avait souvent informé – que les Boches se nourrissaient de pain *Kaka*, par manque de farine blanche. Mais chez les Wurtsch, la farine blanche ou grise ne devait point manquer. Il dévora donc sa tranche avec un visible appétit, s'essuya les moustaches du revers de la main.

— Soif ? demanda par geste Mme Margret.

Comment ne pas approuver après cette tranche de pain sec ? On lui apporta une tasse et un cruchon sur lequel le mot *Apfelwein* indiquait qu'il contenait du cidre. Chose confirmée par la couleur et le parfum du liquide. Il but en levant la tasse et en criant :

— Santé !

Tous comprirent et applaudirent en riant. Marcel se demanda s'il était revenu chez lui à Chauriac, démobilisé, libéré, si la guerre était déjà finie. Elle ne l'était point. De temps en temps, des aéroplanes traversaient le ciel, les ailes marquées de deux croix noires. Ils allaient bombarder la France ou la Belgique. On ne voyait point d'avions franco-anglais voler en sens inverse. « Curieux ! Curieux ! » se disait Marcel, en fin stratège. On lui fit tailler la vigne, piocher les semis de choux et de choux-raves, élaguer les carottes, cravater les laitues, faucher l'herbe et les pâquerettes, cueillir les fraises, les pommes, les framboises, les cerises.

Par les lettres, par les journaux, par les bavardages, on savait que de durs combats se livraient dans cette année 1918, à laquelle participaient maintenant des Américains.

Il arrivait parfois que Marcel dût garder les vaches dans les prairies en compagnie d'un chien et aussi de Johanna. Il advint des choses extraordinaires. La jeune femme, couchée au soleil sur le dos, au milieu du trèfle, s'endormait ou faisait semblant. Maurice s'aperçut de cette feinte en lui promenant sur le visage un brin de serpolet, sans parvenir à la réveiller. Mais en même temps, le serpolet déclenchait un petit sourire consensuel, sans qu'elle ouvrît un seul œil. Les lèvres disaient « oui », les paupières disaient « pas encore ». Un jour, il lui prit une main, la serra dans la sienne. Johanna dormait toujours. La comédie fut répétée plusieurs fois. La quatrième, il s'accouda, se pencha, l'embrassa sur la bouche. Elle ne le repoussa point. Cette bouche s'ouvrit, il s'y enfonça, elle parut vouloir l'avaler comme une prune mûre. Les bras de Johanna se levèrent, le saisirent par le cou, accentuèrent l'avalaison. Ils mirent longtemps à reprendre souffle.

Dans la ferme de Wurtsch, Marcel couchait au second étage, juste sous les combles où piaillaient des pipistrelles. Les chambres des maîtres se trouvaient au-dessous. La nuit qui suivit cette affaire de serpolet, les traites faites, la soupe aux *Kartoffeln*[1] consommée, la prière récitée au coin du feu, chacun regagna sa couche. Maurice peinait à s'endormir, il pensait trop à la bouche de

---

1. Pommes de terre.

Johanna. Comme il allait enfin glisser dans le sommeil, il fut réveillé par un bruit insolite. Quelque chose ou quelqu'un grattait à sa porte. Celle-ci s'entrebâilla, une forme blanche parut, avança, se jeta sur lui, l'enveloppa de sa chaleur et de son parfum de menthe.

— Ne proteste pas, murmura la bru. Tu nous appartiens.

Et de nouveau, elle entreprit de l'avaler. Il lui laissa la direction de l'entreprise. Un ronflement traversait le plancher.

— C'est mon beau-père, expliqua-t-elle. Ne fais pas de bruit.

Au bout d'un moment très long, la forme blanche se releva, silencieuse, et disparut comme elle était venue, fantômatique. Maurice reprit son sommeil interrompu. Le lendemain matin, alors que tout le monde se trouvait à table pour prendre le *Frühstück* que les soldats français arrangent en frichti, Johanna servit très copieusement son prisonnier, disant :

— Nourris-toi bien, nous avons fait hier beaucoup d'ouvrage.

Il suivit le conseil, sous les yeux éberlués des beaux-parents.

Les choses allèrent ainsi plusieurs semaines. Jusqu'au 11 novembre, lorsqu'on apprit que la guerre était enfin terminée. Les soldats survivants regagnèrent les villes et les campagnes, accueillis partout avec enthousiasme par des foules qui hurlaient :

— Honneur à nos héros ! Ils n'ont pas été vaincus !

Les héros chantaient de leur côté :

Ich hatt'einen Kameraden,
Einen bessern sind'st du ni...

« J'avais un camarade, On n'en peut trouver
de meilleur... »

En décembre, Horst, le mari de Johanna, reparut, orné de la croix de fer. Il serra la main de Markus et lui fit comprendre, amicalement, que chez Wurtsch on n'avait plus besoin de lui. Cela se passait le 18 décembre 1918. Johanna intervint pour dire :

— Markus nous a rendu de grands services. Gardons-le jusqu'à Noël. Ensuite, il pourra retourner en France.

Les beaux-parents consultés acceptèrent cet arrangement. Pendant les huit jours qui précédaient *Weihnachten*, les deux femmes préparèrent le *Bumkuchen*, l'arbre-gâteau qui accompagnerait cette merveilleuse tradition. Un arbre en pain d'épice, haut d'un mètre et demi, bourré d'amandes, de morceaux de sucre, de chocolats. Sa forme mincie vers le sommet rappelait celle d'un sapin. D'une main experte, la maîtresse de maison dut le découper en tranches fines à partir de la pointe. Chacun en reçut deux ou trois parts. Markus se contenta de deux, par modestie.

Passé le temps de Noël, devenu un homme libre comme l'air, Marcel n'avait plus qu'une chose à faire : regagner la France, l'Auvergne, Chauriac. Ses employeurs badois lui fournirent même une paire de culottes pour remplacer celle de son uniforme, excessivement raccommodée. Johanna l'accompagna jusqu'à l'entrée de la ferme, l'embrassa sur les deux joues en murmurant des mots français qu'elle avait appris :

— Bonne chance. Merci du bonheur que tu m'as donné.

Toute la famille le salua de la main. Il s'en alla dans ses vêtements mi-civils mi-militaires et s'éloigna vers le soleil couchant, sans carte ni boussole, dans la direction de la France, *dein Schweinenland*, « ton pays de cochons » comme disait Horst. Sans regarder derrière lui. Il allait, il allait, demandant un bout de pain par-ci, un œuf par-là, chapardant ce qu'il n'obtenait point par pitié. Dormant dans les étables ou les meules de paille. Souvent des chiens aux trousses. De l'Allemagne, il passa en Hollande, pays de tulipes et de moulins à vent, où l'empereur Guillaume II s'était retiré avec ses moustaches en forme de crochets. Marcel y fut mal reçu, à cause de son calot bleu :

— Nous sommes, lui dit-on, un pays neutre et ne voulons point héberger des calots bleus. Sauf s'ils veulent acheter de nos tulipes.

Il revint sur ses pas, entra en Suisse, marchant toute l'année suivante. Il rêvait de la France dans ses cauchemars, se voyait devant le conseil de guerre, expliquant comment il avait été fait prisonnier. Les Helvètes non plus ne voulurent pas de lui, ni en français ni en allemand. En 1920, il retourna en Allemagne. Des gendarmes l'arrêtèrent parce qu'il n'avait pas un sou en poche, pour vagabondage. Il passa quelques semaines en prison, c'était le plus grand plaisir qu'on pût lui faire. Trois années de la sorte. Avec sa longue barbe, sa vareuse fendue, des godillots dessemelés, il était le portrait du Juif errant. Les Allemands se décidèrent enfin à l'expulser *manu militari* et le conduisirent à la frontière :

— Va tout droit, Markus, jusqu'au pays des cochons. Ne reviens plus chez nous ! On t'a assez vu. *Weg !*

Mais il ne savait plus aller tout droit. Il avançait en zigzag d'une forêt à l'autre, évitant les routes, les voies ferrées, les agglomérations. Dormant le jour, marchant la nuit. Comme un évadé ! Un matin, pourtant, il reconnut à l'horizon le profil de montagnes déjà vues.

— Par ma foi, se dit-il, je retrouve le puy de Dôme !

À Chauriac, personne ne le remit, sa barbe le protégeait. Porté disparu depuis 1916, on le croyait mort. Appuyé sur son bâton, il traversa le bourg. On le regardait sans sourciller : un mendiant comme les autres. Le voici devant le monument aux morts. Sur une tablette de marbre, il lut son nom parmi d'autres : *Marcel Mazeil, 1916, disparu*. Il se rendit à la mairie, demanda :

— Quelle est la date d'aujourd'hui ?

— Nous sommes le 30 juin 1921.

Il eut de la peine à se faire reconnaître et accepter. On le préférait mort, à cause du déshonneur.

— Ton père et ta mère en sont décédés, sans doute de chagrin. Ta sœur Francine est partie pour l'Amérique. Mais grâce à la loi d'amnistie, tu es pardonné.

— Pardonné de quoi ?

— De t'être rendu aux Boches.

D'autres instituteurs occupaient l'école. En fait, Félix et Caroline étaient morts de la grippe espagnole. En même temps que l'oncle Annet, célibataire, possesseur d'une maison paysanne de brique et de pisé, dont Marcel devenait le propriétaire légitime. Après consultation d'un avocat, d'un notaire, d'un avoué, du garde-champêtre, d'un huissier de justice, il fut autorisé à rentrer dans la maison familiale, occupée par des rats et des chauves-souris. À son tour, il dut les expulser. Après ces nettoyages et les aérations nécessaires, il se remit à cultiver des ails, des carottes et des choux.

La République française n'oubliait pas ceux qui l'avaient sauvée. Marcel reçut un pécule de 55 francs très dévalués, versé par le brigadier de gendarmerie, avec un bon qui lui donnait droit à un costume de couleur kaki, résidu de l'armée d'Orient qui s'était couverte de gloire contre les Turcs aux Dardanelles. Quand le tailleur d'habits de Chauriac l'eut exécuté à ses mesures, il le revêtit la première fois pour aller à la messe. À l'église, les Chauriacois éberlués lui firent des génuflexions, le prenant pour un évêque.

En juillet 1921, tous les Français survivants de la Grande Guerre entrèrent dans d'incroyables transes : ils attendaient le résultat du combat de boxe Carpentier-Dempsey livré à Jersey City. Un affrontement hors de proportions, David contre Goliath, le pot de fer contre le pot de terre, vu que l'Américain dominait le Français d'une tête et pesait presque le double de son poids. En *pounds*, et non pas en kilogrammes, ce qui est pire. Personne cependant chez les mangeurs de grenouilles ne doutait de la victoire du svelte et bellissime Carpentier sur l'épaisse brute américaine. Avant 1921, il n'avait connu que des victoires, fait qu'une bouchée de Battling Levinski, mis K.-O. à la quatrième reprise. Champion du monde des poids moyens, catégorie à laquelle il appartenait, il osait maintenant défier le champion des poids lourds. De plus, il avait combattu courageusement en 1914-1918, était revenu couvert de médailles, tandis que Dempsey, dans son Colorado, cultivait des cacahuètes. Le soir du 2 juillet, les Parisiens attendaient de voir une fusée bleue jaillir de la tour Eiffel pour annoncer la victoire de Carpentier. Ce fut une fusée rouge. Deuil national.

Les jours suivants, en cette époque sans TSF, des feuilles imprimées circulèrent de Dunkerque à Bonifacio. La silhouette des deux boxeurs y était dessinée, chaque buste tapissé de petits cercles numérotés qui représentaient les coups reçus. Dempsey en avait encaissé 112, Carpentier 74. Mais la masse de l'Américain le rendait inébranlable. Georges avait commis une erreur en affrontant ce pachyderme. Des cartes postales blanches furent vendues. Marcel Mazeil en acheta une qu'il fixa dans sa chambre, à la tête du lit. À l'école d'enfants de troupe, il avait pratiqué la boxe, les poings dans des gants il avait plus d'une fois envoyé son adversaire au tapis. Jamais dans les tranchées il n'avait eu l'occasion d'employer ce « noble art », comme disent les Anglais, ce pugilat comme disaient les anciens Romains.

Il apprit encore que Dempsey avait aussi encaissé 65 000 dollars, et Carpentier 3 500. Lui,

Marcel, pour 52 mois de combats au service de la patrie, avait encaissé 55 francs de pécule et un costume de faux évêque.

Dans sa chambre, chaque soir, il s'entourait les poings de deux peillasses et imitait les gestes de Georges Carpentier. Mais il n'ambitionnait point de battre Dempsey à sa place. Il rêvait plutôt de combattre Horst, le mari de Johanna. D'un uppercut suivi d'un crochet du gauche, il l'envoyait par terre, K.-O., et comptait à la manière de l'arbitre « Un, deux, trois, quatre, cinq, six, sept, huit, neuf, dix ! » Horst ne se relevait pas. Il apprenait ainsi que la France n'est pas un pays de cochons.

10

Le saut

Dans les années 1918, 1919, 1920, une grippe venue d'Espagne fit mourir en Europe et aux Amériques plus de personnes que la guerre n'en avait tué, s'en prenant, elle, aux femmes, aux vieillards, aux enfants. Aux agriculteurs, aux commerçants, aux poètes. Elle tua particulièrement un nommé Wilhelm Apollinaris de Kostrowitzky, plus connu sous le nom de Guillaume Apollinaire. Depuis longtemps, il avait prévu cette fin sans ponctuation :

Je n'ai plus même pitié de moi
Et ne puis exprimer mon tourment de silence
Tous les mots que j'avais à dire se sont changés en
[étoiles
Un Icare s'efforce de s'élever jusqu'à chacun de mes
[yeux
Qu'ai-je fait aux bêtes théologales de l'intelligence
Jadis les morts sont revenus pour m'adorer

Et j'espérais la fin du monde
Mais la mienne arrive en sifflant comme un ouragan

La grippe espagnole détestait les poètes, qui ont l'épiderme plus sensible que ne l'ont en général les laboureurs. Convaincu de cette faiblesse, Edmond Rostand avait fait bâtir en pays basque, à Cambo, sur un plateau sauvage où flânaient les pâtres joueurs de flûte, une maison dont les façades étaient celles d'une ferme. Avec un jardin et un moulin à proximité. Il se croyait à l'abri des miasmes parisiens qu'il avait éprouvés spécialement en entrant à l'Académie française en 1903. On ne sait comment, par l'indiscrétion d'un secrétaire, sans doute, le discours de réception qu'il devait prononcer avait été publié dans *Le Petit Bleu*. Des camelots le vendaient dans les rues, sur les grands boulevards, criant :

— Deux sous le discours de réception de M. Edmond Rostand à l'Académie !

Qu'on imagine le vacarme, la foule des curieux, les bouquets de fleurs ! Puis le retour à Cambo, le monceau de dépêches félicitatoires venues de tous les coins du monde. Plus de voyage à Paris pendant des années. Quelle idée eut-il d'y retourner en 1918 ? La grippe espagnole se saisit de lui et l'emporta, âgé de cinquante ans. Il laissait deux œuvres inachevées : *Le Vol de la Marseillaise* et *La Dernière Nuit de don Juan*, et ces deux quatrains trouvés dans un carnet :

> *Je ne veux voir que la Victoire.*
> *Ne me demandez pas « Après ? »*
> *Après, je veux bien la nuit noire*
> *Et le sommeil sous les cyprès.*

> *Je n'ai plus de joie à poursuivre*
> *Et je n'ai plus rien à souffrir.*
> *Vaincu, je ne pourrais pas vivre.*
> *Mais vainqueur je saurai mourir.*

Il le fit le 3 décembre 1918, trois semaines environ après l'Armistice.

La grippe espagnole frappa au Québec un bûcheron-poète, Joseph Althot, avec huit de ses compagnons, dans la forêt de Sainte-Irène. Il avait eu le temps d'écrire sur un morceau d'écorce de bouleau ce poème désespéré :

> *Je suis le dernier. Je ne les entends plus respirer.*
> *Je sens mes forces me lâcher. Vous viendrez me*
> *[chercher.*
> *J'entends le chant des oiseaux et le bruit du ruisseau.*
> *Je vois le soleil par le carreau. C'est fini la hache,*
> *[les chevaux.*
> *Adieu amis, compagnons. Nous étions de simples*
> *[bûcherons.*
> *Jeunes, vaillants, fanfarons. Pleins de cœur et gais*
> *[lurons.*

À Chauriac, la grippe espagnole frappa Caroline et Félix Mazeil. Un médecin en uniforme bleu horizon vint les examiner. Il ne put rien pour eux, il manquait d'aspirine. Francine les accompagna au cimetière. L'école reçut un autre couple d'instituteurs. Elle dut déménager, s'installer chez son oncle. Marcel ne se décidait pas à revenir. Elle ne se destinait point à l'enseignement et rêvait de faire fortune aux Amériques. Pour s'y préparer, elle avait suivi à l'École universelle les cours d'anglais et d'espagnol :

— *Como está usted ?... Muy bien.*

— *How are you ?... Fine.*

Un conférencier nommé Joseph Bidou l'y encouragea au surplus en traitant ce sujet : *La libre Amérique. La misérable URSS.* Elle fit le voyage de Billom pour l'entendre dans l'église Saint-Loup, déconsacrée, devant trois cents personnes. M. Bidou affirma qu'il avait vécu aux États-Unis et en Russie, ce qui l'autorisait à faire des comparaisons :

« L'aisance économique de l'ouvrier américain dépasse celle de la plupart des bourgeois européens. Beaucoup d'entre eux possèdent une villa à la campagne, avec une automobile permettant de s'y rendre. Un grand nombre de ces résidences contient chauffage central, téléphone, machines à laver, aspirateur de poussière, glacière, salle de bains, éclairage électrique. Au lieu de lutte des classes, patrons et ouvriers collaborent en permanence. Les ouvriers deviennent facilement actionnaires des entreprises, les patrons leur facilitant l'achat d'actions au moyen de mensualités très faibles. Si l'on veut résumer en quelques mots les rapports des patrons et des ouvriers, on peut dire que le patron américain tend à faire de son ouvrier un capitaliste, tant par les facilités qu'il lui accorde que par le haut salaire qu'il lui assure.

« Comparons maintenant avec ce qui se passe en Russie depuis 1917. L'État soviétique s'est emparé de tout, des industries, du sol, de l'agriculture, du commerce, en dispersant ou massacrant les anciens propriétaires. Le prolétariat a disparu. Tous les travailleurs sont des fonctionnaires, mal payés, faiblement productifs, qui s'intéressent peu à leur ouvrage. Résultat : tous les produits sont rares et chers. Souvent hors de prix, peut-on dire. Seuls les dirigeants se nourrissent bien, s'habillent bien, sont bien logés. Qui sont ces dirigeants ? Une petite bande d'aventuriers, de fanatiques hallucinés, d'ambitieux déclassés, avides de succès rapides. Des hommes de ressentiment à l'égard de l'ancienne société responsable de leurs échecs. Le communisme a des procédés de propagande très efficaces, l'affirmation et la répétition. À force de répéter aux travailleurs russes que ceux-ci sont parfaitement heureux, lesdits travailleurs finissent par le croire. Leurs discours franchissent les frontières, cherchent à gagner d'autres cerveaux. Certains syndicats français, par exemple, s'y montrent perméables. *Le Matin* rapporte qu'au dernier congrès de la CGT le secrétaire général s'est élevé contre la pénétration de la pensée communiste : "La CGT ne peut ignorer qu'il existe certains syndicats de fonctionnaires aux tendances nettement bolchevisantes. Loin de nous les cellules, organes de désorganisation et éléments de putréfaction…" »

M. Joseph Bidou en vint à sa péroraison. Habilement, il la rattacha à la salle où il se trouvait :

— Chers amis billomois et chauriacois, nous nous trouvons dans un lieu saint consacré à saint Loup. Il s'agit non point d'un animal féroce, mais d'un évêque de Troyes qui défendit sa ville contre l'abominable Attila. Maintenant, l'abominable Attila a changé de nom. Il s'appelle Lénine. Que saint Loup nous en protège !

Applaudissements des trois cents spectateurs, excepté, peut-être, d'une dizaine qui se laissaient berner par la propagande soviétique. Francine Mazeil n'entendit que l'exaltation du bonheur des ouvriers américains, ce qui renforça son désir d'aller y voir. Au décès de ses père et mère, elle avait hérité d'une certaine somme qui devait lui permettre de payer le voyage. Les *Annales* auxquelles elle était encore abonnée y ajoutèrent leur

grain d'encouragement. Dans les pages publicitaires, elle découvrit des propositions intéres-
santes. À côté des *Pilules Pink qui donnent du
sang, tonifient le système nerveux et stimulent
toutes les fonctions de l'organisme...* À côté de la
*Timidité vaincue en quelques jours par un système
inédit et radical exposé dans un ouvrage qui est
envoyé sous pli fermé contre 10 francs en timbres-
poste...* À côté du *Jeune homme aveugle, vingt-
cinq ans (huit ans d'études musicales Institution
Nancy), cherche place organiste dans petite
paroisse, asile ou pensionnat. Saurait rempailler les
chaises pendant loisirs...* Francine découvrit une
facilité pour traverser l'Atlantique gratuitement
du Havre à New York, sur le paquebot allemand
*Bremen. Capacité cuisine. Contacter capitaine
Helmut Shoen, quai d'Anvers.* Avait-elle des
compétences de cuisinière ? Caroline l'avait
formée, comme institutrice et comme mère de
famille. Elle accepta de faire le saut, de traverser
l'Atlantique.

Elle remplit une valise de rechange, d'objets
de toilette, de chaussures, de livres qui décri-
vaient les États-Unis, et partit pour Clermont-
Ferrand. Une ville noire, pleine de chars, de
chevaux, de vaches, dominée par les deux flèches
de la cathédrale. De là, un train express la transporta jusqu'à Paris, capitale qui se remettait lentement des désastres de la guerre. Toutes les
jeunes Parisiennes s'étaient fait couper les

cheveux à la garçonne, comme l'affirmait une chanson populaire et suivant l'exemple de l'actrice américaine Louise Brooks dans son film *Loulou* :

> *Elles se font tout's couper les ch'veux,*
> *Pasque c'est la mode*
> *Commode.*
> *Les dames font comm' les messieurs,*
> *En disant : « Ça m'ira beaucoup mieux ! »*
> *Elles se font tout's, elles se font tout's,*
> *Elles se font tout's couper les ch'veux.*

« Faudra bien que je m'y mette un jour ! se dit Francine. Rien ne presse. » Elle vit de loin la tour Eiffel, l'Arc de Triomphe, le Sacré-Cœur de Montmartre et autres curiosités qui semblaient l'appeler. À quoi elle répondait : « Vous ne m'intéressez pas. » Elle se nourrit du pain et du fromage qu'elle emportait et d'un cornet de marrons grillés que vendait un Auvergnat, avec le parfum gratuit de ses châtaignes. Elle se rendit à pied à la gare Saint-Lazare, coucha dans la salle d'attente après avoir encordé la boucle de sa valise à son propre poignet, afin de décourager les chapardeurs éventuels. Le lendemain, elle acheta un pain de seigle à une boulange et prit un billet de chemin de fer pour Le Havre. Dans le train, elle grignota sa miche et dormit encore.

Elle traversa Asnières et Argenteuil sans les

voir, franchit de nombreuses fois le cours de la Seine serpentine, se réveilla à Louviers où elle chercha vainement son cantonnier. Elle devina Rouen où Jeanne d'Arc fut brûlée, retraversa la Seine inférieure, atteignit la Manche à Quillebœuf, longea le canal de Tancarville, fut au Havre l'après-midi. Elle mit pied à terre, marcha le long du port, trouva un hôtel modeste rue des Abricotiers où elle se reposa de son immense fatigue.

Le lendemain, laissant sa valise à l'hôtel, elle marcha encore jusqu'au quai d'Anvers. De nombreux bateaux s'y étaient amarrés. Elle trouva le *Bremen* qu'une passerelle retenait à la côte. Des personnes l'empruntaient, dans un sens ou dans l'autre. Des caisses étaient empilées sur le pont. Elle comprit qu'il s'agissait d'un vaisseau à la fois de marchandises et de voyageurs. Tenant à la main le numéro des *Annales* où elle avait lu la proposition du capitaine Helmut Shoen, Francine s'engagea sur la passerelle. Plusieurs fois elle fut arrêtée par des hommes d'équipage qui, s'adressant à elle en allemand, lui demandaient clairement ce qu'elle faisait là. Elle répondit en anglais, montrant le texte des *Annales*. Cette sorte de passeport lui permit d'avancer. Elle erra d'un pont à l'entrepont, finit par rencontrer un individu qui, l'appelant « Mamzelle », la conduisit jusqu'à une porte marquée *Hauptmann*. Il lui présenta un siège à bascule, disant :

— Vous attendre. *Warten.*

Elle attendit, sa revue toujours entre les mains. De temps en temps, elle entendait un mugissement de sirène qui lui laissait croire que le *Bremen* allait partir. Mais il ne s'ébranlait point. Plusieurs personnes sortirent du bureau marqué *Hauptmann.* Le capitaine enfin parut, coiffé d'une casquette étoilée, pourvu d'une barbe grise et de sourcils épais qui se joignaient au-dessus du nez. Francine lui présenta les *Annales.* Il s'effaça, lui désigna la porte ouverte, disant en bon français :

— Entrez donc, je vous prie.

Et plus tard, lui présentant une chaise :

— Veuillez prendre place.

Avant de parler davantage, il caressa sa barbe, y cherchant quelque inspiration. Il dit enfin :

— J'attendais un homme. Il n'y a aucune femme dans mon équipage. Une telle présence, malgré son agrément, risque de provoquer des complications. Mille regrets. Je ne puis vous prendre.

Francine laissa tomber les *Annales* sur le plancher, sortit un mouchoir et se mit à sangloter dedans.

— Je regrette, je regrette, répétait le capitaine.

Les sanglots de Francine devinrent insupportables. Helmut en parut touché.

— Voyons, voyons, dit-il en cherchant dans sa barbe une autre réponse. À moins que… à

moins que vous ne preniez une apparence mas-
culine.

— Comment ?... Comment faire ? dit Francine en reniflant.

— En vous faisant couper les cheveux, mais
plus courts que ceux de *Loulou*. En vous compri-
mant un peu la poitrine, comme font les filles
en entrant au couvent. Et aussi, naturellement,
en portant un pantalon au lieu de votre jupe. Si
vous avez l'occasion de parler avec mes marins,
vous devrez prendre une voix d'homme. Est-ce
que tout cela vous semble possible ?

Francine se moucha et répondit qu'elle allait
essayer. Elle demanda si elle devrait se coller une
moustache. Il éclata de rire, disant qu'on pouvait
s'en passer.

— Le *Bremen* lève l'ancre le 24 juin. Venez
me présenter votre transformation le 20. Je verrai
si elle me satisfait. Au revoir, madame. Madame
comment ?

— Francine Mazeil.

— Si nous sommes d'accord, je vous appellerai Franz, comme Franz Schubert. À bientôt.

Elle salua et s'éloigna, tandis qu'il fredonnait
l'air de *La Truite*.

Dans la ville du Havre, elle n'eut aucun mal
à trouver un barbier-perruquier de qualité qui
lui dénuda le crâne, n'y laissant que des cheveux
longs de deux pouces l'unité. S'examinant
ensuite dans une glace, elle fut surprise de se

voir une nuque livide, creusée d'un sillon, nuque qui n'avait plus vu le soleil depuis sa naissance, toujours dissimulée par des boucles tombantes ou par un chignon. Elle se rappela les jeunes paysannes d'autrefois s'en allant sur les champs de foire vendre leurs cheveux à des ramasseurs qui en fabriquaient des perruques et les payaient deux coudées de dentelle.

— Vous en faites pas, dit le coiffeur. Ils repousseront.

Elle acheta une casquette pour les couvrir. Ailleurs, elle acheta un pantalon de velours et trouva dans une pharmacie deux rouleaux de bande élastique pour se comprimer les seins. Elle ne trouva rien pour se comprimer les fesses qu'elle avait bien rondelettes. Elle se chaussa de souliers plats, trop longs pour ses pieds, en les rembourrant de coton.

Lorsqu'elle regagna le *Bremen* le 20 juin, elle fut chaleureusement accueillie par Helmut Shoen :

— Cher Franz, soyez le bienvenu.

Il lui secoua la main avec tant de vigueur que Francine faillit crier.

— Il me reste, ajouta-t-il, à constater vos aptitudes culinaires. Veuillez nous préparer pour deux personnes le repas de midi. Nous désirons un menu à la française. Que vous faut-il ? Quels ingrédients ? Faites-en une liste.

— Je suis née dans une province appelée Auvergne. Je vous préparerai un repas à l'auvergnate. Il me faut un chou vert, du lard de poitrine, une queue de cochon, des oignons, deux bulbes d'ail, des lentilles, des feuilles de laurier. Ensuite, du fromage de Saint-Nectaire et des pommes ; des poires pour le dessert.

Le capitaine envoya chercher Jodl, un de ses marins flamands, qui comprenait le français, lui commandant d'aller quérir au plus proche marché havrais ces substances auvergnates. Jodl revint au bout de deux heures, disant qu'il avait tout trouvé, excepté la queue de cochon.

— Ça ne fait rien, dit Franz-Francine, on s'en passera.

Comment faire ? Une potée sans queue de cochon, disent les purs Auvergnats, est aussi insipide qu'un baiser sans moustache. Elle la remplaça par d'autres feuilles de laurier accompagnées de ses excuses. Helmut partagea ce menu avec son lieutenant Hermann Gotlob. Cette potée sans queue de cochon fut cependant qualifiée de pure merveille. Terminée par la tarte aux pommes.

Ce même soir, Francine fit la connaissance de sa couchette, à l'étage. Au rez-de-chaussée dormait Paulus qui passait la moitié de ses nuits à jouer de l'harmonica. Il ne faisait pas toujours de la musique. Quelquefois, il pétait. Très fort.

Elle s'enfonçait dans les oreilles des bouchons de coton ouate.

Comme prévu, le *Bremen* s'ébranla le 24 au matin au milieu d'un concert de sirènes. Francine regarda Le Havre s'éloigner, debout près d'une rambarde, criant :

— Au revoir Marcel ! Adieu maman ! Adieu papa ! Vive la France !

Ils mirent huit jours pour atteindre New York, retardés par un ouragan au milieu de la traversée qui faillit leur faire connaître le sort du *Titanic*. Sauf qu'aucun iceberg n'en aurait été accusé. Seulement un vent blanc, sans nuages, soufflant du sud-ouest comme s'il voulait les renvoyer au Havre. Pendant deux heures, chaque marin, chaque voyageur vida tripes et boyaux. Une multitude de poissons, harengs, sardines, maquereaux, exocets, tourbillonna ou voltigea autour du paquebot pour recevoir cette manne. Enfin la fureur du vent blanc s'apaisa. Le *Bremen* reprit sa normale verticalité, les estomacs retrouvèrent leur fonction habituelle. Les trois derniers jours de traversée furent tranquilles et ensoleillés.

— Qu'allez-vous faire en Amérique ? demanda le *Hauptmann* à Franz-Francine.

— Chercher et trouver du travail. Peut-être devenir américaine. Je n'ai plus de famille en France. La grippe espagnole a tué mon père et ma mère. Je n'avais qu'un frère, il n'est pas revenu de la guerre. Me voilà seule au monde. La population américaine est composée d'immigrés aux quatre cinquièmes. Je serai peut-être du nombre.

— Vous avez des avantages. Vous parlez l'anglais et l'espagnol. Vous êtes très belle. Et vous savez bien cuisiner. Je vous conseille d'aller en Californie. Des cinquante États unis, c'est le plus actif, le plus beau, celui qui jouit du climat le plus agréable. Notamment San Francisco. Si vous y dénichez une place, envoyez-moi des cartes postales à Hambourg, mon port d'attache. En principe, je vous ai prise sur le *Bremen* avec pour tout salaire la traversée gratuite. Mais vous m'avez fait connaître la cuisine de votre pays, l'Elbergne.

— L'Auvergne.

— Cela mérite bien un certain salaire. Voici deux billets verts qui vous permettront d'atteindre la Californie.

Il y eut ensuite les salutations à la statue de la Liberté éclairant le monde, les formalités de la douane, le serment qu'elle dut prêter pour jurer qu'elle ne venait pas aux États-Unis d'Amérique pour assassiner le président.

Helmut lui donna un dernier conseil :

— Le procédé le plus simple pour une femme immigrée désireuse de devenir citoyenne des

180

États-Unis c'est d'épouser un Américain. Je vous souhaite une bonne prise.

Une semaine plus tard, Francine Mazeil se trouvait à San Francisco. Elle y posa les pieds le 15 août 1923. C'est ainsi que, pour la première fois de sa jeune existence, elle quitta le pays des mangeurs de grenouilles dont Lucy Barnet se moquait éperdument.

11

Vénus agenouillée

Lucy Stalkner Barnet était née à Sausalito, un village de pêcheurs auquel les Espagnols avaient donné ce nom à cause des saules qui bordaient ses rives. Les parents de la jeune femme s'y étaient installés dans un *house-boat* colorié de vert qui formait, avec quelques autres, un petit village flottant. Ils y menaient une vie tranquille, un peu saumâtre. Après son mariage avec Ralph, le couple avait déménagé, s'était installé dans la capitale de la Californie, non loin de la statue *The Pioneer* qui valait à son auteur une célébrité excessive.

Tout de suite, Lucy s'ennuya dans cette ville endormie que la musique intéressait peu, qui s'efforçait de ressusciter la vie du western, avec sa vieille gare, ses locomotives à gigantesques cheminées, ses wagons qui transportaient des Peaux-Rouges professionnels et de prétendus pionniers. Sacramento contenait du moins un collège où Peter Stalkner se perfectionna dans la langue française et dans le jeu du violoncelle.

Lucy Stalkner Barnet essaya de se distraire. Elle vit Coloma où, le 24 janvier 1848, James Marshall découvrit des pépites dans l'American River, à proximité de la scierie qu'il construisait, déclenchant la fameuse Ruée vers l'or. Quant à lui, après avoir enrichi des milliers de chercheurs, il ne sut pas profiter de sa découverte et mourut dans la pauvreté.

Lucy descendit vers le lac Tahoe, situé dans une cuvette d'effondrement. Il est alimenté par la pluie et par la fonte des neiges qui ruisselle de la Sierra Nevada. Curieusement, aucune goutte de ce lac n'atteint l'océan. Une maigre rivière, la Truckee, s'en va baigner Reno et même le Myramid Lake dans le désert. La petite ville de Tahoe City offrait aux voyageurs des auberges, un théâtre, un casino. C'est dans ces maisons de divertissement que Lucy participa à des concerts, à des opéras, particulièrement à une autre Lucy, *de Lammermoor*, œuvre de Donizetti, d'après un roman de Walter Scott. L'héroïne, Lucy, cédant aux mensonges de son frère, se résigne à un mariage qui lui déplaît, devient folle la nuit de ses noces et poignarde son époux. Songeant au sien avec Ralph dont elle ne partageait ni les goûts, ni les ambitions, ni les pensées, elle se demandait si, un jour ou l'autre, elle ne devrait pas user du même intrument. Elle se plaisait à se considérer parfois en chemise de nuit, seule devant une glace, brandissant un poignard et chantant :

— *My sword is my right !... Ho il mio brando per diritto !...* J'ai pour mon droit mon glaive !

Puis elle éclatait de rire et se servait du poignard comme d'un chausse-pied.

Les choses allaient si mal, toutefois, entre Ralph et Lucy qu'elle abandonna Sacramento et retourna à Sausalito, emmenant son fils Peter, âgé de dix ans, partager le *house-boat* de ses parents. Le gamin se plaisait beaucoup à pêcher les merlans et les limandes à l'ombre d'un saule et les pieds dans l'eau marine. Ou bien il construisait lui-même de petites barques en bois ou en écorce de saule et se sentait une âme de navigateur pareille à celle de Christophe Colomb, Vasco de Gama ou Hernando de Alaron, le premier homme blanc qui posa le pied en Californie.

Le divorce eut lieu en septembre 1923 devant le tribunal de Sacramento, chacun des deux époux obtenant, partagées, la garde et l'éducation de Peter par consentement mutuel.

Le 8 septembre précédent, se promenant dans San Francisco, Francine Mazeil passa devant le bâtiment où Ralph Stalkner enseignait la sculpture et où il devait rester près de vingt années : la California School of Fine Arts. Des étudiants rôdaient et bavardaient devant l'entrée principale.

Soudain, elle les vit s'écarter, laisser le passage à un homme aux tempes grisonnantes, aux yeux noirs, avec un soupçon de moustache sous le nez, qui porta deux doigts à son chapeau en les saluant comme font les boy-scouts. Il cloua de quatre punaises contre ladite porte un écriteau sous le titre américain *Wanted* que Francine put lire attentivement. « On demande un modèle féminin bien constitué, libre de ses mouvements, pour poser de neuf heures à douze heures du 15 au 30 septembre 1923. Salaire : 16 dollars chaque séance. Se présenter le 10 septembre à quinze heures pour concourir. Âge requis : de 18 à 30. *Out of menses necessary.* »

Elle ne comprit pas ces derniers mots, se les fit traduire : « Nécessité aux candidates de se présenter hors de leurs règles mensuelles. »

— Bizarre, bizarre, se dit Francine. Que viennent faire les règles dans cette affaire ? Qu'est-ce qu'un modèle féminin ? se demanda-t-elle encore.

— Une femme ou une fille, se répondit-elle.

— Que veut dire « libre de ses mouvements » ?

— De préférence célibataire.

— Que veut dire « bien constitué » ?

— Bien faite.

— Que veut dire « pour concourir » ?

— Qu'il y aura certainement plusieurs candidatures. Comme un concours de beauté.

— Que veut dire « de 18 à 30 » ?

— De 18 à 30 ans.

— Quelle sorte de modèle, nu ou habillé ?

— Dans les deux situations probablement.

— Que signifie « 16 dollars pour chaque séance » ? 16 dollars de l'heure ou 16 dollars pour les trois heures ?

— Probablement 16 dollars pour les trois heures. À vérifier.

Elle se dit que s'il s'agissait de 16 dollars pour trois heures, elle ne voulait pas concourir. Son hôtel et sa nourriture lui coûtaient 9 dollars par jour. On ne lui laissait que quarante-huit heures de considération. Elle cessa de dialoguer avec elle-même et machinalement elle enfonça les doigts dans sa chevelure. Elle était toujours très courte, n'ayant guère poussé depuis l'embarquement sur le *Bremen*. Assurément, on la prendrait pour un garçon, elle serait éliminée. Elle se promena dans San Francisco. Elle gravit en courant la Lombard Street, la plus escarpée de la ville, pour améliorer son souffle. Elle passa devant un mendiant élégamment vêtu qui portait sur le ventre cet appel : *Faites-moi la charité pour que je puisse m'acheter des lunettes correctives*. Elle laissa tomber 10 *cents* dans son chapeau. Comme le mois de septembre avait la douceur d'un mois de juin, elle acheta un cornet de glace à la crème qu'elle lécha jusqu'au fond en y introduisant la langue. Elle reprit ses montées et ses descentes suivant des rues tellement escarpées et glissantes qu'elle préféra enlever ses souliers et marcher pieds nus. Elle arriva à un parc où se dressait une tour aux formes phalliques. Elle s'appelait effectivement Coit Tower.

— Que signifie ce nom ? demanda-t-elle au gardien.

— C'est le nom de la personne qui l'a fait construire. Une certaine Mme Coit. Je sais que cela choque les visiteurs. Mais la tour a pris le nom de sa constructrice, de même qu'à Paris une tour a pris le nom de son constructeur, M. Eiffel.

— Dans quelle intention ?

— À la gloire des pompiers san-franciscains, comme vous pourrez le constater à l'intérieur.

Francine entra donc dans cet édifice honorifique. Elle vit en effet fixés aux murs courbes des tableaux représentant des incendies et montrant le courage des *firemen*. Elle atteignit le sommet d'où elle put admirer la baie de San Francisco qui lui parut aussi vaste que l'océan Pacifique. Après quoi, elle mangea deux tartines dans un snack-bar et regagna son minuscule gourbi.

Le 10 septembre à quinze heures, elle se présenta vêtue en fille, la tête dissimulée sous un voile de dentelle, devant la California School of Fine Arts. Onze autres femmes bien constituées attendaient déjà, des Blanches, deux Noires, trois Mexicaines couleur caramel. Après un quart d'heure de patience, elles virent la porte s'ouvrir. Un petit homme joufflu et pansu les introduisit dans une salle d'attente dominée par un portrait à l'huile du général Washington, celui qu'on pouvait voir sur les billets de 1 dollar. Dessous, une proclamation bilingue :

In God we trust

En Dios tenemos confianza

Le petit homme fit asseoir les douze candidates sur une longue banquette qui les accepta toutes. Puis il distribua à chacune un billet numéroté de 1 à 12, suivant la place assise qu'elle avait choisie, au prix d'une bousculade. Francine reçut le douzième. Les yeux fermés, elle adressa en esprit une prière à ses parents. Depuis longtemps, elle avait cessé de prier le Seigneur toutpuissant, non parce qu'elle refusait son existence, mais parce qu'elle ne croyait plus en sa souveraine bonté, qu'on enseignait au catéchisme. Comment croire en la bonté infinie d'un créateur qui tolère des cataclysmes épouvantables comme les tremblements de terre, les éruptions volcaniques, la grippe espagnole, lesquels assassinent des millions d'hommes, de femmes, d'enfants innocents. Ou alors, ces malheurs échapperaient-ils à la volonté d'un Créateur peu puissant ? Elle qui raisonnait depuis longtemps dans sa petite tête avait un jour posé cette question embarrassante au curé de Chauriac. À quoi il avait répondu :

— Il y a des questions devant lesquelles ma pauvre intelligence reste muette. Mais suivez ce conseil : regardez les violettes, les pensées, les narcisses de votre jardin ; regardez voler les hirondelles, les moineaux, les pigeons, les abeilles ; respirez le parfum de la rose et du lilas ; appréciez la saveur de la cerise, de l'orange, de la figue, du raisin. Et dites-moi qui a produit toutes ces merveilles, toutes ces délices ?

— Le jardinier, le fleuriste.

— Et qui a produit ces personnes ?

— Leurs parents.

— Et qui les parents ?

— Les grands-parents…

Les questions-réponses finissaient par s'embrouiller. Francine se disait que les preuves de l'existence de Dieu sont aussi nombreuses que les preuves de sa non-existence. Delphine, une cousine chauriacoise de Francine, l'accusait de frivolité :

— Il a donné des seins aux femmes pour qu'elles puissent allaiter leurs enfants. Il a donné aussi des seins aux hommes, certains les portent aussi volumineux que les féminins, mais ils ne produisent jamais de lait. À quoi servent donc ces enflures sans usage ?

C'est pourquoi Francine, dans la salle d'attente de la CSFA, au lieu de prier le Seigneur tout-puissant à la bonté incertaine, s'adressait à sa mère Caroline et à son père Félix : « Je vous en supplie, cher père et chère maman, si vous avez quelque pouvoir, faites que je sois l'élue entre les douze apôtres. »

Les autres candidates sortaient une à une, comme les brebis sortent de l'ovile ; toutes timidettes, ne comprenant pas le sens exact du congé qu'on leur avait imparti :

— Laissez votre adresse, on vous écrira.

Elle fut appelée la douzième. Le petit homme ventru la conduisit dans un bureau vide garni de fauteuils de velours.

— Prenez place. Le professeur Ralph Stalkner va vous examiner.

Francine faillit s'assoupir. Un minuscule cliquetis l'en préserva. Le professeur Stalkner entrait, tenant à la main un trousseau de clés. Elle se leva.

— Restons assis, dit-il, prenant place à côté d'elle. Qui êtes-vous ?

— Je m'appelle Francine Mazeil, née en 1899, âgée donc à ce jour de vingt-quatre ans. J'arrive d'une région montagneuse, pleine de volcans, qu'on appelle l'Auvergne. Mes parents étaient maîtres d'école. Ils ont été emportés par la grippe espagnole. J'ai quelque part dans le monde – mais j'ignore où – un frère appelé Marcel.

— Vous intéressez-vous à la peinture, à la sculpture ?

— Ma mère m'a appris le pastel.

Elle tira de sa bourse des papiers Canson, où elle avait représenté des chats, des pigeons, des hirondelles, des vases ; et aussi les portraits de sa mère et de son père.

Ralph lui en fit des compliments immodérés.

— Bien, bien, bien, dit-il tout à coup. Ces talents ne concernent pas ce qui m'intéresse. Mettez-vous derrière ce paravent. Et déshabillez-vous.

— Que je me déshabille ?

— Je vous en prie.

— Entièrement ?

— Puisque vous souhaitez que je vous choisisse pour modèle. À Paris, j'ai vu, j'ai admiré le tableau de Gustave Courbet, *L'Atelier du peintre*. Son modèle, une femme nue, n'est point gêné par les regards de vingt-trois personnes habillées qui le contemplent. En même temps qu'elle quitte sa chemise, une femme se dépouille de sa pudeur.

Francine comprit alors la nécessité imposée aux candidates de paraître hors leurs règles mensuelles. Ces règles que les paysannes de Chauriac appelaient étrangement leurs Anglais. « Elle a ses

Anglais. » Parce que les troupes anglaises débarquent ordinairement vêtues de rouge. Elle sortit de derrière le paravent sans rien cacher de sa personne, excepté le voile de dentelle qui couvrait ses cheveux courts.

— Enlevez ça aussi, dit Stalkner.

Il l'examina de la tête aux pieds, les yeux presque exorbités d'admiration, mordillant sa moustache.

— J'ai vu le côté face. Retournez-vous, que je regarde le côté pile.

Elle obéit.

— Maintenant, mettez-vous à genoux. Je désire produire une vénus agenouillée qui sera dans la salle de réception de notre CSFA.

Il lui lança un coussin sur lequel elle s'agenouilla. Il poussa un grognement :

— Vous êtes à la perfection le modèle dont j'ai besoin. Une vénus aux cheveux courts. Ils découvrent votre merveilleux visage. Vous pouvez vous relever et vous rhabiller.

Elle reprit ses vêtements de pauvresse, recoiffa de dentelle ses cheveux courts, reparut devant Stalkner assis, attendit immobile la suite des événements.

— Je suis, lâcha-t-il, en train de rédiger votre contrat.

— Mon... mon contrat ? Vous me prenez donc ?

— Vous l'avez deviné. Objection ?

192

— Je songe aux autres filles qui seront toutes tristes. Et qui me détesteront.

— Dans toute compétition, il y a un gagnant et un ou des perdants. Je m'en suis rendu compte plus d'une fois pour moi-même. Les Romains disaient : « Malheur aux vaincus. » Nous n'y pouvons rien. Acceptez la défaite des autres. Je vous autorise à me montrer votre joie.

Comme il se levait pour lui tendre la feuille, de nouveau elle s'agenouilla, saisit sa main disponible et la couvrit de baisers, en murmurant *Thanks a lot*, qui signifie « je vous remercie mille fois ». En pensée, elle remercia aussi ses père et mère.

— Vous étudierez les termes du contrat. S'ils ne vous conviennent pas, nous les corrigerons.

— Ils me conviendront, monsieur, certainement.

— Appelez-moi Ralph. En Amérique, nous employons très vite le prénom pour parler non seulement à nos amis, mais à nos simples connaissances. Si vous en êtes d'accord, je vous appellerai désormais Francine.

— Okay.

— Pouvez-vous commencer votre emploi de modèle lundi prochain à partir de quatorze heures ?

— Volontiers.

— Vous êtes la perfection même.

Francine émergea toute chavirée du CSFA,

tenant à la main le rouleau de son contrat. Après la longue épreuve qu'elle venait de subir, la fin du jour approchait. Devant les portes des maisons individuelles, toutes barbouillées de bleu, de jaune ou de vert, des barbecues fumaient sur lesquels des pères de famille – car cette corvée était réservée aux hommes – faisaient rôtir des tranches de bœuf ou de mouton. L'atmosphère en était envahie et faisait oublier le parfum des camélias. Les snack-bars servaient des hamburgers *with french fried potatoes*, des steaks hachés avec des pommes frites. À cause de la prohibition, on n'y trouvait que des boissons sans alcool, limonades, Coca-Cola, Seven Up, *peppermint syrup*. Francine revit au loin la Coit Tower sans tréma qui protégeait tous les pompiers. Elle s'alimenta de deux tartines de morue à la moutarde et monta se coucher. Elle prononça une longue prière mentale pour remercier ses père et mère. Elle s'endormit avant de lire tout le contrat.

Le lundi suivant, comme convenu, à quatorze heures, elle se présenta au CSFA où Ralph Stalkner avait ses assises. Il l'embrassa fraternellement, sachant qu'elle avait vingt-quatre printemps, tandis qu'avec ses trente-huit il achevait sa saison estivale.

— Vous pouvez passer derrière le paravent et vous mettre dans la tenue de ma vénus

194

agenouillée. Mais dites-moi d'abord si les termes de notre contrat vous conviennent parfaitement.

— Parfaitement.

— Alors, au travail.

Lorsqu'elle sortit du dépouilloir, elle tomba sur le coussin qu'il lui présentait. Il l'orienta face au soleil et s'installa lui-même devant une feuille de papier blanc épinglée sur un chevalet mobile. Comme le soleil l'éblouissait, il dut chausser des lunettes noires. Usant de crayons Conté importés de France, Stalkner dessina sa future vénus. Échangeant quelques mots avec Francine. S'interrompant de loin en loin pour lui permettre de se lever, de bouger les bras et les jambes, de faire quelques pas.

Elle eut soif. Il lui présenta un verre de limonade. Elle reprit la pose. Jamais elle n'aurait cru si pénible la parfaite immobilité.

Elle eut encore soif, les rayons du soleil la cuisaient. Elle but un autre verre... Deux heures encore.

— Je n'aurais pas dû boire autant. Il faut que j'aille aux toilettes.

— Je vous y conduis.

— Toute nue ?

— Mes étudiants savent ce que c'est qu'un modèle.

Ils en rencontrèrent plusieurs qui sifflèrent d'admiration. Elle reprit sa pose marmoréenne. Il reprit la sienne derrière le chevalet. Les choses durèrent ainsi deux heures encore. Peut-être trois. Le soleil commençait à descendre, à vouloir plonger derrière l'océan Pacifique. Ainsi nommé par Magellan qui convertit au catholicisme le roi de Zebu et fut ensuite assassiné. Pas tellement pacifique à cause de sa maudite faille. À dix-huit heures, Ralph informa Francine qu'il la libérait.

— Pas complètement, ajouta-t-il. Je vous invite, si vous acceptez, à prendre avec moi le repas du soir dans un restaurant que j'ai l'habitude de fréquenter, *Aux délices*, tenu par des Créoles français, Chestnut Street. Me ferez-vous ce plaisir ?

Elle sourit. C'était la première fois qu'il la voyait sourire. Il cria à l'éblouissement.

— Nous allons prendre un taxi. Prenez mon bras.

Ils descendirent les marches du CSFA, trouvèrent un taxi conduit par un Haïtien qui les conduisit jusqu'aux *Délices*, s'exprimant en français :

— Je vous recommande leurs huîtres au jus de pamplemousse.

Ils descendirent au milieu de Chesnut Street dont trois châtaigniers justifiaient l'appellation. Francine se rappela les châtaigniers de Montmorin dont elle allait gauler les châtaignes en compagnie de tante Félistine. Il fallait se piquer les doigts pour extraire les fruits de leur bogue.

196

Mais ensuite on les faisait griller dans une poêle percée de cinquante trous. On buvait du cidre pour les faire descendre.

Un autre garçon noir, un autre Haïtien les accueillit aux *Délices*, les conduisit dans une arrière-salle déjà partiellement occupée, leur donnant le titre francisé de Sire et de Madame. Le personnel était en grande partie composé de femmes antillaises, vêtues de jupes flottantes, ornées de colliers et de bracelets. Leurs dents étaient si larges, si blanches, si brillantes qu'elles semblaient en avoir au moins soixante-deux paires. En guise d'apéritif, elles servirent malgré la prohibition du rhum blanc, glacé, sucré, qui descendit dans leurs gosiers comme de la limonade.

— Une seconde tournée, réclama Ralph.

— Je vais perdre complètement la tête, protesta Francine faiblement.

— Je l'espère bien !

Ils eurent au menu un pudding de bananes antillais, où les bananes étaient réduites en purée, mariées à la cannelle, au sucre vanillé, au jus de citron haché, à une sauce béchamel. Vint ensuite un poulet à la créole, doré au curry et au safran, dans une pulpe de noix de coco. Pour finir, un choix de fruits et de confitures : abricots d'Amérique, pommes-lianes avec leur jolie collerette, pamplemousses. Le tout régulièrement arrosé de rhum blanc ou de rhum rose. Aux protestations répétées de Francine, Ralph assurait que le thé allait effacer la chaleur des rhums.

Il était nuit noire lorsque le dîner s'acheva.

— Je suis incapable de rentrer chez moi, gémit Francine.

— N'ayez point de souci. Un taxi vous y ramènera. Quelle est votre adresse ?

— Je ne m'en souviens plus.

— Cherchez bien.

— Impossible. J'ai la tête vide.

— Attendez. Je l'ai prise dans votre dossier. La voici. C'est dans Chinatown. St. Mary's Square, 118. Je commande un taxi.

Alors qu'ils allaient quitter les *Délices*, une serveuse leur demanda s'ils désiraient une boîte.

— Pour emporter les restes de votre repas.

— Non, merci, on vous les laisse.

Vint le taxi, toujours conduit par un Haïtien. Ralph aida Francine à y pénétrer, à s'y asseoir. Bientôt, ils furent devant le 118 de St. Mary's Square. Stalkner paya le montant de la course sans oublier un large pourboire. Francine n'arrivait pas à sortir de la voiture, disant qu'elle avait le derrière trop lourd.

— Mais non, mais non, votre derrière est parfait. À quel étage habitez-vous ?

— Au troisième.

— J'aimerais vous porter. Mais aurai-je assez de souffle ?

198

Le Haïtien, qui était un costaud, proposa ses services. Ils furent acceptés. La maison, assez misérable, ne possédait point d'ascenseur. Les voici tous les trois, le troisième portant la seconde, engagés dans l'escalier. Ralph venait derrière comme un chien suit sa maîtresse. Le Noir allait d'un bon pas, il semblait même trouver plaisir à cet emploi. Ils atteignirent le premier étage. Puis le second.

— Laissez-moi la fin de l'ascension, implora Stalkner. De quoi ai-je l'air ?

— Je vous laisserai les dernières marches, dit le Haïtien avec un peu de mépris.

À la toute dernière marche, comme convenu, il déposa délicatement Francine et demanda 12 bucks. Ralph en donna 15 et le remercia. Francine restait assise.

— Avez-vous vos clés ?

— Dans mon sac.

Ils cherchèrent ensemble. Ils ouvrirent la porte. Francine titubait.

— Je vous conduis jusqu'à votre chambre.

Ainsi firent-ils, lui derrière, elle devant, comme deux poules vont aux champs. À peine fut-elle dans son taudis qu'elle se laissa tomber sur la couche, sans se déshabiller, et disparut dans un sommeil de plomb. Ralph éteignit la lumière et s'écroula pareillement sur l'amoncellement des tapis. Car ils étaient plusieurs superposés, le proprio ne se donnant point la peine d'enlever l'ancien pour en ajouter un deuxième, un troisième, un quatrième. Traversant la fenêtre à guillotine, des flambées venaient de l'extérieur, envoyées par les phares des voitures. « Qui suis-je ? se demanda le sculpteur. – Tu es Ralph Stalkner, avachi sur quatre épaisseurs de raphia indien. Tu as promis à Dagda de faire de grandes choses. » Il disparut à lui-même.

Francine se réveilla vers onze heures du matin. Elle fut grandement surprise de se trouver au lit dans des vêtements en désordre tandis que, près d'elle, Ralph Stalkner fumait un havane.

— Que faites-vous là ? cria-t-elle.

— Je fume un cigare.

— Vous m'avez violée ?

— Examinez vos habits, ils vous répondront.

— Mais alors… mais alors ? Que faites-vous chez moi ?

— Hier soir, je vous ai invitée à partager mon repas aux *Délices*, un restaurant haïtien. Nous avons forcé un peu trop sur le rhum blanc et sur le rosé. Il a fallu que je vous raccompagne.

— Pourquoi ne m'avez-vous pas violée ?

— Je n'ai pas l'habitude. Je ne sais pas comment on doit faire.

Comme rassurée, elle entra dans des sortes de convulsions. Soudain, elle eut les pieds sur les tapis, nue comme la vérité sortant d'un puits.

— Vous m'avez déjà vue plus d'une fois dans cette tenue. Je désire prendre une douche.

Elle entra dans une cabine vitrée, Ralph perçut le ruissellement de l'eau chaude. Inspiré par une telle situation, il imita son modèle, se défringua, jeta au loin sa veste, sa chemise, ses pantalons de polyester et entra à son tour dans la cabine. Il prit Francine dans ses bras, la serra contre lui, ils furent comme deux saumons en période de frai, se confondant l'un dans l'autre, elle lisse et blanche, lui velu et couleur de maïs. Sur eux tombait l'abondante bénédiction de la douche, leurs vingt orteils s'entremêlèrent.

— Je suis vierge ! cria Francine.

— Vous ne l'êtes plus !

— Je l'étais !

— Je vous rendrai votre chasteté.

— De quelle façon ?

— En vous faisant mienne.

— Qu'est-ce que ça veut dire ?

— Acceptez-vous de devenir ma femme ?

— Je vous croyais marié ?

— Je suis divorcé.

— Cela ne peut se faire, je suis catholique.

— Et moi presbytérien, me semble-t-il. Faisons un mariage sans religion, par simple consensualité, devant un officier de justice.

— Sans témoins ? Sans aucune festivité ?

— Nous inviterons nos parents, nos amis, il y

aura beaucoup de monde. Ce sera très joyeux. Nous partirons ensuite en voyage de noces.

— Ici, je ne connais personne, sauf vous.

— Pour vous, je serai le reste de l'univers.

— Vous vous moquez de moi !

— Pas le moins du monde. Laissez-moi faire.

Il décida que le mariage serait célébré à Bodega Bay, à 50 miles au nord de San Francisco. Un petit village de pêcheurs où il avait vécu enfant, fait ses premières études. Habitant Belmont avec tous les Stalkner et la nourrice Virginia, il y venait à bicyclette six fois par semaine. Il y avait appris à nager, à fréquenter les phoques et à parler aux goélands. Bodega Bay n'était point sous l'autorité du Dieu tout-puissant comme croyaient les catholiques et les presbytériens, mais sous celle de Dagda qui répand le bonheur et le malheur et a le pouvoir de ressusciter ceux et celles qui ont fait de grandes choses. Ralph essaya de faire entendre à Francine cette particularité. Elle s'en étonna :

— Comment nous mariera-t-on ? N'y a-t-il pas une autorité civile ?

— Si bien : le Town Hall, sous la direction du maire, qu'on élit ou réélit tous les cinq ans.

— J'espère qu'il nous suffira.

Ils se rendirent jusqu'à Belmont, retrouvèrent la scierie des Stalkner qui avait partagé le père en deux moitiés comme un sandwich. Ils retrouvèrent l'oncle Ferman, le manœuvre Big Joe, la négresse Virginia, tous en bon état de conservation. Seul le lapin Bunny était décédé. Des chèvres nouvelles remplaçaient les anciennes biques. Ralph présenta Francine qu'il avait l'intention d'épouser, mais à la mairie seulement, en consensualité, car ils ne professaient pas la même religion.

— Qu'avez-vous fait de votre épouse précédente et de votre fils Peter ?

— Nous nous sommes séparés. Chacun mène à présent la vie qui lui convient.

Ils allèrent au cimetière, se recueillirent sur la tombe de Mary, morte en donnant le jour à Ralph, et déposèrent des fleurs sur sa tombe en versant une larme.

Toutes les dispositions furent prises. La mairie de Bodega Bay fut informée du mariage consensuel prévu pour le 27 novembre 1923. Ralph écrivit à Bridgeen O'Bihan, dans l'île Corrig Island, pour l'inviter et lui expliquer qu'il avait fait de grandes choses, sans espérer vraiment une réponse, sachant que les Irlandais n'aiment pas écrire. Il invita ses amis et collègues Gottardo Piazzoni et Diego Rivera, leur promettant, après la cérémonie officielle, un festin à *Bodega Harbor Inn* où tous pourraient coucher. Il n'oublia point ses voisins de Belmont, hommes, femmes, enfants, y compris Mme Irene Plough, une invalide qu'il fallut transporter en taxi.

Ralph oublia en revanche sa première épouse Lucy et son fils Peter. Simplement, il leur adressa un faire-part les informant de ses secondes épousailles.

Le 27 au matin, tous les invités en grande tenue se trouvèrent devant la mairie de Bodega Bay, sous la bannière étoilée. Il y avait même Oscar Melore, un vieil Irlandais venu avec son violon, dont il jouait à merveille bien qu'il ne connût point la différence entre un dièse et un bémol. Ayant soigneusement accordé ses quatre boyaux de chat, il joua et chanta une chanson d'amour populaire, parfaitement convenable à un jour de noces, que plusieurs témoins entonnèrent avec lui :

> *The pale moon was rising*
> *above the green mountain.*
> *The sun was declining*
> *beneath the blue sea.*
> *When I strayed with my love*
> *To the pure crystal fountain*
> *That stands in the beautiful*
> *vale of Tralee.*
> *She was lovely and fair*
> *as the rose of the summer.*
> *Yet 't was not her beauty alone*
> *that won me.*
> *Oh ! no, 't was the truth*
> *in her eyes ever dawning,*

that made me love Mary,
the rose of Tralee...

« La pâle lune montait au-dessus de la grise montagne. Le soleil s'enfonçait dans la mer bleue. Alors que je flânais avec mon amour Vers la fontaine au pur crystal qui coule dans la très belle vallée de Tralee. Elle était adorable et belle comme la rose de l'été. Pourtant ce ne fut pas sa beauté seule qui me conquit. Oh ! Non, ce fut la limpidité toujours naissante dans ses yeux qui me fit aimer Mary, la rose de Tralee... »

Personne n'avait jamais vu Tralee, peut-être pas Oscar Melore lui-même. Mais on devinait qu'il s'agissait d'un port de pêcheurs, comme Bodega Bay, au pied d'une haute falaise, et l'on comprenait que Francine la limpide était la répétition de Mary, la rose de Tralee. Plusieurs couples se formèrent parmi les témoins et dansèrent la gigue irlandaise, une danse à deux temps, d'un rythme très vif, avec des trémoussements appelés « le trot de cheval » ou « les ailes de pigeon ».

Une cloche sonna. Le moment était venu de célébrer le mariage de Ralph et de Francine par consensualité. Tout le monde grimpa au premier étage où toujours étaient prononcées les épousailles. Le maire, M. John Restif, se tenait debout derrière une table, la poitrine ornée de plusieurs décorations. Quatre personnes se mirent au premier rang, les fiancés et deux témoins, Gottardo

Piazzoni et Diego Rivera qui jouissaient de doubles nationalités, l'un italo-américain, l'autre mexico-brésilien, comme l'attestaient leurs passeports. Entre eux, Ralph et Francine, immobiles, dont ils avaient l'air d'être les gardes du corps, pour les empêcher de s'enfuir. Le maire chaussa ses lunettes et lut sur un carton bleu les deux questions traditionnelles :

— Ralph Stalkner, acceptez-vous de prendre pour épouse Francine Mazeil ici présente et de partager avec elle les moments heureux et les moments difficiles que vous offrira le destin, en parfaite fidélité et parfaite honnêteté ?

— Je le veux, répondit Ralph.

— Francine Mazeil, acceptez-vous de prendre pour époux Ralph Stalkner ici présent et de partager avec lui les moments heureux et les moments difficiles que vous offrira le destin, en parfaite fidélité et parfaite honnêteté ?

— Je le veux, dit Francine.

— En conséquence, je vous déclare unis en consensualité par les liens du mariage. Vous pouvez vous embrasser. Je demande aux deux témoins d'apposer leurs signatures sur notre registre municipal.

Ainsi firent Gottardo Piazzoni et Diego Rivera. Tous les présents applaudirent. Chaque invité déposa un cadeau utile dans un parapluie renversé, parmi lesquels quatre objets porte-bonheur que la mariée devrait porter sur elle :

quelque chose de neuf, quelque chose de bleu, quelque chose d'usagé, quelque chose d'emprunté.

Puis vinrent deux taxis. L'un emporta les témoins officiels, Piazzoni et Rivera ; l'autre Ralph et Francine sous une pluie de riz cru, avec au derrière de la voiture cette inscription, *Just Married*. Tous quatre se retrouvèrent à *Bodega Harbor Inn* où fut réglée la suite de la cérémonie. Et spécialement le voyage de noces. C'est ainsi que Ralph Stalkner épousa sa seconde princesse.

— À Mexico, capitale du Mexique, dit Rivera, je dispose d'un appartement que je mets à votre disposition. Je vous servirai de guide.

Le Mexique est un pays d'Amérique centrale, grand comme trois fois et demie la France. Traversé par le tropique du Cancer, il devrait souffrir d'un climat tropical, qu'il supporte bien car il est formé presque uniquement de montagnes ou de plateaux élevés, si bien que Mexico, sa capitale, est construite à 2 240 mètres d'altitude, que le maïs, sa nourriture principale, pousse jusqu'à 2 800 mètres. Au flanc de ses montagnes poussent l'olivier, le bananier, l'agave, le cocotier, le manguier, la canne à sucre, peuplés de papillons multicolores, de perroquets, d'oiseaux-mouches. Longtemps avant l'arrivée des Européens, le Mexique était déjà habité par des populations multiples. Les Mayas couvrirent de leurs monuments les provinces du Sud. Puis vinrent les Toltèques, les Zapotèques, les Chichimèques, les Aztèques, ces derniers les plus nombreux. Partis d'une île appelée Aztlan, ils entrèrent dans une caverne où ils trouvèrent une divinité, Huitzilopochtli, qui leur dicta cet oracle : « Lorsque vous parviendrez dans un lieu où vous verrez un aigle dévorant un serpent sur un cactus, vous devrez vous y établir. » Après avoir longtemps erré, ils arrivèrent au flanc d'une colline infestée de serpents sur les rives du lac Texcoco. Ils étaient dans la vallée du futur site de Mexico. Ils eurent à combattre leurs voisins. Il leur fallut quatre-vingts ans pour que leur pouvoir s'étendît depuis les steppes désertiques du Nord jusqu'aux jungles torrides du Sud. Leurs dissensions avec les autres peuples facilitèrent l'entrée des hommes barbus, les Espagnols, au XVIe siècle.

Hernán Cortés débarqua de plusieurs caravelles avec 500 hommes armés d'arquebuses, de canons, et des chevaux. Ils montèrent sur ces animaux, trouvèrent devant eux des hommes nus, *los desnudos*, et éprouvèrent une stupeur que les Aztèques partagèrent car ils croyaient voir devant eux des créatures composites pourvues de quatre pattes, de quatre bras, d'une tête, d'une queue touffue, et qui crachaient des flammes. Pour les conquérir, les *desnudos* leur offrirent des bananes et vingt jeunes filles. Cortés choisit la plus belle qui devint sa maîtresse et son interprète. En échange, les Espagnols présentèrent des verroteries que les Aztèques se mirent aux oreilles et aux genoux, riant de ces étincelles vertes, jaunes ou bleues.

Ce commerce aurait pu se prolonger ; mais les centaines d'Espagnols descendus de leur selle voulurent s'emparer de plusieurs autres femmes. Ce fut le commencement d'une lutte acharnée qui dura deux ans et fit beaucoup de morts. Hernan Cortés conquit le reste du pays et le convertit au catholicisme le plus pur. Sous le nom de « Nouvelle-Espagne ». Les conquérants exploitèrent les mines d'or et d'argent, ouvrirent des routes, développèrent l'agriculture, réduisant les Aztèques en esclavage.

Sa conquête achevée, Cortés regagna l'Espagne et réclama une part des précieux métaux qu'il y avait fait envoyer. Charles Quint, qui portait ailleurs ses ambitions, ne le reconnut point. Afin de solliciter une audience, Cortés dut monter sur le marchepied du carrosse qui transportait le souverain.

— Qui est cet audacieux ? demanda Charles Quint.

— Sire, je suis l'homme qui vous a donné plus de royaumes que ce que vos ancêtres vous ont laissé.

Le conquistador mourut peu après dans la solitude.

En 1821, à la suite des idées de liberté venues de France, une partie de la population composite se souleva contre les autorités espagnoles. Pour soumettre ces insurgés, l'Espagne envoya le général Agustín de Iturbide. Celui-ci préféra faire cause commune avec les insurgés. Il battit les troupes royales et se fit proclamer empereur du Mexique sous le nom d'Augustin Ier. Deux ans plus tard, il fut renversé à son tour. Pendant les siècles qui suivirent, le Mexique subit plus de deux cents révolutions, aussi sanglantes et inutiles les unes que les autres. Changeant chaque fois de politique, tantôt conservateur avec l'appui du clergé et des gros propriétaires, tantôt libéral avec le soutien de chefs de bandes déguisés en généraux, au prix de beaucoup de sang versé. Après une guerre victorieuse mais sans effet contre les États-Unis, un certain Santa Anna, président-dictateur, leur vendit pour 15 millions de dollars la moitié de la Californie, le Texas, l'Arizona et le Nouveau Mexique. Santa Anna laissa le gouvernement à un groupe d'Indiens instruits et de Créoles qui parvinrent à établir une Constitution fédérative semblable à celle des États-Unis.

Pour des raisons compliquées, financières, politiques, religieuses, l'empereur des Français, Napoléon III, désirait intervenir au Mexique d'abord pour soutenir la créance d'un banquier suisse, Jecker, dans laquelle plusieurs courtisans

comme le duc de Morny, son demi-frère, pos-
sédaient des intérêts. Avec l'espoir d'établir
au Mexique un empire latin qui répandrait
l'influence de la France et ferait contrepoids aux
États-Unis. Il proposa la dignité d'empereur du
Mexique au frère de l'empereur d'Autriche
François-Joseph, Maximilien, qui l'accepta sur les
instances de sa femme, la princesse Charlotte, fille
du roi des Belges Léopold Ier. En septembre 1863,
une armée de 35 000 hommes débarqua à Vera-
cruz, sous les ordres d'Achille Bazaine, âgé de
cinquante-quatre ans, qui connaissait l'espagnol
et venait de se remarier avec Pepa, une jeune
Indienne de dix-huit ans, fort ambitieuse, dont
l'influence l'amena peut-être à une politique personnelle. Une assemblée de notables les acclama
lors de leur entrée à Mexico.

Malgré ces acclamations, Maximilien rencontra bientôt les plus grandes difficultés. Il ne pouvait obtenir du clergé les réformes qu'il jugeait
nécessaires. Il devait lutter contre les intrigues
de Bazaine qui entretenait des relations secrètes
avec les chefs des opposants. Il manquait
d'argent. Les soldats mexicains, favorisés par la
nature âpre et montagneuse du pays, livraient
contre les troupes françaises une guerre épui-
sante d'embuscades et de surprises. Les Américains, débarrassés de la guerre de Sécession, leur
fournissaient armes et uniformes et refusaient
de reconnaître Maximilien. Napoléon III ne lui

avait promis le secours de ses troupes que pour
une durée de deux ans. Il rappela ses forces
en 1867, conseillant à Maximilien d'abdiquer.
Celui-ci, abandonné, fut bloqué par les rebelles,
arrêté à Querétaro, jugé et fusillé le 19 juin 1867
avec deux de ses auxiliaires. Avant l'exécution,
il remit un peso à chacun des soldats du peloton
et lança d'une voix ferme :

— Je vous accorde mon pardon. Je souhaite
que notre sang féconde cette nation que j'ai tant
aimée. Vive le Mexique ! Vive l'indépendance !

Il écarta les pans de sa longue barbe pour
indiquer la place du cœur. Sur la requête de
l'Autriche, son corps fut transféré à Vienne et
déposé dans la crypte des Capucins. Sa femme
Charlotte fut réexpédiée en Belgique. Ayant à
peu près perdu la raison, elle passa ses dernières
années à jouer du piano et mourut en 1927.

Lorsque Ralph et Francine en voyage de noces,
accompagnés de leurs témoins Gottardo Piazzoni
et Diego Rivera, après un long voyage, arrivèrent
à Mexico, ils surent que la République mexicaine,
séparée de l'Espagne depuis 1917, avait pour
président le général Álvaro Obregón, qui avait
fait assassiner son prédécesseur Venustiano Car-
ranza. Ne se doutant pas qu'il serait lui-même
assassiné par son successeur. La Constitution en
cours avait un caractère révolutionnaire. L'État

lui-même garantissait cette révolution, soutenu par ses soldats qu'on voyait déambuler, coiffés d'un puissant chapeau au large bord, en compagnie de soldates coiffées, vêtues, armées de même. La terre, le sous-sol, les mines appartenaient à l'État. Le Code du travail instituait un salaire minimum, une journée de huit heures, le droit syndical à tous ceux qui travaillaient.

Mexico, la capitale, avait deux visages. La vieille cité coloniale était parcourue de voies étroites, tortueuses, aux maisons populaires construites en adobe, brique rudimentaire faite d'argile mêlée de paille et séchée au soleil, en contraste, çà et là, avec des palais de style castillan. Ailleurs, la ville moderne offrait de larges avenues ombragées, des hôtels accueillants. Le cœur de cette capitale était la *plaza* de la Constitution, avec la cathédrale monumentale à cinq coupoles, et l'hôtel de ville. Des voitures assez nombreuses circulaient, généralement des Ford T, juchées sur des roues à longs diamètres pour éviter la boue et les mauvais pavés, éclairées la nuit par des phares à acétylène, le volant du côté droit. Elles circulaient dans le plus grand désordre, se dépassaient sans précaution, stationnaient parfois au milieu de la chaussée.

— Est-ce que les chauffeurs, demanda Ralph, doivent avoir un permis de conduire ?

— Le permis existe, répondit Rivera. Il suffit de l'acheter. On ne subit pas un examen pour l'obtenir. Si bien que beaucoup n'en ont pas, faute de moyens. Ce sont des soldats qui essaient de régler la circulation.

Entre ces voitures automobiles se faufilaient des calèches tirées par des chevaux ou des mulets. Comme nos quatre artistes erraient près des jardins de las Cadenas, ils rencontrèrent un trio de charrettes misérables tirées par des ânes dépenaillés. Un des hommes portait un sac contenant, selon Diego, trente ou quarante kilos de sable. Le deuxième portait un petit cercueil. Le troisième une croix faite de deux branchettes jointes.

— Il s'agit, poursuivit Rivera, d'un enfant qu'on mène au cimetière. En toute simplicité. Sans cortège. Sans prêtre. Le petit défunt dormira sous le sable, enveloppé sans doute d'un linceul de coton. Nous avons bien fait de ne pas leur dire un mot. Ils auraient compris que nous sommes des *gringos*, des étrangers. Nous ne parlons pas leur langue.

— Je me débrouille en espagnol, dit Piazzoni.

— Ici, seuls les gens instruits pratiquent le castillan. Le populaire s'exprime en aztèque, en maya, en une trentaine d'autres dialectes.

— Cet enterrement est d'une navrante simplicité, dit Ralph. Le visage des trois accompagnateurs n'exprimait aucune tristesse. Voilà une famille qui perd un enfant. La mère n'assiste pas même à ses obsèques.

— La mort, pour les Mexicains, n'a pas le même sens que chez nous. Même s'ils vont souvent à la messe, tous chrétiens en principe, ils n'ont pas la conception de la vie éternelle, du tribunal de Dieu. Combinant leur christianisme importé et leur ancien paganisme, ils se moquent de la mort en la caricaturant. La plus importante de leurs fêtes religieuses tombe en novembre, c'est celle des Morts. On vend sur les marchés et à la porte des cimetières des friandises macabres. Des enfants portant des masques de squelette se disputent des crânes et des tibias en sucre. Dans les quartiers populaires, d'interminables étalages présentent la Mort dans des postures grotesques. De toutes parts, éclatent des fusées, des pétards, des feux d'artifice. Les Mexicains désarment la Mort de son pouvoir terrifique.

La pauvreté, la misère, le chômage sont traités un peu de la même façon. Piazzoni voulut s'entretenir un jour avec des chercheurs d'emploi, accroupis dans la poussière devant la cathédrale. Tous secouèrent la tête, ne comprenant point son jargon de *gringo*. Un seul consentit à lâcher quelques vocables. Il expliqua qu'il savait tout faire, *aserrar la leña* (« scier le bois »), *hacer el albanil* (« faire le maçon »), *cocinar* (« cuisiner »), *remontar las zapatas* (« ressemeler les souliers »), *pintar las paredes* (« peindre les murs »), *reparar los trajes* (« réparer les vêtements »). Pour le remercier de sa conversation, Gottardo lui donna une pièce de deux pesos. Il s'éloigna, tandis que les autres chômeurs lui lançaient une volée d'injures incompréhensibles.

Préparé par une Indienne au domicile de Diego, chaque repas était une surprise. Excepté le petit déjeuner, café au lait et brioches. À midi, *chile con carne*, c'est-à-dire haricots rouges assaisonnés d'un poivre très piquant, mêlé à la tomate, avec des éléments de poulet ou de mouton. À la place du pain, *tortilla*. En Espagne ce terme désigne une omelette. Au Mexique, c'est une galette de farine de maïs pétrie entre les mains de la cuisinière et cuite sur un plat d'argile. Elle accompagne la viande, le poisson, le fromage, le riz. Le repas du soir est remplacé par un gâteau au lait ou des fruits. Deux boissons nationales : le *pulque* et la bière. Le *pulque* est un alcool un peu laiteux extrait d'un cactus. Dans les rues, on put voir un cavalier venu des hauts plateaux boire à l'éventaire d'un marchand ambulant son verre de *pulque* sans descendre de cheval.

Diego Rivera avait reçu commande d'une mosaïque résumant la conquête du Mexique par les *barbudos*. Il la présenta à ses amis. On y voyait sept personnages. Au fond, à gauche, Hernán Cortés, sous sa cuirasse. À l'extrême droite, sa maîtresse jouant de l'éventail. Au milieu, un Aztèque accroupi, *desnudo*, se préparant à rece-

voir la mort d'un lancier et poussant un hurlement de protestation enfermé dans une bulle
sans paroles. Trois autres personnes contem-
plaient la scène froidement.

— Que deviendra cette mosaïque une fois terminée ? demanda Francine.

— Elle ira au musée de Mexico à l'occasion
de notre fête de l'Indépendance. Il est regret-
table que vous ne puissiez y assister. Dans la nuit
du 15 au 16 septembre, notre président de la
République paraîtra au balcon du Palais
national. Non pour faire un discours, mais pour
répéter, répercuté et amplifié par les haut-
parleurs, le *Grito de dolores* jeté par le prêtre
Hidalgo y Costilla en 1810 au nez et à la barbe
des autorités espagnoles : « *Independencia para
Mexico !* » Des milliers d'hommes le suivirent.
Mais ensuite il fut battu et fusillé à Chihuahua.

— Nous ne pouvons assister à toutes vos
fêtes.

Toujours guidés par Rivera, ils virent du
moins des édifices prodigieux. La pyramide d'El
Tazin composée de six étages creusés de niches
carrées. Leur nombre, 364, correspond à l'éva-
luation presque exacte des jours d'une année. À
Teotihuacán, à 40 kilomètres au nord de Mexico,
ils virent des temples consacrés au soleil, aux
étoiles, à l'eau, à la pluie, à la mort formés de
blocs immenses.

Gottardo Piazzoni découvrit toutes ces adorations avec enthousiasme :

— Ces Mayas, ces Aztèques partageaient l'esprit de saint François d'Assise, deux mille ans avant sa naissance. Ils adoraient toutes les créatures.

Là-dessus, il récita le *Cantique des créatures* qu'il connaissait par cœur.

Altissimu onnipotente bon Signore,
Tue son le laude, la gloria e l'onore
E onne benedictione,
A te solu se confano
E nullu omu è dignu Te mentovare.
Laudatu sii, mi Signore, con tutte le tue creature.
Specialmente meser lu frate sole,
Lu quale jorna e allumini noi per lui ;
Et illu è bello e radiante con grande splendore.
De Te, Altissimu, porta significatione.
Laudatu sii, mi Signore, per sora luna e le stelle ;
In celo le hai formate clarite e pretiose e belle.
Laudatu sii, mi Signore, per frate ventu
E per aere, e nubilu, e sereno, e onne tempu,
Per le quale a le tue creature dai sustentamentu.
Laudatu sii, mi Signore, per sor acqua,
La quale è multu utile, e umile, e pretiosa e casta.
Laudatu sii, mi Signore, per frate focu
Per lu quale inallumini la notte,
Et illu è bellu, e jocundo e robustissimu ; e forte
Laudatu sii, mi Signore, per sora nostra matre terra,
La quale ne sustenta e guverna,

E produce diversi fructi, e coloriti fiori, et erba.
Laudatu sii, mi Signore, per quilli che perdonan per
[lo tu amore,
E sustenen infirmitate e tribulatione.
Beati quilli che le sustenerano in pace,
Ca de Te, Altissimu, serano incoronati.
Laudatu sii, mi Signore, per sora nostra morte cor-
[porale,
Da la quale nullu omu vivente pò scampare.
Guai a quilli che morrano in le peccata mortali.
Beati quilli che se troverano in le tue santissime
[voluntati,
Ca la morte secunda no li poterà far male.
Laudate et benedicite mi Signore, e rengratiate,
E servite a Lui con grande umilitate.

« Très haut et tout-puissant bon Seigneur, À Toi vont
les louanges, la gloire et l'honneur Et toutes les bénédictions. À Toi seul elles conviennent Et aucun
homme n'est digne de prononcer ton nom. Loué
sois-tu, mon Seigneur, avec toutes tes créatures, Spécialement messire notre frère le soleil, Lequel nous
donne le jour et lumière grâce à Toi. Il est beau, et
rayonnant d'une grande splendeur, de Toi il porte
l'image, ô Très-Haut. Loué sois-Tu, mon Seigneur,
pour nos sœurs la lune et les étoiles. Tu les a mises
dans le ciel, lumineuses, précieuses et belles. Loué
sois-Tu, mon Seigneur, pour frère vent, Et pour l'air,
et les nuages, et le serein, et tous les temps, Grâce à
qui tu fournis de la nourriture à tes créatures. Loué
sois-Tu, mon Seigneur, pour notre sœur l'eau,
Laquelle est très utile, et modeste, et précieuse, et

chaste. Loué sois-Tu, mon Seigneur, pour notre frère le feu, Grâce à qui tu éclaires la nuit, Et il est beau, et joyeux, et très robuste, et puissant. Loué sois-Tu, mon Seigneur, pour notre mère et notre sœur la terre, Elle nous soutient et nous alimente, Et produit diverses sortes de fruits, et des fleurs colorées, et de l'herbe. Loué sois-Tu, mon Seigneur, par ceux qui pardonnent au nom de ton amour, Ou qui subissent des maladies et des souffrances. Bienheureux ceux qui les supporteront en paix, Car par Toi, ô Très-Haut, ils seront couronnés. Loué sois-Tu, mon Seigneur, pour notre sœur la mort corporelle À laquelle aucun homme ne peut échapper. Malheur à ceux qui mourront dans les péchés mortels. Heureux ceux qui auront suivi tes saintes volontés, Car la seconde mort ne pourra leur faire aucun mal. Louez et bénissez mon Seigneur, et remerciez-le. Et servez-le avec une grande humilité. »

— Vous avez remarqué, souligna Piazzoni, la merveilleuse parenté entre les Mayas et saint François d'Assise, adorateurs les uns et l'autre de notre frère le soleil, de nos sœurs la lune et les étoiles. Nous avons tout à apprendre de ces anciens maîtres. Ils ont su apprivoiser notre sœur la mort corporelle.

Il ne restait plus à nos quatre amis qu'un milliard de choses à découvrir. Ils assistèrent à un combat de coqs, que les Mexicains préféraient à la corrida espagnole, trop sanglante. À la célébration d'un mariage dans un quartier populaire, accompagné de danses exécutées par des Indiens chapeautés de longues plumes, et d'une musique tapageuse faite de percussions, de grelots, de tambourinades. Y participaient des harpes rudimentaires. Rivera expliqua que la musique indienne était pentatonique et défective, les intervalles étant de cinq tons, comme dans la musique grecque, entrecoupée de longs silences. On apprécia beaucoup cet éclaircissement sans rien y comprendre.

Le 28 février 1924 s'acheva le voyage de noces de Ralph et de Francine. Au bout duquel ils regagnèrent San Francisco. À titre de souvenir, ils emportèrent un petit totem très explicite : on y voyait le soleil, la lune, les étoiles, le feu, savamment sculptés et coloriés.

12

Retour à Frisco

Autorisé à faire un voyage de noces de cinq semaines sans salaire, Ralph Stalkner fit arrêter le taxi devant le numéro 716 de Montgomery Street. Portant les valises, lui et Francine montèrent jusqu'au troisième étage par l'ascenseur jusqu'à la porte de ce qu'ils appelaient leur *sizable flat*, leur confortable appartement. Ralph tira de son gousset une clé de cuivre, l'enfonça dans la serrure, poussa la porte, s'écria :

— Nous voici chez nous !

Il remonta les fenêtres à guillotine, fit *brou-brou* pour chasser une famille d'hirondelles qui avaient fait leur nid sous l'avancement. Ils passèrent sur le balcon. Levant les yeux, il vit sous le ciel bleu une collection de nuages blancs, bourgeonnants, à fond plat. Comme de la crème fouettée sur des soucoupes. Il éleva ses deux mains, comme s'il voulait corriger leur forme. Dessous, l'avenue grouillait de voitures auto-

mobiles, limousines, coupés, torpédos, qui faisaient hurler leur klaxon. Les amaryllis, les jacinthes qui auraient dû fleurir le garde-corps du
balcon étaient décédées faute d'arrosage.

— Je les remplacerai, dit Francine.

Elle s'y attela dès le lendemain car l'avenue
était parcourue aussi par toutes sortes de
commerçants vendeurs de fruits, de légumes, de
plantes, d'herbages qu'ils proposaient dans leur
jargon amérindien. Elle descendit au rez-de-
chaussée, fit choix de salades, de navets, de potirons, de pommes de terre car elle entendait
nourrir elle-même Ralph dorénavant, et ne plus
l'abandonner aux *automats* où il suffit d'insérer
une pièce de monnaie dans la fente d'une vitrine
renfermant le plat choisi pour qu'ils s'ouvrent.
Elle se mit à lui préparer les spécialités de sa
mère institutrice qui les enseignait à ses élèves.
La potée auvergnate. La somptueuse soupe de
choux. Si une jeune fille se met, pour une raison
mal définie, à enfler du ventre d'une façon considérable, on dit d'elle sans sourire qu'elle a mangé
des « choux gelés ». Après les Chinois, les gens
d'Auvergne sont les plus gros consommateurs de
choux, nous disent les chroniques. Le chou se
conserve même au cœur de l'hiver, la tête enfouie
dans les feuilles, narguant les gels les plus vifs. Sa
soupe a inspiré Arsène Vermenouze, le poète
bilingue d'Aurillac, que tout le monde ignore,

aussi bien les Parisiens que les Sanfranciscains ;
voici la recette transcrite en sonnet :

Prendèt un cau d'obouor, un gro è brabe cau,
Poumat, dur è pa tro frousti pel lo giolado,
Uno combo de puorc del poïs, mièt-usclado,
E dous tolhous de grai, dous bous lolhous : les cau !

Del lard mesclodis, ronce un bouci, mès plo pau,
Dei nobets plonesard d'Ussel ou d'o Lusclado.
Lo combo – j'ai pa dhi – deu d'estre morrelado ;
Car, souls, les puorcs d'Oubernho o los combos otau.

Boutat, sen bous preissa, tout oco dhins uno oulo,
Ombe un gal forci ou cauco bielho poulo,
Un gorrou de bedel, uno cuosto de biou.

Bouta-li de lo car, bouta-ni, qu'obès pou !
Oublidossias pa l'al, li cebos, los corrotos,
E penden kinze jiours bou'n lecuores los poutos !

« Prenez un chou d'abord, un gros et joli chou,
Pommé et pas trop flétri par le gel, une jambe de
porc du pays, demi-roussie, Et deux morceaux de
saindoux, deux bons morceaux, il les faut ! Du lard
mi-gras mi-maigre, rance un peu, mais bien eu, Des
navets de la planèze d'Ussel ou de Lanusclade. La
jambe – l'ai-je dit ? – doit être mi-blanche mi-noire ;
Car seuls les porcs d'Auvergne ont les jambes ainsi.
Mettez, sans vous presser, tout cela dans une marmite, Avec un coq bien farci ou quelque vieille poule,
Un jarret de veau, une côte de bœuf. Jetez-y de la
viande, jetez-en, n'ayez pas peur. N'oubliez pas l'ail,

224

les oignons, les carottes. Et pendant quinze jours vous vous en lècherez les babines. »

Francine trouvait tout cela chez les crainque-billes de l'avenue. Même l'ail chez un vendeur sicilien, qui lui rappelait l'haleine de Billom. Ralph accepta la préparation, disant :

— La cuisine française est un art sans pareil.

Pareillement, elle ne voulut plus pratiquer le métier de modèle à la Courbet, réservant sa nudité à son époux légitime. Leurs premières nuits d'amour avaient été assez décevantes. Elle les embellit, grâce à certaines lectures qu'elle avait faites d'un romancier français, Victor Mar-gueritte, *La Garçonne* et *Ton corps est à toi*, qui prétendaient soutenir le droit de la femme au plaisir sexuel. Ces ouvrages, aussi scandaleux pour les bien-pensants de l'époque que les écrits du marquis de Sade, n'avaient point valu la Bas-tille à leur auteur, mais la moquerie du *Canard enchaîné* (« Ton corps est tatoué ! ») et le retrait de sa Légion d'honneur. Bien informée de l'art érotique, Francine l'avait enseigné à Ralph. Il apprit à jouer d'elle, y mettant la patience et l'amour nécessaires, comme il aurait appris à bien jouer du piano.

— Sans vous, je n'aurais jamais su jouer autre chose que *Dig dong bell ! Dig dong bell ! Dig dong bell !* disait-il.

Elle mettait de l'art aussi dans l'ornementation du balcon. Elle acheta des plants de jacinthes, de tulipes, de muguet, non pas tous à la fois, mais suivant la saison où ils devaient fleurir. Conseillée par les marchands, avec qui elle signa une espèce de contrat pour qu'ils ne les lui fournissent jamais hors de saison. Elle acquit même un petit baquet de bois, qu'elle remplit de terre riche en fumure, où elle planta un citronnier.

— Il vous donnera des citrons dans deux ans, promit le marchand voyageur.

En 1924, il ne produisit rien. En 1925, ce furent deux citrons de la grosseur de deux noix. En 1926, vinrent quatre citrons verts qu'elle laissa sur l'arbuste, puis qu'elle jeta. En 1927, ils furent jaunes, elle en suça l'acidité.

Cette année 1927 fut pleine d'événements importants dont le bruit, produit en Amérique, se répandit à travers le monde. Deux Italiens, de sentiments anarchistes, Sacco et Vanzetti, accusés de vol et de meurtre sans preuves rédhibitoires, furent condamnés à mort par la cour du Massachusetts et exécutés, malgré la déposition d'un témoin qui les innocentait. À la grande satisfaction des syndicats chez qui régnait une haine des rouges, inspirée par la Révolution soviétique. Dans le reste du monde, au contraire, à Londres, à Paris, à Rome, à Berlin, éclatèrent de violentes protestations répercutées par la presse, par les chansonniers des théâtres et des carrefours. Ainsi les gamins mêmes de Clermont-Ferrand et de Trifouillis-les-Oies hurlaient dans des porte-voix de carton :

> *Pauvres Sacco-Vanzetti,*
> *Vous êtes maudits*
> *Au Massachusetts.*
> *Pourtant innocents vous êtes*
> *Comme l'enfant qui tète.*
> *Nos cris n'y ont point de son,*
> *Attendu qu'à Boston*
> *L'on n'pense qu'au coton.*

Les foules aveugles d'indignation réclamait une guerre contre le Massachusetts, avec peu d'espérance de l'obtenir. On chantait aussi dans les bistrots. Après quoi, chacun avalait une lampée de bière pour se remonter le moral.

Par bonheur, d'autres événements égayèrent cette même année 1927. Un aviateur américain âgé de vingt-cinq ans, Charles Lindbergh, réussit la première traversée aérienne de l'Atlantique, seul dans un avion, le *Spirit of Saint Louis*, pourvu d'une seule hélice, chaussé de roues et de pneus Michelin fabriqués à Milltown. Parti le 20 mai à 19 h 52 (heure française), il atterrit au Bourget le lendemain soir à 22 h 19, c'est-à-dire trente minutes avant d'être parti, après un vol de 5 500 kilomètres. L'accueil des Parisiens fut enthousiaste.

Ce succès donna l'idée à deux aviateurs français de tenter la même traversée en sens inverse. Charles Nungesser était célèbre pour ses exploits pendant la Grande Guerre, ayant enregistré quarante-cinq victoires. Coli, simple mécanicien, n'avait jamais fait parler de lui. Comme le *Spirit of Saint Louis*, leur avion était chaussé de pneus Michelin. Pour être plus légers, ils avaient décidé de se débarrasser de leur train d'atterrissage et d'atterrir sur le ventre. Le lendemain, toute la presse française et américaine annonça que leur *Oiseau blanc* venait de prendre terre à New York. Quelques heures plus tard, des communiqués démentirent. *L'Oiseau blanc* s'était envolé au plus haut des cieux. Toute sa vie, Mme Nungesser espéra le retour de son fils. Peut-être était-il tombé dans quelque île inconnue et reviendrait-il à la nage. Il en rapporterait des perles et des coraux. Ce serait sa quarante-sixième victoire.

Un troisième événement d'importance illustra cette année-là. Un pâtissier yankee, Christian K. Nelson, fit breveter son invention d'un chocolat glacé muni d'un bâtonnet. Il l'appela « esquimau ». Dans tous les pays du monde, cette friandise fit oublier la triste fin de Sacco et Vanzetti, de Nungesser et Coli.

Francine avait de bonnes relations avec les autres locataires du 716. Dorothea Lange, photographe professionnelle, photographiait les insectes, les oiseaux, les étoiles, les croissants de la lune, les chariots des crainquebilles, les épluchures que produisait Francine. Elle agrandissait les clichés, en produisait des tableaux. Elle en vendait quelques-uns. Elle acceptait volontiers la compagnie des Stalkner, friande de soupe auvergnate.

Helen Clark pratiquait le patchwork, ouvrage qui consiste à coudre ensemble des carrés, ou des triangles, ou des cercles d'étoffes diverses, chacune avec sa propre couleur, qu'elle allait ramasser dans les déchetteries. Elle formait de tout cela des tableaux abstraits dans lesquels, avec un peu d'imagination, on pouvait distinguer l'incendie de Pompéi par le Vésuve. Sous la direction de Helen, Francine se mit à pratiquer aussi le patchwork. Toutes deux en firent des expositions comme Dorothea. Elles donnaient ce qu'elles ne réussissaient pas à vendre. Elles obtinrent ainsi dans Frisco une vaste clientèle de bonnes âmes.

Gore Schorer, lui, pratiquait la littérature, en prose et en poésie. Il se plaignait de son visage dont le miroir lui renvoyait la forme et la couleur. Il n'y trouvait ni vertu ni innocence, comme si c'eût été un visage de mannequin.

— Ma figure est trop lisse, on dirait une orange. J'aimerais qu'un chirurgien la répare, lui donne une signification.

— Prends patience, lui dit Ralph. Le temps procédera à cette réparation.

En 1928, Stalkner obtint de Sacramento l'exécution d'une fontaine au centre de la capitale californienne. Il l'exécuta en granit yosémite. Ce nom désigne une vallée située dans le versant occidental de la Sierra Nevada. Il désigne également une rivière qui y coule du sud au nord, affluent du San Joaquin. De toutes parts, la vallée est dominée par d'abruptes falaises absolument verticales. Elles sont constituées d'un granit extraordinaire par la diversité de ses nuances. Il peut être bleuâtre, jaunâtre, grisâtre, verdâtre, tels les carrés de patchwork de Helen Clark. Ralph se rendit sur place, comme faisait Michel-Ange à Carrare. Il choisit et se fit livrer des blocs blancs veinés de vert ou de bleu. Il en fit la fontaine centrale de Sacramento où allaient boire les enfants et les pigeons, ceux-là attirant ceux-ci en leur jetant des miettes de pain. Des marchands de miettes, se promenant autour, les leur fournissaient pour quelques *cents*.

En 1929, Ralph Stalkner obtint la responsabilité d'orner l'agrandissement du Stock Exchange (la Bourse) de San Francisco et de sa tour, donnant sur Sansome Street. L'ensemble des travaux avait besoin d'architectes, de sculpteurs, de peintres muralistes. Stalkner trouva tout ce qu'il désirait. Pour la peinture murale de la tour et du

230

plafond de l'agrandissement, il choisit son ami Diego Rivera. Il le fit venir de Mexico, lui expliqua la besogne. Ayant compris ce qu'on lui proposait, Diego refusa.

— Mais pourquoi ?

— Vous connaissez mes opinions socialistes. Ma haine du capitalisme. Et vous me demandez de travailler, d'embellir la Bourse de San Francisco ?

— Je ne sais pas quelles étaient les opinions politiques de Michel-Ange, de Donatello, de Jean Goujon, de Ligier Richier...

— Courbet était socialiste et presque communiste.

— Votre travail sera rémunéré. Est-ce que les socialistes refusent toute rémunération ?

Ralph plaida longtemps pour l'agrandissement du Stock Exchange de San Francisco. Il finit par l'emporter. Diego Rivera mit un voile sur sa pensée rouge. Il consomma cinquante kilos de peintures diverses. Les capitalistes le payèrent en billets verts qu'il accepta sans autre réticence. Pour remercier son ami Stalkner, il peignit dans un mur de la tour diverses figures parmi lesquelles il plaça un enfant aviateur. Stalkner n'eut pas de peine à reconnaître son fils Peter.

Car, comme dans tout divorce intelligent, cet enfant ne souffrait pas trop de la séparation. Il y avait même gagné une mère de complément. Francine le recevait volontiers dans l'appartement du 716 Montgomery Street. Ils employaient la langue française que Peter avait apprise à l'École alsacienne de Paris, en même temps que la religion protestante. Elle lui enseignait l'amour des fleurs, des oiseaux et des papillons.

— Comment dois-je vous appeler ? demanda Peter.

— Appelle-moi *aunty* en anglais, tante Francine en français.

Pendant ce temps, entouré d'une équipe d'assistants sculpteurs, Ralph travaillait à former les figures de pierre qui devaient orner la Bourse. Un masque lui couvrait la figure pour l'empêcher de respirer trop de poussière. Tout en surveillant les autres artistes, les dirigeant, les conseillant, il fut le principal responsable du groupe *Industry*, à la droite des colonnes doriques. On y distinguait trois personnes taillées dans des blocs superposés. Devant, un enfant, muni d'ailes peu visibles qui de lui formaient presque un oiseau. Au milieu, le buste du père, aux bras athlétiques, une main posée sur l'épaule du gamin, l'autre posée sur son cœur ; la taille et les jambes se perdaient dans l'épaisseur de la pierre, disposée en marches. Derrière, armé d'outils peu identifiables, le maître d'œuvre, assez ridé. Les dimensions colossales de ces trois figures inexpressives, bouches cousues, images de la puissance sans pensée, inspiraient aux passants un instant de malaise. On y devinait le pouvoir inexorable du

232

capitalisme. Comme le capitalisme touche à tout, Ralph ajouta une *Agriculture* et une *Mother Earth*, notre mère la terre, souvenir du *Cantique des créatures*.

Un certain nombre d'assistants cherchèrent noise à Diego Rivera qui, de ses mains communistes, avait reçu des billets verts selon les conventions. Le soutien de Stalkner fit taire ces jaloux. L'architecte Timothy Pflueger, financier de l'entreprise, exprima en ces termes son opinion sur le maître d'œuvre : « Il est le boss parfait de notre agrandissement. Il dirige son équipe exactement comme le ferait un chef d'orchestre. Il n'y a pas une serrure, une porte, une fenêtre qu'il n'ait examinées sur le dessin et dans leur réalisation avec le plus grand soin et la plus totale minutie. Laissez-le donc diriger Diego Rivera comme le chef dirige le violon solo. »

L'inauguration de ces travaux eut lieu le froid 1er janvier de l'an 1933, présidée par le maire de San Francisco, Angelo Rossi, entouré de Ralph Stalkner et de ses assistants en blouse d'ouvrier. La fête fut largement arrosée au champagne californien, la prohibition venant d'être levée.

Deux aviateurs français venaient d'accomplir la traversée de l'Atlantique Paris-New York : Dieudonné Costes et Maurice Bellonte, sur leur Breguet *Point d'Interrogation*. Du haut des cumulus, ils avaient entendu les âmes de Nungesser et Coli applaudir à cet exploit de leurs ailes blanches.

Il est malaisé de raconter tous les travaux auxquels Ralph Stalkner participa. Souvent avec réussite, parfois avec insuccès. Cette même année 1933, il collabora à la décoration du *Theatre Paramount* d'Oakland. Il produisit un chef-d'œuvre de cet Art déco, style mis en vedette à une Exposition internationale de Paris, qui consistait à associer des objets possédant à la fois une valeur esthétique et un rôle utilitaire : tapisseries, orfèvreries, ébénisteries, céramiques, meubles. On vit donc au *Paramount* un bas-relief de chevaux échevelés sur l'avant-scène et une figure centrale pourvue d'ailes, difficile à définir, vêtue de feuilles d'or.

Plus tard, Stalkner dessina et proposa un colosse demi-nu, tout en muscles, composé de pur béton, haut de 197 pieds (56 mètres), à installer entre les deux piles du pont suspendu qui devait joindre San Francisco à Oakland, si bien que ce géant semblait en soutenir les deux moitiés. Il fut refusé par les autorités compétentes parce qu'il « rapetissait le pont ».

En même temps qu'il continuait d'enseigner la sculpture au CSFA, Ralph promenait sa seconde princesse à travers la Californie et ses environs, parfois en compagnie du jeune Peter qui kodakait à tour de bras, car il voulait devenir un photographe professionnel. C'est lui qui suggéra d'aller voir de près une petite île située à mi-chemin entre Frisco et Berkeley, riche d'une double population, un milliard d'oiseaux sauvages et quelques centaines de prisonniers enfermés avec leurs gardiens dans une prison fédérale.

— J'ai lu, dit-il, un livre qui raconte la vie qu'on y mène : *Uncle Sam's Devil Island* (L'Île du diable de l'oncle Sam)[1]. Je voudrais photographier tout ça. Il faudra demander certaines autorisations.

Ralph fit le nécessaire. Ils prirent un ferry-boat qui les déposa tous trois dans la petite rade qui donnait accès à l'île aux oiseaux et aux prisonniers. Le nom d'Alcatraz dérive, d'après certains, de l'espagnol *alcatraces* qui signifierait « pélicans » ; mais le pélican se dit en espagnol *pelicano*. D'autres étymologistes ont trouvé le mot arabe *al-qatras*, qui signifie « aigle de mer » et le portugais *alcatraz*, qui signifie « albatros ». « Souvent pour s'amuser des hommes d'équipage prennent des albatros, vastes oiseaux des mers[2]... » Il est possible que jadis des Indiens soient venus chasser, pêcher et ramasser les œufs

---

1. De Philip Grosser, qui y fut enfermé pendant la Première Guerre mondiale avec d'autres objecteurs de conscience.

2. Baudelaire.

des oiseaux, bien avant l'arrivée des Blancs. L'île fut ensuite une colonie espagnole, puis mexicaine. Un phare y fut construit. Les Américains s'en emparèrent en 1850, y bâtirent un fort armé de cent canons afin de défendre la côte ouest des États-Unis. La citadelle pouvait contenir 200 hommes en cas de siège. Ces précautions ne servirent jamais. Alcatraz devint une prison d'abord pour militaires, puis pour civils. Elle contint 600 cellules, une cuisine, un réfectoire, une infirmerie, des bureaux, une centrale électrique.

Elle ne manqua point de locataires, la plupart trafiquants d'alcool, en dépit de la loi de prohibition de 1919 interdisant la fabrication, la commercialisation, la consommation publique ou privée de toute liqueur alcoolique. Comme il arriva plus tard avec la cocaïne et autres drogues, cette loi fit naître un commerce clandestin accompagné de crimes de toutes sortes. En 1935, lorsque les trois Stalkner purent la contempler de près, Alcatraz contenait environ 300 détenus. Les eaux froides et les courants violents du Golden Gate en faisaient un lieu d'où les prisonniers ne devaient pas pouvoir s'échapper. Les conditions d'incarcération y étaient meilleures que dans les autres prisons fédérales et beaucoup de détenus y demandaient leur transfert. En 1935, le plus célèbre était Al Capone, surnommé

Big Al, grand personnage du crime organisé de Chicago. Spécialiste de la prostitution, il possédait plusieurs centaines de bordels qui rapportaient chaque mois des millions de dollars. Jamais il ne s'était fait prendre pour ses crimes. Il fallut le condamner pour fraude fiscale, péché véniel à Chicago. Corrompant les gardiens d'Alcatraz, il gardait ses relations avec les dames de petite vertu et poursuivait ses différents commerces. Il acheta pour ses parents une luxueuse villa en Italie. Homme de réflexion, il nourrissait ce principe philosophique : « On arrive à de meilleurs résultats si l'on discute avec un couteau dans le poing que si l'on emploie le poing tout seul. » Il contracta on ne sait comment la syphilis et fut transféré à Los Angeles. Autre célébrité : Henry Young. Il tenta de s'échapper avec l'aide de deux autres, qu'il assassina ensuite proprement avec une cuillère appointée. Il fut rattrapé et condamné pour quinze ans. Les prisonniers disposaient de certains avantages comme la possibilité de travailler, de correspondre avec l'extérieur, de recevoir des visites. La prison possédait une bibliothèque et organisait des activités artistiques, peinture et musique. Al Capone travaillait à l'usine de textile et confectionnait des uniformes. À travers une grille, les Stalkner virent deux équipes jouant au base-ball.

Un accompagnateur leur affirma qu'il était impossible de s'évader à la nage à cause des requins. Il conduisit ses visiteurs jusqu'aux falaises occidentales qui terminaient l'île. Tous ensemble purent y voir une colonie d'oiseaux sauvages.

— Je peux vous en montrer et nommer quelques-uns, dit-il. Je me suis amusé à les identifier. Voici le pélican brun qui a peut-être donné son nom à Alcatraz. L'huîtrier qui se nourrit d'huîtres. L'aigrette neigeuse. Le bruant à couronne blanche. Le pic épeiche vêtu d'un smoking blanc et noir. Le bruant chanteur qui fait *tourli... tourli... tourli...* Nous avons trois espèces de cormorans : le cormoran de Brandt, le cormoran à aigrette et le cormoran pélagique. Le goéland au bec doré est l'oiseau le plus fréquent, il se nourrit de poissons et de crevettes.

— Où nichent-ils ? demanda Peter.

— Dans les rochers. Mais certains préfèrent les arbres et les arbustes.

— Est-ce qu'ils volent loin de votre île ?

— Jamais. Alcatraz est leur domicile permanent.

Peter Stalkner photographia tous ces oiseaux prisonniers.

Ralph Stalkner poursuivit sa présentation de l'Amérique à Francine et à Peter, fournissant à son fils unique cent mille occasions de photographier. Il les emmena par exemple dans le centre des États-Unis, qui devait son nom aux Indiens Dakotas, jadis grands chasseurs de bisons. Pour s'approcher de ces bovidés sauvages, ils se couvraient le corps d'une peau de loup, que les bisons ne craignent pas, avançaient à quatre pattes, arrivaient assez près pour lancer leurs flèches. Le terrain compris entre les montagnes Rocheuses et le Missouri supérieur porte à présent les noms de Dakota du Nord et Dakota du Sud. Il est incliné du nord-ouest au sud-est, parsemé de lacs et de bois, traversé par de nombreuses rivières qui se jettent dans le Missouri. Contraste marqué entre les « mauvaises terres » et les terres noires de l'est au sol fertile. Mais l'industrie minière (or, argent, plomb, cuivre…) y rivalise avec l'agriculture. Le chef-lieu porte l'étrange nom de Pierre. C'est dans le granit du mont Rushmore que le sculpteur Gutzon Borglum avait entrepris de tailler un monument national à la gloire de quatre présidents des États-Unis qui avaient particulièrement bien servi leur patrie.

— Je sais ce qu'ils ont fait, dit Peter. Je l'ai appris à l'École alsacienne. George Washington nous a débarrassés des Anglais. Thomas Jefferson obtint de Louis XVI l'envoi de troupes ; plus tard, il acheta la Louisiane à Bonaparte.

Abraham Lincoln gagna la guerre de Sécession et interdit l'esclavage. Theodore Roosevelt fit creuser le canal de Panamá qui devait faire des États-Unis le premier pays du monde. Le territoire de l'isthme appartenait à la Colombie, elle refusait de le céder. Roosevelt eut une astuce. Il encouragea la population de l'isthme à se révolter, il lui fournit des armes et des uniformes. Elle proclama son indépendance et céda la largeur nécessaire. Les recruteurs de Roosevelt allèrent engager des milliers d'Antillais pour creuser le canal. Les fouilles durèrent dix ans, cinq mille Antillais y périrent de misère ou de la fièvre jaune. Theodore Roosevelt a encore chassé les Espagnols de Cuba, mis cette île sous la protection américaine. Les États-Unis, comme il le souhaitait, sont devenus le premier pays du monde. Voilà ce qu'on m'a appris à l'École alsacienne de Paris.

Ralph et Francine écoutèrent cet exposé avec un mélange d'admiration et de consternation. Avec des lunettes marines, ils observèrent les quatre visages du mont Rushmore. Chacun avait une hauteur de 150 mètres. Le sculpteur, qui y besognait depuis 1927[1], ressemblait dans les lunettes à une fourmi rouge.

— Puis-je, reprit Peter, vous demander une faveur ?

---

1. L'œuvre fut achevée en 1941.

— On t'écoute.

— Que vous chantiez avec moi l'hymne à la Bannière étoilée.

Ce fut un merveilleux trio, comprenant une basse, un ténor et un contralto.

13

Lettre de Marcel

De loin en loin, Francine envoyait une lettre à son frère Marcel dont elle avait appris le retour à Chauriac en Auvergne, pour lui donner de ses nouvelles à elle et lui demander de ses nouvelles à lui. Il répondait au bout d'un mois, oubliait parfois de timbrer, racontait qu'il continuait la culture de l'ail, des carottes, des pommes de terre. Il ne songeait pas à se marier, n'avait pas besoin de femme régulière, se contentant d'en coucher une derrière une meule de paille au temps des moissons. Il payait le service de cette particulière en lui délivrant un chapelet d'ail rouge ou d'ail blanc.

En mai 1935, les élections amenèrent au pouvoir en France une coalition des partis de gauche, socialiste, communiste, radical. Ce Front populaire réalisa d'importantes réformes sociales, semaine de quarante heures, relèvement des salaires, congés payés, conventions collectives, délégués ouvriers. Le 14 juillet 1936, on vit à Paris une énorme manifestation dirigée par Léon Blum, Maurice Thorez, Roger Salengro, Maurice Viollette. Grâce aux congés payés, des ouvriers, des ouvrières, qui ne connaissaient la mer qu'en cartes postales, allèrent se tremper dans la Manche et la Méditerranée. Au grand courroux des bourgeois et bourgeoises qui se les étaient toujours réservées, disant :

— Ils vont souiller les plages et pisser dans les flots !

On inventa et pratiqua le tandem (mot latin signifiant « enfin » !), bicyclette à long cadre conçue pour recevoir deux personnes assises l'une derrière l'autre. On inventa un apéritif presque sans alcool, le « popu ». Le Front populaire franchit les Pyrénées, passa en Espagne sous le nom de *Frente popular*.

La France aurait nagé dans le bonheur si un journal de droite, *Gringoire*, fondé par un aristocrate parisien d'origine corse, Horace de Carbuccia, n'avait déclenché une campagne de dénigrement contre Roger Salengro, maire socialiste de Lille et ministre de l'Intérieur. Campagne sous la forme interrogative : « Est-il exact qu'un jour d'octobre 1915 l'agent de liaison cycliste Roger Salengro a été porté déserteur par son chef de bataillon ? Est-il exact qu'après sa disparition les postes de commandement français ont été systématiquement bombardés par l'artillerie allemande ? Le conseil de guerre de la 51ᵉ DI l'a-t-il oui ou non condamné à mort pour trahison par contumace ? Si M. Salengro répond, nous publierons sa réponse. S'il se tait, son silence le jugera. »

L'accusé répond :

« Ce 7 octobre, en ligne sur le front de Champagne, je suis sorti seul pour secourir un camarade blessé. J'ai en effet été capturé et fait prisonnier. Mais j'ai été un soldat sans peur et sans reproche. »

C'est Léon Blum qui le défend devant la Chambre des députés :

« Il a bien eu une condamnation, à deux ans de prison, mais par un conseil de guerre allemand, à Nuremberg, en juillet 1916, parce qu'il avait refusé de travailler dans une fonderie. »

Par 467 voix contre 63, la Chambre repousse les calomnies de *Gringoire*, les déclare nulles et non avenues.

Gringoire poursuit quand même ses attaques.

Cinq jours plus tard, on apprend que Salengro s'est suicidé. « Le harcèlement de ce journal, a-t-il écrit à son frère, a eu raison de mes forces. » L'évêque de Lille, Mgr Achille Liénart, surnommé « l'Évêque rouge » parce qu'il a coutume de défendre les grévistes, écrit : « La politique ne justifie pas tout. La calomnie ou même la médisance sont des fautes que Dieu condamne. » Les ouvriers du Livre refusent d'imprimer *Gringoire* plus longtemps.

L'extrême droite prend le relais. « Ce suicide, écrit l'*Action française*, correspond à un aveu. » *L'Écho de Paris* parle de la lourde responsabilité de Léon Blum : « On ne va pas chercher ses ministres sur les bancs du conseil de guerre. »

Gringoire ressuscite, tout à fait indifférent au suicide de Roger Salengro. En 1938, il approuvera les accords de Munich. En 1940, il s'affirmera pétainiste, disparaîtra en 1944. On ne sait pourquoi Horace de Carbuccia avait choisi pour parrain de son infâme journal le nom de Gringoire, ce « compositeur et poète » du Moyen Âge, défenseur avec Rutebœuf des misérables :

Je cherche au loin quand faim me tourmente,
Et froid au cul quand bise vente...

Théodore de Banville a fait de lui une très jolie comédie.

Chère sœur,
Je t'envoie avec cette lettre deux articles de la presse auvergnate qui te raconteront par le menu tous les détails de cette triste histoire. Quoique pardonné de corps et d'esprit par la République, moi aussi sans peur et sans reproche, mais prisonnier en 1918, j'ai voulu supprimer la mention

« *disparu* » *qui figurait à côté de mon nom sur la stèle du monument aux morts de Chauriac. Mais qu'est-ce au juste qu'un disparu ? Un déserteur ? Un traître ? Un écrabouillé sous un obus ? Un volatilisé sous une bombe ? Alors, sais-tu ce que j'ai fait, la nuit dernière ? Je me suis muni d'un ciseau d'acier, d'un marteau, et, tandis que tous les Chauriacois ronflaient, je suis allé effacer mon nom et ma disparition sur le monument. À présent, je dormirai, moi aussi, aussi tranquille que les ronfleurs. Que penses-tu de ma précaution ?*

J'aimerais bien te revoir un jour. Ne m'oublie pas. Je t'embrasse

Ton frère Marcel

14

L'île au Trésor

Ralph Stalkner et sa famille continuaient de découvrir l'Amérique.

La pointe septentrionale de San Francisco portait depuis longtemps le nom de Golden Gate, la Porte de l'Or. En 1932, fut commencée la construction d'un pont suspendu qui permettrait de se rendre commodément, par la route 101, à Sausalito, Napa et Sacramento. En 1937, les Stalkner vinrent le voir terminé. Vu d'un peu loin, il ressemblait avec ses filins de suspension à deux harpes gigantesques dont on aurait pu tirer des sons cristallins en pinçant ses cordes. Longueur totale : 2 737 mètres. Chaque semaine, 25 peintres utilisaient environ deux tonnes de minium pour lui conserver sa couleur dorée. Si l'on eût mis les câbles bout à bout, ils auraient atteint 129 000 kilomètres de longueur. Lorsque le vent du Pacifique soufflait fort, le pont pouvait osciller de 7 mètres, on se demandait s'il allait s'écrouler. Quand on était dessus, on voyait Frisco se découper en relief sur toutes les petites collines mordorées, où les maisons se cachaient dans des forêts. La hauteur de la chaussée atteignait 67 mètres. On avait envie de sauter, en ouvrant les bras.

— Si l'on saute, dit Peter le photographe, on ne peut rater son suicide[1].

De cette hauteur, on peut voir deux îlots à l'est de San Francisco. L'un est Alcatraz, l'autre Treasure Island, l'île au Trésor, qui n'a rien à voir avec celle de Robert Stevenson.

De même qu'en 1915 s'était tenue dans San Francisco une foire-exposition internationale, en l'honneur du canal de Panamá à laquelle Ralph Stalkner avait participé, une autre foire-exposition internationale fut préparée dans l'île au Trésor pour honorer en même temps le Golden Gate Bridge à peine terminé et l'océan Pacifique, un des deux poumons de l'Amérique. Elle devait s'ouvrir en 1938. Ralph y travailla deux années. Il reçut la charge de représenter *Pacifica*. Il présenta une cinquantaine de projets en argile crue. Chaque fois, les organisateurs répondaient :

— C'est trop ceci... Ce n'est pas assez cela...

---

1. À ce jour, 1 200 personnes ont fait le saut ; 26 seulement ont survécu.

Il obtint enfin l'acceptation d'une *Pacifica* féminine monumentale, haute de 30 mètres, pareille à une maison de huit étages. Debout, les bras levés, dans une attitude de prière contemplative, visiblement une déesse de la Paix. Entourée d'une immense constellation scintillante, dont les étoiles d'acier remuaient dans le vent. La nuit, des lumières orange ou bleues l'éclairaient par-derrière, fantastiquement. Autour de ses pieds, tout un tapis de fleurs. Pendant les deux années où elle resta debout, 16 millions de visiteurs vinrent l'admirer, la photographier. Il était convenu qu'il s'agissait d'un monument provisoire.

Quand la foire-exposition fut terminée, Stalkner proposa que la statue fût refaite en une matière durable, acier, pierre ou béton ; puis installée d'une façon bien visible sur une île dans la baie de San Francisco, peut-être Alcatraz ou Angel Island, un peu comme la statue de la *Liberté illuminant le monde* dans le port de New York. Les organisateurs n'examinèrent pas sérieusement cette idée. Ils avaient la pensée ailleurs, tournée vers des nuages sombres qu'ils voyaient s'accumuler sur l'Asie et sur l'Europe. La sculpture monumentale et la plupart des constructions qui l'environnaient furent dynamitées en 1942, et la marine américaine prit possession de l'île au Trésor pendant la Seconde Guerre mondiale.

En 1942, Ralph Stalkner, âgé de cinquante-huit ans, abandonna le CSFA pour donner des leçons de peinture, de dessin, de sculpture à titre privé. En même temps, il créait des têtes, des troncs, des chevaux, des Indiens, des pigeons. Chloe Salz, qui la première lui avait fait battre le cœur, lui commanda et lui acheta un buste du poète George Sterling et en fit cadeau à l'université de Californie où il fut exposé dans le Dwinelle Hall.

Récapitulant parfois ses succès et ses échecs, il se persuadait que, lorsqu'il s'envolerait de ce monde, plus jamais personne ne se souviendrait de lui. Du moins laisserait-il une modeste fortune à Francine et à Peter.

15

Chauriac

Né en 1884, âgé de trente-trois ans en 1917, pesant à peine 59 kilos tout mouillé, Ralph Stalkner n'avait pas jugé bon à cette date d'entendre l'appel de l'oncle Sam – *Join Us !* – pour aller combattre les Allemands. Il fit de même en 1942, ne pesant plus que 57 kilos. Il s'était trop dépensé sur ses échafaudages, prenant à peine le temps de ronger par-ci par-là un quignon de pain.

— Si un jour nous allions à Chauriac, lui serinait Francine, vous verriez comme je vous remplu-me-rais !

Vint donc une autre guerre à laquelle les États-Unis, inspirés par les nombreuses religions américaines au service de Dieu et de la Liberté, jugèrent bon de participer, afin d'écraser la dictature nazie et la dictature japonaise. Aussi un peu soucieux de leurs industries, de leurs commerces, de leurs finances. Cette guerre mondiale – la deuxième – s'acheva en 1945 après avoir fait des millions de morts et des ruines incommensurables.

— Quand partons-nous pour Chauriac ? s'enquit Francine.

— Pas tout de suite. La France est démolie. Attendons un peu qu'elle se remembre.

La France était alors sous l'autorité d'une IVᵉ République plus ou moins inspirée par Charles de Gaulle. Mais ce dernier, hostile au régime des partis politiques, avait donné sa démission en 1946, se retirant dans son manoir de Colombey-les-Deux-Églises. Il y rédigeait ses *Mémoires de guerre*. Si bien que la France ne savait plus à quel saint se vouer. Beaucoup de Français regardaient vers Tintin qui accomplissait des miracles en compagnie de son chien Milou, du capitaine Haddock, du savant Tournesol et des policiers farfelus Dupond et Dupont. Mais ces héros n'étaient que des personnages de bande dessinée, créés par le dessinateur belge Hergé (de son vrai nom Georges Rémi). Ils furent écartés.

La liberté était revenue assez vite. L'égalité traînait la patte. La fraternité annonçait son retour, mais elle se faisait attendre. Les tickets de rationnement créés pendant l'occupation allemande restaient en vigueur. Et par voie de conséquence le marché noir, l'élevage du lapin. On aurait dû dresser des monuments aux lapins sauveurs de la France, au même titre que de Gaulle et les résistants.

Pendant les six années maudites, beaucoup d'individus peu scrupuleux s'étaient fabuleusement enrichis. Si bien qu'un ministre proposa d'en condamner à mort quelques-uns, ne pouvant les faire tous disparaître. En définitive, il décida seulement de faire disparaître les billets de 500 francs, les remplaçant par des billets plus petits, d'un franc nouveau. On vit sortir de nombreux trafiquants, porteurs d'énormes paquets désormais sans valeur. D'autres préférèrent les garder chez eux ou les faire brûler.

L'Allemagne vaincue était occupée par ses vainqueurs. Les minorités allemandes précédemment favorables au régime hitlérien furent expulsées de Hongrie, de Pologne, de Tchécoslovaquie. En 1949, les États-Unis, la France et la Grande-Bretagne décidèrent la création d'un État fédéral allemand indépendant dans leurs zones d'occupation, la RFA, dont la capitale fut Bonn. Pendant ce temps, les Russes firent de même dans leur moitié, y créant la RDA (République démocratique allemande), qui n'avait de démocratique que le nom. Deux communes françaises qui portaient le nom désastreux d'« Allemagne » se débaptisèrent. L'une en Calvados devint Fleury-sur-Orne ; l'autre dans les Basses-Alpes devint Allemagne-en-Provence.

Montcuq, Cocurès et Couilly-Pont-aux-Dames restèrent ce qu'elles étaient.

Petit fait divers : Al Capone mourut en 1947 de la syphilis contractée à Alcatraz.

Autre fait divers : la France libérée entama une IVe République. Son président, Vincent Auriol, élu le 16 janvier 1947, choisit le socialiste Paul Ramadier comme président du Conseil, aux côtés de communistes. Une des premières entreprises de Ramadier fut d'envoyer des troupes à Madagascar pour écraser la révolte des nationalistes. Faisant environ 89 000 morts. Vincent Auriol, lui, s'intéressait au cinéma. Il reçut à l'Élysée Gérard Philippe, Gina Lollobrigida, Martine Carol et René Clair, vedettes et réalisateur des *Belles de nuit*. Mais ses fonctions l'ennuyaient. Lorsqu'elles se terminèrent en 1954 (il avait alors soixante-dix ans), il poussa un long soupir de soulagement. « À présent, dit-il, c'est terminé. Je pourrai maintenant me promener avec ma canne, parce que le protocole ne me l'interdira plus. »

Mais l'événement le plus important de l'année 1947 fut la création de l'*European Recovery Program*, plus connu sous le nom de plan Marshall. Dû au général américain George Catlett Marshall, secrétaire d'État du président Harry Truman. Des milliards de dollars secoururent les pays européens victimes de la guerre, s'efforçant aussi de renforcer une coopération économique internationale. Naturellement, l'URSS refusa ce plan, assurant qu'elle était assez généreuse pour secourir l'Allemagne de l'Est. Certains philosophes français citèrent Henri de Saint-Simon : « Les riches, en accroissant le bonheur des pauvres, améliorent leur propre existence. » La IVe République française accepta donc ledit plan malgré la réserve de ses sujets communistes. Comme en témoigne cette interview de Maurice Thorez, qui s'était bien nourri de *bortsch* à Moscou de 1939 à 1945 : « Nous voulons bien que vous nous aidiez à faire bouillir notre soupe, mais nous n'estimons pas que cela vous donne le droit de venir dans notre maison soulever toutes les cinq minutes le couvercle de la marmite. »

Ralph Stalkner attendit aussi la fin de ce plan Marshall pour accepter en 1949 la proposition de Francine.

Ayant entendu parler de l'extraordinaire plan de secours voulu par l'Amérique, ayant vu dans *La Montagne* une photographie de son initiateur, les Chauriacois prirent d'abord Stalkner pour le général Marshall lui-même avec qui il offrait quelque ressemblance par sa minceur, sa petite moustache, ses cheveux gris. Ils crièrent « Vive Marshall ! Vive l'Amérique ! » Ils fabriquèrent en hâte une bannière étoilée qu'ils plantèrent sur

la façade de leur mairie à côté du drapeau français. Francine dut démentir :

— Non, non, mon mari n'est point Marshall.
Mais nous sommes des amis de ce général,
comme tous les Américains. Nous cherchons une
maison que nous voudrions acheter.

Marcel retrouva sa sœur avec la joie la plus
parfaite. Il lui dénicha une ancienne ferme, en
bordure de la place principale, à deux étages,
tuilée de rouge, avec une cour, un petit jardin,
une grange, ancienne propriété d'un viticulteur
décédé. Elle sentait encore le vin. Les négociations furent longues avec l'héritier.

— Je ne suis pas le plan Marshall, souligna
Ralph, en bon français, avec son accent californien.

L'entente fut cependant trouvée, le contrat de
vente signé devant notaire. Une autre bannière
étoilée fut plantée à la fenêtre la plus haute. Tous
les passants applaudissaient. Des Chauriacois
offrirent des bouteilles de vin ou des chapelets
d'ail.

Il fallut tout nettoyer, acheter des meubles,
des matelas, des chaises. Remettre en marche
une pendule arrêtée depuis longtemps. En
s'amusant, comme le voulait sa mère, Francine
balaya toutes les pièces et toutes les marches,
cira le buffet, lessiva la vaisselle qui y avait été
oubliée. Ralph monta sur le toit, remplaça quelques tuiles, redressa la girouette. Tout à coup,

ils se trouvèrent devant Jésus-Christ, un crucifix accroché au mur d'une chambre. Il lui manquait la jambe gauche.

— C'est un crucifix d'albâtre, dit Ralph. Il a dû tomber. On l'a relevé. Je le réparerai si tu veux. Par moments, quand j'ai besoin d'une aide, alors je m'adresse au Ciel. À Dieu. À Dagda.

— Qui est Dagda ?

— La suprême divinité des Irlandais. Elle ressuscite les morts lorsqu'ils ont fait une grande chose.

— Tu as fait beaucoup de choses grandes.

— Peut-être des choses grandes. Pas forcément une grande chose.

— Tu n'es pas d'origine irlandaise. Dagda ne doit pas s'intéresser à l'endroit où nous sommes. À l'Auvergne.

— J'aimerais que quelqu'un me fasse connaître cette région. Un guide. Toi, peut-être.

— Pas encore. J'ai trop à faire dans notre maison.

— Ton frère ?

— Il n'a pas beaucoup de culture. Le curé, sans doute. Nous le lui demanderons. Allons à la messe dimanche prochain.

Ainsi firent-ils. L'abbé Charmasson ne demanda pas mieux. Après vêpres, ils l'invitèrent à leur table, lui servirent la potée traditionnelle arrosée au vin de Dallet. Après avoir exposé d'où ils venaient, leur pensée de finir leurs jours à Chauriac, ils demandèrent :

— Mon père, présentez-nous d'abord l'Auvergnat. De quoi est-il composé ?

Et Charmasson, sans hésiter :

— Il est composé d'un corps, d'une âme et d'un parapluie. De trois parties en conséquence. Le vrai Auvergnat, je veux dire. Il en reste encore quelques-uns. Son corps premièrement. Le crâne est en général remarquable par sa capacité, le front large, la face carrée, les arcades sourcilières proéminentes. Un détail frappe les chirurgiens qui ont l'occasion de l'étudier : l'épaisseur de la boîte crânienne. Il a la tête dure, ne s'incline sur ce point que devant l'âne ou l'éléphant. Ce détail explique que les idées nouvelles ont de la peine à y pénétrer et que les idées anciennes refusent d'en sortir.

— Vous parlez de politique ?

— Oui, mais aussi de littérature, de religions nouvelles, de sectes, d'économie. Chez nous, il est difficile de devenir riche. Ce qui compte, c'est s'empêcher d'être pauvre.

« Il se rase une fois par semaine, le dimanche matin, avant d'aller à la messe, puis au bistrot. Ce qui s'accomplit dans un grand cérémonial auquel participe toute la famille. Plutôt que du rasoir américain, il se sert encore du rasoir à lame, longuement promené sur le cuir. Le savon, le blaireau, le bol sont installés sur la table de la grande salle, sous les yeux émerveillés de l'épouse et des enfants qui lui signalent les flocons de mousse restés sur une pommette, sous une oreille. Après quoi, s'étant rincé, il demande : « Qui veut l'étrenne ? » Et chaque participant s'élance, les bras ouverts, pour baiser ses joues lisses. Rien n'est beau comme l'Auvergnat qui sourit sous sa moustache, car ses dents blanches découvertes révèlent ce qu'il porte en lui de candeur et de douceur dissimulées.

— Passons à l'âme, dit Francine.

— Je sais ce que c'est, reprit Ralph. Quand j'étais à Bodega Bay, j'ai eu l'occasion d'aller au cimetière en compagnie de mon oncle Ferman qui était fossoyeur. Il devait relever le corps d'une personne que sa famille voulait transporter ailleurs. Et que restait-il d'elle ? Quelques fragments d'os qu'on aurait pu enfermer dans un sabot, pareil à ceux qu'il chaussait pour creuser les fosses. « Tu vois, me dit-il, ce qui reste de nous après la mort ? Un kilo et demi. Quant au reste... *pfuit !* »

— Ce reste, précisa l'abbé, monte jusqu'au ciel, où il s'installe, ne craignant ni le froid ni le chaud, dans la vision de Dieu. Passons au parapluie. Lorsqu'il va à la foire ou au marché, l'Auvergnat porte en bandoulière son parapluie, par prudence, pour obéir à ce conseil que je vous traduis du patois : « Quand y a brouillard, prends ton riflard ; quand il pleut, prends-le si

259

tu veux. » Passons maintenant à l'Auvergne elle-même.

L'abbé Charmasson emmena Ralph et Francine en promenade pour leur présenter quelques traits visibles de cette personne. Autour de Billom, ils virent les champs d'ail, les vignes, la caserne des enfants de troupe, les églises Saint-Cerneuf et Saint-Loup. Aux alentours, les ruines du château de Mauzun couronnant à 659 mètres d'altitude un pic basaltique, d'où s'offrait un vaste panorama. Un chantier de fouilles y dégageait de leur gangue de broussailles une dizaine de tours sur les dix-neuf qui ceinturaient cette forteresse médiévale en pierre rousse. Massillon, évêque de Clermont, en fit un lieu de pénitence pour les prêtres indociles et détruisit ce qu'il ne pouvait entretenir.

Plus bas, ils virent la Limagne, riche d'alluvions, de dépôts sédimentaires, de cendres volcaniques. Sur un fond paysager de volcans, elle déroulait ses longs rubans cultivés de manière intensive. Sans qu'il fût nécessaire d'abuser des engrais, les Limagnais obtenaient des rendements comparables à ceux de la Beauce. Certains terrains produisaient aussi des pommes, des poires, des nèfles, des potirons. Les troupeaux ne manquaient pas de terrains plats, malgré leur prédilection pour les montagnes environnantes. Les maisons de pisé, bien couvertes, résistaient deux cents ans. Un dicton expliquait la politique de ces habitants : « La meilleure maison d'Auvargne, L'est devenue par l'épargne. »

Un grand voyageur qui y vint en 1788 témoigne à sa façon : « Il semble que l'Auvergne ait été créée par la nature pour faire le bonheur de ses voisins. » (Legrand d'Aussy.)

— Plus que ça, dit l'abbé. L'Auvergne est une terre sainte. Je suis même surpris que le Christ ne l'ait pas choisie comme lieu de naissance. Les étables n'y manquent point. Il aurait pu marcher sur les ondes du lac de Guéry que je vous montrerai. Faire une entrée triomphale dans Augustonemetum, qui s'appelle aujourd'hui Clermont-Ferrand. Le crâne du puy de Dôme que vous voyez là-bas aurait pu être son Golgotha. Il préféra voir le jour en Palestine, malgré les conséquences dramatiques qui devaient en résulter. Dieu aime les situations compliquées.

Marcel Mazeil, le frère de Francine, qui n'aimait ni les églises ni les curés, se vanta de connaître une belle histoire concernant l'abbé Charmasson.

— Elle est peut-être fausse, mais je la crois vraie.

— N'importe. On t'écoute, dirent Francine et quelques amies.

— Charmasson a un jardinier, Joselou, âgé de vingt ou vingt-deux ans, qui donne toute satisfaction à son maître. Arrive le temps de Pâques. Joselou doit se confesser. D'habitude, il le fait au vicaire, qui avale facilement la liste des péchés, comme il avalerait des noyaux de cerises. Mais cette année-là, le vicaire est parti soigner une parente. Joselou doit donc se confesser à Charmasson en personne. Ce qui ne lui plaît pas trop. Mais le bon Dieu commande. Les voici donc tous deux dans le confessionnal, l'un assis, l'autre agenouillé. Joselou commence à débiter ses peccadilles. Puis il arrive aux gros péchés. « Mon père, fait-il, j'aurais pas dû, mais un jour je m'en suis pris à votre nièce Ernestine qui est si jolie. – Tu t'en es pris comment ? – Ben… je lui ai fait son affaire dans la remise. Sur les fagots de genêt. – C'est-il possible ! Ma nièce, pauvrichonne ! Et elle ne s'est pas défendue ? – Un peu. Pas trop. Elle m'a semblé, même, plutôt consentante. – Espèce de gredin que tu es ! Combien de fois ? – Une seule. C'était avanthier. – J'y mettrai bon ordre. As-tu fini ? – Non, mon père. Votre sœur aussi y est passée. – Ma sœur Mélanie ? – Oui, mon père. C'était dans le bois du Poyet, un jour qu'elle cherchait des champignons. Consentante, elle aussi. – Ah ! les champignons ! C'est vénéneux ! Combien ? – Une dizaine. – C'est maintenant terminé ? – Y a aussi votre tante Toinette, qui me fait casser son bois. Alors, elle profite de l'occasion. Mais c'est plutôt elle qui m'invite, moi je demande rien. Elle me dit : "Quitte tes sabots et monte un moment me tenir compagnie." Je comprends ce que ça veut dire. – Ma tante aussi ? À son âge ? – J'ai appris à l'école que l'amour n'a pas d'âge, qu'il est toujours débutant[1]. – Combien de fois avec la tante ? – Huit ou dix. – Mettons dix. – Mais à présent, mon père, j'ai vraiment vidé tout mon sac à péchés. – Total : 1, plus 10, plus 10, 21. » Dans le confessionnal, l'abbé Charmasson bouillait comme une marmite. Joselou a attendu un long moment qu'il refroidisse. Comme ça prenait un peu de temps, il a fini par demander : « Et ma pénitence ? » Le curé se lève, sort de son placard, crie à Joselou : « Suis-moi ! » Puis il se courbe en avant, retrousse sa soutane et dit : « Pour ta pénitence, embrasse-moi le derrière, bien comme il faut, vingt et une fois de suite. Comme ça, tu auras baisé toute ma famille et tes péchés seront effacés. » Charmasson aimait les solutions simples.

Se promenant parfois seul dans Chauriac, Ralph aimait à rencontrer les habitants de l'endroit. Depuis qu'il fréquentait Francine, il avait bien appris à parler le langage des mangeurs de grenouilles. Même s'il lui restait un peu

---

1. Blaise Pascal.

d'accent californien. Un jour qu'il s'entretenait avec un vigneron qui ne le connaissait ni de près ni de loin, le Chauriacois ne cacha point sa surprise :

— Vous n'avez pas l'accent auvergnat.

— Qu'est-ce que c'est l'accent auvergnat ?

— Essayez voir de dire « la saucisse et le saucisson ».

— La saucisse et le saucisson.

— Oui, mais ici on dit la *chauchiche* et le *chauchichon*.

— La chauchiche et le chauchichon.

— Y a quèque chose qui va pas.

— C'est parce que je suis américain. Le mari de Francine Mazeil.

— Alors, je comprends que vous avez un drôle d'accent.

— Ça me passera à la longue.

— Difficilement.

Une autre fois, se promenant au pied de Chantemerle, de la colline qui dominait le bourg, il entendit un homme et une femme qui s'engueulaient comme des chiffonniers, le mari et l'épouse, parce qu'ils n'étaient pas d'accord sur la façon de rempailler une chaise. Leur dialogue fut interminable. Ralph put noter sur son calepin quelques injures qu'ils s'envoyaient :

ELLE : Vieux saquet !

LUI : Vieille maramiane !

ELLE : Vieux malincaré !

LUI : Vieille calamastre !
ELLE : Vieux putassier !
LUI : Vieille guenille !
ELLE : Vieux rebuseux !
LUI : Vieille galapiasse !
ELLE : Vieux gourlaud !
LUI : Vieille chineuse…

Ralph n'eut pas le temps de tout noter. Il se dit avec découragement : « J'aurai de la peine à me faire prendre pour un Auvergnat de Chauriac. »

Il eut un autre problème de langage avec un plombier surnommé Brasdefer, qu'il avait appelé pour réparer la chasse d'eau. L'homme s'en tira bien, même s'il fut un peu lent dans sa besogne.

— N'oubliez pas votre facture.
— J'y pense. J'y pense.

Il y pensa deux semaines. Elle finit par arriver. Stalkner la trouva un peu salée, il l'examina de près. Brasdefer connaissait très mal l'orthographe et à peine l'écriture. Ralph et Francine déchiffrèrent avec peine ses rubriques : *Anlèveman ansiène plomberie… teraseman… saileman… Tube de plomb… tube de cuifre… tapiot… Soudurre… jouints… Coudes… reobinets… mindeufre… TVA…* Rien n'avait été oublié. Toutefois, un article intriguait : *papu, 84,25.* Ralph se creusa profondément l'esprit pour essayer de comprendre le sens de ce *papu* facturé 84 francs et 25 centimes. Afin d'en expliquer la signification, il chercha le mot dans son dictionnaire Larousse. Il y trouva des vocables approchants : *papule*, *purpol*, *pulpe*, *pépie*, *Pabu*, *Papou*, *papou*… Mais aucun *papu*. Quand Brasdefer vint se faire payer, il le consulta :

— Votre *papu*, qu'est-ce que c'est au juste ?

— Mon *papu* ?

— Oui, là… 84,25 francs.

— Eh bien, c'est ce que j'ai pas pu, voilà tout.

— Vous… avez… pas pu ?

— J'ai pas pu faire ce que je voulais. Mais je l'ai compté quand même, vu le temps que j'y ai passé. C'est juste, non ?

— Et qu'est-ce que vous vouliez que vous n'avez pas pu ?

— Aller au plus court… À l'économie… Ça m'a pris du temps. Pour que vous soyez satisfait. Mais j'ai pas pu. Alors, si je l'avais pas marqué sur la facture, qui c'est donc qui me l'aurait payé ?… Je vous enlève les centimes. Reste 84.

— Je vous remercie beaucoup.

Stalkner aimait fréquenter les animaux en liberté. Son lapin de poche lui manquait. En passant devant les fenêtres, il rencontrait des chats allongés au soleil. À la vue de son ombre, ils levaient la tête. Lui s'arrêtait. Du regard, ils se mesuraient, s'évaluaient. Ensuite, prudemment, il allongeait le bras. Neuf fois sur dix, dans un cas pareil, le chat bondissait à l'approche de sa main, comme s'il voyait le diable. Rarement il restait, enfonçant la tête dans ses épaules. Ralph caressait son échine, d'abord un peu dure, un peu crispée. Ensuite elle se relaxait, ondulait doucement. Il insistait. Ses doigts se faufilaient entre les oreilles, grattaient le menton. Parfois les paupières se fermaient à demi ; signe que le minet goûtait sa familiarité. Ralph l'aurait volontiers mis dans sa poche, comme Bunny. Mais il était trop gros.

Il rencontra aussi un chien. Assis sur son derrière, il se regardait dans une flaque, parce qu'il avait plu pendant la nuit. Ralph l'appela doucement, comme on fait en Californie :

— *Hello, old chap !*

Il leva la tête, adressa à Ralph un regard qui demandait :

— C'est à moi que tu causes ?

Entre l'homme et la bête, la conversation s'établit tout de suite, car elle venait des yeux, et un peu de la truffe qui frémissait.

— Bien sûr que c'est à toi. *Come ! Come !*

— Qu'est-ce que tu me veux ?

— Approche, tu le comprendras.

— M'as-tu bien examiné ? Sais-tu à qui tu as affaire ?

— Je le sais parfaitement. Pas besoin de te regarder deux fois.

L'insistance du Californien troublait. Le chien fit deux pas dans la direction de l'homme. L'homme en fit autant dans la direction du chien. En même temps, il lui parlait confidentiellement, des yeux et de la bouche :

— Tu es une bonne créature. On ne t'apprécie pas à ta juste valeur. Moi non plus, figure-toi ! Quelle belle rencontre nous faisons, toi et moi. On nous méprise.

Les voici tout près l'un de l'autre. Ralph lui caresse l'échine. Il renifle les pieds de Ralph. C'est à l'odeur des pieds que les chiens découvrent les qualités de l'âme.

À Belmont, chez les Stalkner, Ralph adolescent conversait sur ce point avec Virginia.

— Au catéchisme, le pasteur explique que les animaux n'ont point d'âme. Que par conséquent ils ne peuvent connaître la vie éternelle.

— Si c'est ainsi, disait la négresse, si je n'y suis pas en compagnie de quelques-unes de mes chèvres, je refuserai de monter au paradis. Les animaux ne commettent aucun péché.

— Et alors, où irez-vous ?

— Sans elles, au purgatoire. Et même en enfer.

Ralph avait apporté de Californie ses bottes de pionnier. L'une d'elles avait besoin d'un ressemelage. Il trouva un cordonnier rue Chantemerle, où quelques merles chantaient encore

268

comme au temps des cerises. Le bouif s'appelait Talon, ce qui convient bien dans la chaussure. Il examina les bottes et le travail à faire.

— C'est bien, dit-il. Revenez dans quinze jours. Ce sera prêt.

Deux semaines plus tard, Stalkner remonta la pente qui conduisait à Chantemerle. C'était la fin de la journée, le moment où les agriculteurs quittent leurs champs, où les chèvres rentrent à la chèvrerie, où les enfants sortent des écoles. Au loin, au-dessus de la mer moirée des cultures limagnaises, toute l'escadre des monts Dôme se tenait alignée, en formation de parade de part et d'autre du puy amiral. Là-dessus, le soleil couchant déversait des flots de sirop, fraise, framboise et groseille confondues.

Ralph a poussé la porte de M. Talon. Il n'était pas seul. En face de lui se tenait un chien passablement ébouriffé. Tous deux étaient en train de manger la soupe.

— Je vous présente mon fils, Kiki-Talon, dit le bouif.

Effectivement, à force de vivre ensemble, ainsi que les vieux ménages, l'homme et Kiki se ressemblaient. Même poil grisâtre et crasseux, même mouche sous le menton, même moustache, mêmes regards tombants, même goût pour la chopine. Car Kiki ne craignait pas de lapper une goutte de vin dans la paume de son maître. Bref, ils étaient l'alter ego l'un de l'autre.

Ils mangeaient ensemble la soupe que la mère Talon avait apportée. Assis sur un tabouret, l'écuelle sur ses genoux, le cordonnier puisait dedans une large cuillérée, l'enfournait sous ses moustaches, se léchait les babines. La cuillérée suivante allait au chien installé devant lui sur son derrière, la gueule ouverte.

— Une pour toi, une pour moi… Une pour toi, une pour moi…, disait le bouif en parfaite équité.

Quand l'écuelle fut vidée, il se leva, s'adressa à l'Américain :

— Excusez-nous, dit-il. Faut manger la soupe quand elle est chaude. Que puis-je pour vous ?

— Je viens récupérer ma botte. Vous m'aviez dit dans quinze jours.

— D'accord. Nous avons eu beaucoup de travail. Revenez demain, elle sera prête.

Ralph ressortit, se disant que les bouifs n'ont pas de calendrier. Il retourna chez lui, trouva Francine en train de faire du patchwork.

— Je prépare une exposition, expliqua-t-elle, pour essayer de vendre mes compositions. Si tu veux bien, prépare-nous une soupe.

— D'accord, dit-il. Je vais préparer une soupe mexicaine, avec de la *tortilla* et du *chile*.

Un orage violent s'abattit sur la Limagne et sur les Limagnais. La chaîne des Puys ne fut pas épargnée. La grêle coiffa le mont Dumias

d'une calotte blanche. Les mots « Dumias »
et « Dôme » perdirent leur signification. Ce
sommet n'étant donc point préservé de la grêle
se trouva débaptisé. Afin de le renommer, tous
les géographes d'Auvergne et d'ailleurs y per-
dent à présent leurs cheveux. On a déjà proposé
« mont Fraternité » parce qu'il reçoit tout le
monde. Et aussi « mont Téton » parce qu'il ressemble, vu de profil, au sein d'une femme. Et
encore « mont Gaperon » parce qu'il a aussi le
profil d'un célèbre fromage. Qui dit mieux ?

16

Sagesse et folie

— Mon père, dit Francine, nous avons vu au Mexique des fêtes nées de la folie. Par exemple, à la Toussaint, la fête de la Mort. Les hommes portent des masques macabres, se transforment en squelettes, font des cabrioles, poussent des hurlements. Est-ce qu'en Auvergne subsistent des fêtes de la folie ?

— On ne peut, répondit Charmasson, être raisonnable toujours. Il faut être fou quelquefois. Et mieux vaut une folie feinte qu'une folie véritable.

— Mais qu'est-ce au juste que la folie ?

— N'est-ce pas le refus d'être comme les autres ? N'est-ce point, par exemple, de demeurer grave quand tout le monde rit ?

— Et si tous les autres sont fous ?

— S'ils sont fous, je n'y perdrai rien. Mais si je reste sage tout seul, ma sagesse passera pour folie. Il y eut autrefois, dans tous les villages, une fête des Fous. Elle égayait les populations malheureuses. Vint un évêque de Clermont appelé Louis d'Estaing. Son premier décret fut de supprimer la fête des Fous. Ce qui n'était pas nécessairement une marque de grande sagesse.

— Il n'en subsiste rien ?

— Des superstitions. Voltaire – ou quelqu'un d'autre – a dit : « La superstition est la fille très folle d'une mère très sage, la religion. » À force de mêler à tout la religion, ses gestes, ses ritournelles, ses pratiques, celles-ci sont tombées dans la superstition.

— Par exemple ?

— Pour éloigner la foudre, on brûle dans la cheminée un brin de bois bénit. Pour écarter le malheur, on crucifie sur les portes des oiseaux pourtant très utiles – la chouette, le hibou – mais qui ont le tort de hululer la nuit, ce qui annonce un proche décès. Quand ce décès vient réellement, on attache un crêpe noir aux ruches pour leur faire porter le deuil ; faute de quoi les abeilles s'en iront, ou bien sécréteront un miel amer. On interdit aux enfants de compter les étoiles, cela leur fait venir des verrues. On croit aux fées, au démon dans tous ses déguisements : drac, lutin, poule noire, galipote, loup-garou, cheval extensible, bête humaine, âmes errantes parfois réunies dans la « chasse royale » qui remplit le ciel de gémissements. Tout cela est très joli, n'est-ce pas ?

— N'y a-t-il rien de plus joyeux ?

— Si, dans certaines paroisses, le « reinage ». La fête patronale, pour la Saint-Maurice, la Saint-Jacques, la Saint-Rémy, la Saint-Genès. Pourquoi « reinage » ? Parce que le déroulement de la fête est réglé par un « roi » et une « reine » d'un jour. Si vous désirez assister à ce genre d'événement, je vous conseille d'aller à Thiers le 14 septembre prochain pour assister dans cette ville la plus joyeuse, la plus sonore, la plus folle des quatre départements qui forment l'Auvergne, à ce qu'ils appellent *Lo Feyro do Pra*, la « foire au Pré ». D'accord ?

— D'accord.

Ce jour-là, le chiffre de la population coutelière est multiplié par trois. Ou peut-être par dix. Habituellement, on l'entend de loin à cause du tambourinement de ses marteaux-pilons, du ronflement de ses meules, du hennissement des chevaux.

Changement d'odeurs, le 14 septembre, plus de cornes brûlées, plus d'huile de trempe. Car ce jour-là, tout Thiers est en chômage. Chaque famille reçoit sa parenté lointaine, la nourrit, l'héberge, la fait dormir sur des paillasses d'occasion. Et tout le monde descend au Moutier, dans la partie basse de la ville. Les enfants montent sur les manèges de chevaux de bois et sur les balançoires. Les adolescents consultent les diseuses de bonne aventure. Les hommes mangent la tripe obligatoire arrosée de vin clairet. Les parfums sont ceux du nougat, des cacahouètes, des amandes grillées, de la barbe à papa. En public se pratiquent toutes sortes de jeux : la course en sac, le mât de cocagne, la cruche suspendue à une corde qu'il faut, les yeux bandés, fracasser à coups d'un long bâton. Le gagnant reçoit sur la tête des paquets de tabac, des tablettes de chocolat, à moins que ce ne soit une pluie de suie ou de plâtre. Question de chance ou de malchance, comme le mariage et la pendaison.

Le meilleur moment de la journée : les bals dans les granges environnantes ou les salles d'auberge. On danse les bourrées, les valses, les gigues, les polkas, les chibrelis exécutés au son d'une vielle, d'une cabrette ou d'un accordéon diatonique pareil à celui des cow-boys. Francine et Ralph ne manquèrent pas de gambiller, applaudis par l'abbé Charmasson. De jeunes couples allaient se cacher dans les bois environnants pour se manifester leur amour. « Ceux-là, se dit le père, je n'aurai pas à les confesser, ils ne font point partie de ma paroisse. »

Faute de musicien, on avait recours à un chanteur ou une chanteuse, la *tata*[1]. Vraie spécialiste, elle marquait parfois le rythme du pied, claquait des doigts, se bouchait une narine, se frictionnait la gorge pour varier les sons. Mais bientôt, dans

---

1. La tante.

le tambourinement des souliers et des sabots, et les *ya-hou* poussés à pleines gargamelles, plus personne n'entendait la tata. La bourrée poursuivait sa ronde toute seule, fantastique, nourrie de son propre élan comme un cyclone, sous le balancement fuligineux des lampes-tempête suspendues.

La nuit venue, l'abbé Charmasson ramena ses amis à Chauriac, en prononçant cette conclusion :

— Étonnante ville de Thiers. D'où qu'on la regarde, on n'en voit jamais qu'un tiers. Étonnants habitants qui, sans être méridionaux, ont l'accent du Midi. Qui, plutôt portés à la paresse, se tuent au travail. Qui, plutôt pieux de nature, grands brûleurs de buis bénit en cas d'orage, se moqueraient du bon Dieu s'Il venait à passer devant leur porte, tellement ils sont enclins au rire et à la moquerie. Comment distinguer leur folie de leur sagesse ?

Ralph lui posa cette question étrange :

— Cher abbé, croyez-vous vraiment à l'existence de Dieu ?

— Comment pourrais-je n'y pas croire ?

— Aucun peintre, aucun sculpteur ne l'a jamais représenté. Quelle est sa forme, quel est son visage ?

— Quelqu'un au moins a osé : Michel-Ange. Au plafond de la chapelle Sixtine. On l'y voit tendant la main à l'homme qu'il vient de créer. Pourvu d'une belle barbe. Du côté de la barbe est la toute-puissance. Vêtu d'une courte souquenille.

— Et qui a créé ce souverain créateur ?

— Je ne suis pas assez instruit pour répondre à cette question. Je pense qu'il a toujours existé. Sans lui, le monde n'existerait point.

— À quoi s'occupait-il avant de l'avoir créé ?

— Il jouait tout seul aux dominos.

Et Charmasson éclata d'un rire immense qui illumina sa barbe noire.

17

Volvic

L'ancienne ferme devenue la maison des Stalkner avait besoin de quelques arrangements. Les patchworks de Francine y apportaient de la couleur. Il lui manquait des lignes courbes, des rondeurs comme en ont toutes les créatures vivantes. Ralph empoigna son ciseau, son scalpel, son burin, son ébauchoir, ses limes. Il arrondit les lignes droites, trop raides, des rampes, des dossiers, des marches, des tables, des cheminées. Il fournit une jambe au christ mutilé. Il ajouta à la toiture une girouette en forme de coq, coiffa la cheminée d'un casque Adrian avec grenade sur le front.

Un jour qu'il errait dans Chauriac, il tomba sur un groupe d'ouvriers qui étaient en train de remplacer un poteau télégraphique en bois par un poteau de béton. L'ancien tronc gisait par terre tout griffé par les pinces en forme de crabe qu'employaient les hommes du télégraphe.

— Qu'allez-vous en faire ? demanda-t-il.

— L'emporter. On le découpera en tronçons, on le brûlera dans nos cheminées.

— Si vous le voulez, je vous l'achète.

Et eux, après un échange de regards intéressés :

— Pourquoi pas ? Combien ?

Il proposa une somme. Ils la doublèrent. Il réduisit cette doublure. Ils tombèrent d'accord. Ils se tapèrent dans les mains. Ils se mirent à trois pour transporter le poteau long de six mètres jusqu'à la grange de Stalkner. Le bois sentait très fort la créosote, car la créosote est le parfum naturel d'un poteau télégraphique. À cause des messages, appels, prières, invocations, télégrammes qui l'ont traversé. Arrivé à la grange, il fut déposé précautionneusement sur le sol de terre battue.

— Qu'allez-vous en faire ? demandèrent les ouvriers.

— Un totem indien.

— Qu'est-ce que c'est que ça ?

— Un signe dans lequel les Indiens des deux Amériques inscrivent leurs pensées, leurs religions, comme font les chrétiens dans leurs croix et leurs chapelles.

— On aimerait bien voir ça.

— Revenez. Dans un an ou deux. Ou trois.

— On essaiera. On vous remercie. Portez-vous bien.

À une fontaine, ils lavèrent leurs paumes qui sentaient la créosote et retournèrent à leur besogne. Ralph demeura seul, considérant le poteau, lui parlant dans sa tête. Francine, en revenant, fut très étonnée par cet énorme objet. Ralph lui expliqua ses intentions :

— J'y graverai un soleil, la lune, des étoiles, des nuages, le vent, la pluie, j'en ferai un Cantique des créatures comme celui que chanta saint François d'Assise. Avec en plus un aigle qui dévore un serpent, pareils à ceux qu'on voit dans les armoiries du Mexique, et une tête de mort. Quand j'aurai terminé, quand je l'aurai mis debout, bien fixé, on invitera la population de Chauriac à venir l'admirer. Tu pourras par la même occasion exposer tes patchworks.

Francine s'en retourna, émerveillée. Dès le lendemain, Ralph reprit son ciseau, son ébauchoir, son scalpel, son burin et attaqua son totem. Totem de qui ? Des Aztèques, des Mayas, des Chactas, des Chérois, des Séminoles, des Apaches, des Cricks, des Koloches, des Incas, des Cherokees, des Chickasaws et de quelques autres, tous adorateurs de notre frère le Soleil, de notre sœur la Lune, de notre sœur la Mort corporelle.

Ralph en était à cette laborieuse entreprise lorsque, se promenant dans Chauriac, il observa mieux l'église Saint-Julien dont la façade était parée de mosaïques polychromes. Tout autour, la pierre était uniformément grise. Il interrogea le père Charmasson qui sortait de la messe parmi beaucoup de fidèles.

— Mon père, lui demanda-t-il, comment s'appelle cette pierre grise ?

— C'est ce que nous appelons la pierre de Volvic. Le nom savant est « andésite », parce qu'elle compose la cordillère des Andes, la chaîne de montagnes parsemée de volcans actifs qui domine la côte occidentale de l'Amérique du Sud. C'est bien loin. Volvic est tout près. Je vous y transporterai un jour.

L'abbé possédait une voiture Renault qui, peut-être, avait participé à la bataille de la Marne en 1914 lorsque le général Gallieni, qui défendait Paris, avait eu l'idée de réquisitionner tous les taxis parisiens, d'y entasser les troupes dont il disposait pour aller percer le flanc de celles de Von Kluck. Charmasson avait changé ses roues et ses pneus, rafistolé les sièges, remplacé les phares et les bougies. Devant le capot qui se soulevait comme une casquette, il enfonçait la manivelle, lui imprimait un tour et le moteur partait.

— Où avez-vous pris ce véhicule ? s'enquit Francine.

— Chez un mécanicien-ferrailleur. Vous verrez qu'il roule très bien. Installez-vous.

Passant par Dallet, Pont-du-Château, Gerzat, Blanzat, Malauzat, ils atteignirent Volvic après une heure de route et de cahots. Depuis des siècles, Volvic est le Carrare auvergnat. Sauf que sa pierre est sombre, du gris clair au noir fumé. Voilà pourquoi elle convient spécialement aux monuments funéraires. Une tombe en lave de Volvic, c'est du sérieux, non seulement parce que ça dure, mais parce qu'elle porte le noir de la tristesse. Elle est appréciée aussi de la bourgeoisie locale, de la magistrature, de la noblesse de robe, des apothicaires, des commissaires-priseurs et autres gens graves. La plupart des maisons respectables en sont faites dans Riom-le-Beau, qui fut aussi Riom-le-Sévère de par ses jansénistes et s'efforce d'être toujours Riom-le-Juste de par sa cour d'appel. Alexandre Vialatte en venait à se demander si cette pierre est précisément janséniste parce qu'elle est noire, ou noire parce qu'elle est janséniste. C'est enfin le matériau de mainte église : la cathédrale de Clermont, l'église de Montferrand et à Riom même la chapelle du Marthuret. Les autres, qui ont préféré le granit, l'arkose, le porphyre ou la pierre blanche ont eu grand tort, car elles portent la marque de la décrépitude. La lave de Volvic résiste aux pluies, aux gelées, aux ciels les plus acides. Elle craint seulement le frottement des semelles et des doigts : les mains dévotes finissent par ronger les bénitiers. Dans les escaliers, aux endroits de grand passage, il faut changer les marches tous les cent ans.

On cite l'exemple de ce professeur de la faculté de Clermont, célibataire, qui pendant vingt années partagea son temps libre entre la préparation de ses cours et celle de son mausolée, le bâtissant de ses mains pierre à pierre, allant sur place choisir dans la carrière les blocs à sa convenance comme faisait à Carrare Michel-Ange, gravant sa propre épitaphe, laissant seulement le soin au fossoyeur d'ajouter la date finale.

D'où vient donc cette andésite ? C'est un vomissement advenu il y a quelques milliers de siècles du puy de la Nugeyre. Terme patois signifiant « lieu planté de noyers ». Ce puy est un volcan relativement jeune, il offre un cratère ovale très profond et plusieurs cratères latéraux d'où se sont échappées les coulées. Ses pentes sont hérissées de scories éruptives, couvertes d'une maigre végétation, de pins désordonnés. Elles ont le nom de « cheyres », parentes des *sciarre* siciliennes sur les pentes de l'Etna. Les propriétaires de ces étendues portent l'étrange appellation de métayers. Ils emploient des apprentis et des carriers. Ceux-ci sortent parfois d'une école d'architecture fondée en 1820 par le comte de Chabrol, seigneur de Tournoël.

La carrière se présente comme un vaste entonnoir garni de plusieurs grues de bois formées d'un mât vertical retenu par des haubans d'acier.

Si bien que chaque grue ressemble à un immense parapluie dont le vent a enlevé l'étoffe, ne laissant que le manche et les baleines. Des galeries creusées jadis sous la cheyre sont maintenant abandonnées aux brigands, aux démons, aux amoureux. Chaque grue peut tourner sans effort sur sa base grâce à un pivot enfoncé dans un bloc de pierre. Par ce moyen, elle couvre un vaste champ circulaire. Les blocs sont arrachés à la montagne au coin, à la masse, à la poudre. Les carriers les ficellent avec de grosses chaînes au filin de la grue qui vient saisir le paquet de son index courbe et le dépose sur le plateau d'un camion.

En bas, sur les chantiers du bourg, les blocs seront équarris ou découpés par toutes sortes de machines d'une puissance et d'une patience exceptionnelles : scies à lames ou à disques ; fils hélicoïdaux qui débiteront la lave comme une motte de beurre ; trépans qui la perceront en pointillés, la découperont comme des timbres-poste. Les sculpteurs en tireront des bustes, des crucifix, des couronnes de roses, des *mater dolorosa*, des urnes, des flammes du souvenir, des épitaphes, des pierres tombales.

L'emploi de l'andésite en basse Auvergne coïncida avec un goût nouveau offert à Dieu : le gothique descendu de Paris, des Flandres, de l'Allemagne. L'avènement se fit à la fin du XIIe siècle. On ignore quel en fut l'initiateur, mais l'on est certain que la pierre de Volvic se trouva d'enthousiasme adoptée par l'entière Limagne et les plaines avoisinantes. Tous les ajouts à ce qui existait déjà se firent en lave noire. Par endroits, on se soucia même de démolir une partie des anciens édifices pour la reconstruire avec le nouveau matériau. L'évêque de Clermont, Hugues de la Tour du Pin, avait assisté à Paris à l'inauguration de la Sainte-Chapelle. Il en revint ébloui et décida de mettre sa vieille cathédrale préromane, hideuse et décrépite, à la mode parisienne. Il consulta son architecte Jean Deschamps et posa la première pierre en 1248, avant de s'en aller mourir à la croisade. L'andésite, sans nul doute, était déjà employée par les vignerons de l'endroit qui, pour construire leurs bicoques, allaient ramasser des fragments sur ces étendues rugueuses couvertes de bouleaux, de prunelliers, de bruyères, de genêts. Pour satisfaire l'évêque, une carrière fut ouverte dans une cheyre appartenant au sire Bosredon, au lieu-dit la Tranchée d'argent parce que des particules de mica y scintillaient. Les débris rocheux sortaient de la terre à dos d'hommes dans des hottes d'osier, allaient s'accumuler en monticules, le long des chemins, formant ces « éclatiers » où les pauvres gens venaient puiser gratis les pierres de leurs bicoques. Pareils aux *spartani* de Carrare. Avant d'atteindre la roche dure et franche, il fallait en effet enlever la « rougne », c'est-à-dire la croûte composée de terre et de lave tendre, qui pouvait, en certains endroits, atteindre plusieurs mètres d'épaisseur. C'est ce qu'on appelait le « dérochage ». On le pratiquait généralement en hiver, mieux valait laisser la bonne lave au chaud dans le ventre maternel.

Après cinquante ans, sans doute, de cette exploitation rustique, la Tranchée d'argent se trouva épuisée, tandis que la cathédrale de Clermont n'en était qu'à sa mi-longueur. Jean Deschamps venait de mourir, cédant la maîtrise de l'ouvrage à son fils Pierre dont il avait choisi le prénom en souvenir de l'Évangile : « Tu es Pierre et sur cette pierre, je bâtirai mon église. » Alors, pour trouver une autre lave, un carrier volvicois, Cordier, eut l'idée de creuser une galerie sous la rougne ; ainsi, il atteignit le roc directement. Bientôt, le couloir se fait caverne. On s'enfonce de plus en plus dans le ventre de la Nugeyre : il y aura au moins un kilomètre de galeries. Au fond de ce trou, on est à l'abri du froid. Non de l'eau qui dégouline en toutes saisons. La lumière arrive par l'entrée. Quand elle ne suffit pas, on s'éclaire avec des torches résineuses. Afin d'éviter l'effondrement de la voûte, on prend soin de ne pas enlever toute la substance et de laisser çà et là des piliers naturels.

Pendant un siècle encore, la lave sera extraite de cette façon. Puis les générations successives se lasseront de ce travail de taupes. Elles préféreront les carrières à ciel ouvert. Comme j'ai dit, les galeries abandonnées seront occupées par du mauvais monde... On en racontera de belles à leur sujet, pendant les veillées volvicoises !

Ralph et Francine furent admis à visiter l'école d'architecture et de sculpture fondée par le comte de Chabrol. Vers 1860, elle se trouvait sous l'autorité d'un moine, le frère Camaliel. Avec l'aide de ses élèves, il entreprit la taille d'une immense statue de la Vierge, qui fut dressée sur la colline de la Bannière, au-dessus du bourg. Stalkner emprunta le burin et le marteau d'un apprenti – futur *imagier* – et continua la taille de l'ouvrage commencé, représentant une vieille bergère et son chien. Le jeune garçon le conseillait :

— Un peu plus à droite... Un peu plus à gauche... Creusez sous le coude...

Lorsqu'ils eurent collaboré un moment, Stalkner exprima son opinion :

— J'ai apprécié la dureté sans excès de la pierre de Volvic, le grain sans traîtrise. Je crois qu'il n'y a pas de matière plus noble et plus réjouissante pour le burin.

D'autres découvertes l'attendaient. Le comte de Chabrol, préfet de Paris sous la Restauration, s'efforçait de répandre sa pierre dans la capitale. Sans compter des bordures de trottoirs ou de canaux par kilomètres, de nombreux monuments l'employèrent : les vasques de la fontaine de la Concorde, une partie du dallage du Panthéon, le tombeau d'Eugène Delacroix au cimetière du Père-Lachaise. Les tsars de Russie se firent livrer des lions sculptés par les imagiers volvicois pour les ponts de Saint-Pétersbourg.

Chabrol eut encore une idée géniale : créer un émail spécial d'une grande solidité qui, appliqué sur les plaques de rues, pénétrait dans les interstices et se laissait peindre comme la porcelaine. De cette trouvaille naquit l'art de l'émaillage sur lave que pratiquaient encore plusieurs artistes aux environs de Volvic.

— Allez voir l'usine Saint-Martin, à Mozac, conseilla l'apprenti sculpteur.

La voiture de l'abbé Charmasson les transporta dans ce faubourg de Riom. Dans un immense atelier, l'artisan pratiquait l'émaillage avec la seule aide de sa femme et de sa fille. La lave leur arrivait de Volvic débitée en plaques d'épaisseurs diverses. Le maître la découpait, la ponçait, la mastiquait. Leurs trois paires de mains commençaient alors la besogne la plus fine : au moyen de calques, elles dessinaient sur ces sortes d'ardoises les motifs désirés, lettres, chiffres, routes, rivières, montagnes. Elles composaient ensuite les couleurs en diluant dans l'eau des poudres mystérieuses, oxydes, silices, kaolins, qui changeaient de nuance à la cuisson. Ralph demanda :

— Avez-vous des recettes précises, des proportions chiffrées ?

— Non, je fais tout à vue de nez.

— Et ça marche ?

— En général, ça marche.

Il les étendait au pinceau, minutieusement, en donnant de l'épaisseur aux majuscules. Cela deviendrait des plaques de rue, des cadrans solaires, des échelles d'étiage, des tables d'orientation. Le plus délicat était de tartiner le blanc des tables de laboratoire, un blanc parfaitement uniforme et sans nuances, peint au pistolet. On enfournait ensuite le tout verticalement dans les fours électriques où la cuisson se faisait à 900-940 degrés. L'atelier débordait de plaques indicatrices vers des bourgs lointains et inconnus : *Avenue Marie-Louise*, *Chemin Fleuri*, *Le Port au Bois*, *La Font Vachette*. Avec parfois un avis surprenant : *Appontage interdit*, *Fouilles en cours*, *Réservé aux dames*.

De temps en temps, les émailleurs étaient amenés à faire œuvre de création. En toute modestie. Un marchand de vin avait commandé : « Je voudrais pour ma salle une table avec des raisins peints, des bouteilles, des tonneaux. Quelque chose qui rappelle mon commerce. Vous pouvez me fournir ça ? »

Un autre client souhaitait une dalle représentant des charcuteries. La demoiselle, qui avait suivi à Clermont les cours de l'École des beaux-arts, employait son talent à peindre sur la lave des jambons et des saucisses.

— La meilleure leçon, disait le maître, qu'on puisse recevoir dans ce métier consiste à faire aussi bien qu'on peut quelque chose qui ne vous plaît pas.

Accessoirement, elle dessinait et peignait aussi quelque chose qui lui plaisait, à accrocher aux murs : volcans, arbres, poulains, coquelicots.

— Vous les signez ?

— Non. À quoi bon ? Si les clients apprécient, ils sauront bien où me retrouver.

— J'aurais besoin de vous. Pour que vous signiez mon nom et la signification d'ouvrages que je compte exécuter en pierre de Volvic.

— Quel métier faites-vous ?

— Je crois être sculpteur.

— Connaissez-vous le maître de Mozac ? C'est le plus beau sculpteur que l'Auvergne peut présenter. Vous devriez aller faire sa connaissance. C'est tout près de Riom.

— Quel âge a-t-il ?

— Environ douze cents ans.

— Comment s'appelle-t-il ?

— On ne sait pas son nom. Il n'a jamais signé ses œuvres.

— Dès demain, j'irai faire sa connaissance.

Mozac abritait une abbaye clunysienne fondée par un certain Calminius. Les révolutionnaires, si brutaux en Auvergne, la respectèrent. Mais elle fut secouée par plusieurs tremblements de terre. Rebâtie tant bien que mal, elle conservait, entre autres reliques, les merveilleux chapiteaux de la nef, œuvre d'un artiste anonyme. Il avait représenté dans un calcaire oolithique originaire de Chaptuzat, près d'Aigueperse, des personnages inspirés de l'Évangile, anges, saintes femmes, gardiens du tombeau de Jésus, atlantes, vendangeurs, griffons ailés. Savant au suprême degré, le maître de Mozac avait composé les surfaces selon une géométrie rigoureuse. Sa taille impeccable précisait les formes, les vêtements, les visages, les instruments de musique, avec une netteté qui n'entraînait point la sécheresse. Enveloppées dans leurs longs voiles, les femmes avaient toutes le même visage, le même nez, les mêmes yeux, les mêmes mains, la même auréole. Les atlantes montraient une chevelure courte et bouclée ; les anges la portaient bien peignée, ondulée, comme s'ils sortaient d'une boutique de barbier.

Ralph Stalkner resta médusé devant ces perfections, comme il l'avait été jadis devant la *Diane au cerf* d'Anet. Il caressa la pierre blanche dans laquelle on distinguait à la loupe de minuscules œufs fossiles.

— Est-ce qu'on la trouve encore ?

— Non. La carrière de Chaptuzat est fermée.

— Aucune importance.

— Que veux-tu dire ? demanda Francine.

— On sait qui a fait la *Diane au cerf* en marbre, excepté l'arc : Jean Goujon. Il m'a donné jadis l'envie de sculpter à son exemple. Il a été mon premier maître. J'ai formé une diane en staff, rappelle-toi. J'ai osé. Je suis devenu un sculpteur, sans doute, mais surtout un copiste. Ce maître de Mozac est tellement parfait, tellement au-dessus de mes fontaines, de mon *Pioneer*, de ma *Pacifica*, qu'il ne me reste plus qu'à jeter mon burin, ou à faire autre chose. En andésite. Des œuvres dont les formes sont dissimulées, dont le sujet sera mystère, accessible à la seule sensibilité.

— C'est ce qu'on appelle le non-figuratif.

— Il y aura une légende pour l'expliquer. Je veux entrer dans un style nouveau.

Il revint à Volvic pour dire au revoir aux carriers. Il les considéra une dernière fois, occupés à distinguer le sens de la lave qui, comme le bois, avait des fibres. Celle qu'on disait « de bon arbre » se laissait fendre aisément ; mais la fibre « de travers » exigeait plus de peine. Le refroidissement de la pâte éruptive avait provoqué des fissures, les « levaisons ». C'est là-dedans que les tireurs insinuaient leurs coins de fer, séparés par une largeur de main. Quand ceux-ci avaient détaché le bloc de la muraille, l'homme le taillait

292

grossièrement à la boucharde et au têtu, avant de l'expédier.

Comme Michel-Ange à Carrare, Stalkner fit choix d'un bloc considérable, tout en creux et en sommets, un pied qui pouvait servir de socle. Il pouvait bien peser 200 kilos. « Tu auras affaire à moi, lui dit-il. Tu n'es qu'un corps, je te donnerai une âme. » Il vit une grue l'élever, puis le déposer sur la benne d'un camion. « Nous nous reverrons à Chauriac. »

18

Style nouveau

La pierre fut installée dans la cour de l'ancienne ferme, entre le ciel et la terre comme il convient à toute créature vivante. Chaque matin, après son bol de soupe, Stalkner descendait lui dire bonjour. Il faisait le tour de ses formes, caressait les pointes et les saillies, enfonçait sa main dans les vallées.

— Oui, oui, s'approuvait-il. Je veux faire de toi une œuvre importante, comme le souhaitait la petite Bridgeen.

Après huit jours de cette contemplation, il dut s'arrêter parce qu'il tombait une pluie mêlée de rayons de soleil.

— Tu souhaitais une douche, dit-il à la pierre en souriant. La voici.

La pluie emporta toutes les poussières volvicoises, laissant à nu la chair du bloc, grise, un peu étincelante. Une fois l'eau évaporée, il alla chercher un marteau et un burin. Il visa et frappa en plein milieu. Intérieurement la lave était noire.

— Droit au cœur ! murmura-t-il.

Il colla son oreille au trou pour entendre des tressaillements, comme il faisait à son totem. Mais il n'entendit rien. La pierre était muette. Il la frappa plusieurs coups de suite, espérant qu'elle répondrait.

Puis il s'éloigna, considéra au loin les tours du château de Tournoël qu'avait occupé M. de Chabrol. Ou les lignes plus lointaines de la chaîne des Puys, où l'on distinguait clairement les formes arrondies d'une femme couchée. Ou le puy de Dôme lui-même, tout pareil à un gaperon. Fromage fait avec la *gape*, qui est le babeurre obtenu en chauffant ce qui reste dans la baratte après la formation du beurre. Fortement assaisonné au poivre et à l'ail, on le suspend dans un mouchoir au plafond par les quatre coins. Il s'égoutte lentement et prend la forme volcanique. Francine avait enseigné à son époux californien les formes et les saveurs des divers fromages de France. Car après Blaise Pascal, les diverses formes et les divers fromages sont la gloire incomparable de l'Auvergne.

Par ses contemplations quotidiennes, Ralph alimentait les formes de son ouvrage en cours. Il y pensait la nuit aussi. Chaque matin, devant son bloc, il creusait quelque ligne, arc ou parenthèse ou pétale ou flocon, un foulard de cow-boy noué autour du cou.

Francine demandait :

— Je peux voir ?

Ils descendaient ensemble dans la cour, piétinaient l'herbe humide de rosée. Francine contemplait la pierre, en faisait le tour, caressait ses lignes.

— Qu'en penses-tu ?

— Ça me rappelle un peu mes patchworks.

— Tu plaisantes !

— Je veux dire que je trouve ça beau, sans savoir ce que ça représente. Quel titre lui donnerais-tu ?

— Laisse-moi le temps d'y penser.

Il y pensa trois semaines encore.

— Je crois avoir trouvé. Me rappelant Jack London avec qui, autrefois, j'ai cherché de l'or dans le Klondike, me rappelant les démêlés qu'il a eus avec la justice parce qu'il soutenait la cause des ouvriers mal payés, les mois de prison qu'il vécut à Chicago, me rappelant aussi les tombes qui ont été creusées un peu partout après la Grande Guerre, j'ai mélangé tout ça dans ma tête pour arriver au titre suivant : *Projet de monument au prisonnier politique inconnu*. Le mot « projet » justifie ma pierre abstraite, sans figures, sans drapeaux, sans étoiles. Dis-moi franchement ton opinion.

Francine fit une fois de plus l'examen du bloc d'andésite, constata qu'en effet aucune figure n'était dissimulée dans les convulsions de la pierre, elle en vint alors à ce jugement :

— C'est aussi parlant que la tête de Theodore Roosevelt au mont Rushmore. Ton projet vaut bien un long discours.

Pour le plaisir des mots, elle se fit répéter le titre : *Projet de monument au prisonnier politique inconnu.*

Elle écrivit aux émailleurs de Mozac. La demoiselle vint considérer l'objet qu'elle allait pourvoir de son titre définitif, prit des mesures, constata des sinuosités qu'elle dessina sur son calepin. Dix jours plus tard, elle revint avec le ruban émaillé, le texte en lettres rouges sur fond bleu. Elle le colla avec une colle au silicate.

— Je vous le garantis, fit-elle, pour l'éternité.

— C'est bien, dit Ralph. Moi aussi je travaille pour l'éternité.

Quelques heures plus tard, avec un Kodak-accordéon, cadeau de Peter, il fit des clichés de sa sculpture, vue sous tous les angles. Il rédigea un texte de présentation en anglais, en français, en espagnol, en italien, l'estimant à 30 000 dollars, et expédia l'un et l'autre aux maires d'une quarantaine de villes à travers le monde. De 39 villes, il ne reçut aucune réponse. Il allait en rédiger une quarantaine d'autres lorsque lui parvint une lettre portant la mention *Chicago Post*

Office. Il l'ouvrit d'une main tremblante. Le maire de cette énorme ville lui annonçait qu'il avait examiné chacune des photographies, que ce projet de monument l'intéressait, rappelant que Chicago avait dans le passé mis en cage de nombreux agitateurs politiques avant de les libérer. Ledit maire lui annonçait enfin qu'il lui envoyait un *representative* chargé d'examiner le projet et de décider d'en faire ou non l'acquisition. Ayant pris connaissance de cette merveilleuse réponse, Ralph et Francine se saisirent à bras-le-corps et exécutèrent une danse du scalp autour du totem.

Deux semaines encore, et le *représentative* descendit un matin d'un taxi devant leur domicile. Il leva son panama car la saison était chaude et dit :

— Je m'appelle Tom Buffle et je viens voir le projet.

Il s'exprimait en un bon français avec l'accent de Chicago. Il fit trois fois le tour du bloc, puis trois autres fois le tour dans un sens opposé. Caressant l'andésite, la grattant avec la lame d'un canif pour estimer sa dureté et prévoir sa longévité.

— J'ai bien soif, dit-il.

Francine lui versa un verre de vin rosé de Chauriac, qu'il vida presque d'un trait avec un claquement de langue.

— Je crois, dit-il pour finir, que nous pouvons signer le contrat. Chicago accepte votre sculpture. Nous la dresserons devant *The Art Institute*. Puis-je entrer chez vous ?

Ralph et Francine le conduisirent dans la salle basse de l'ancienne ferme. Ils prirent place à une table aux quatre côtés ciselés par le scalpel de Stalkner. Tom Buffle tira deux feuilles blanches de sa serviette, sur lesquelles il rédigea l'acte d'achat de « la sculpture exécutée par M. Ralph Stalkner, portant le titre *Projet de monument au prisonnier politique inconnu*, pour la somme de 30 000 dollars ». Pas un *cent* n'en fut changé. Francine se dit trop tard qu'ils auraient pu demander davantage. À Chicago, on considère les bœufs et les cochons, on caresse leur poil, on ne barguigne pas sur les prix. Elle et son mari signèrent les deux feuilles.

— Je ferai enlever l'ouvrage dans quelques jours. Il s'embarquera au Havre. Il traversera l'Atlantique sur un paquebot. Je vais vous dire au revoir.

— Ne pouvez-vous partager notre repas ?

— Non. Seulement une bouchée de quelque chose.

— Une bouchée ?… Aimez-vous le fromage ?

— Pourquoi pas ?

Elle prépara des tartines à la fourme d'Ambert. Il en prit une. Puis une deuxième. Puis une troisième.

— *Wonderful !* lâcha-t-il. *Amber !*

Il avait cru que c'était de l'ambre. Elle enveloppa une demi-fourme dans un sac de chasseur, une gibecière. Il s'en alla la gibecière à l'épaule, la serviette à la main, jusqu'au taxi qui attendait devant la porte.

Un camion vint charger la sculpture quelques jours plus tard. Elle navigua jusqu'à New York, puis s'envola jusqu'à Chicago où tout l'univers peut la voir à la porte de *The Art Institute.*

Pendant plusieurs jours, Ralph et Francine restèrent estomaqués par les 30 000 dollars, par cette fortune qui leur tombait du ciel. Qu'en feraient-ils ? Rien n'est plus facile que de dépenser 10, 50, 100 dollars. Mais comment en dépenser 30 000 ?

— Faisons un beau voyage, proposa Francine. Nous avons déjà parcouru le Mexique. J'aimerais voir l'Italie.

— Je suis allé déjà à Carrare, avec Gottardo Piazzoni. Il m'a même appris l'italien.

— Tu me guideras.

— Pas tout de suite. J'ai en tête un autre ouvrage.

— Raconte.

— *Pierres pour un palais de fougères.* Les pierres ne manquent pas autour de Chauriac. Les fougères non plus. S'il le faut, j'irai m'approvisionner dans les éclatiers de Volvic.

— Quel sera le sens de ce palais ?

— La fragilité. La plupart des palais grecs et des palais romains se sont écroulés. Ils étaient faits de fougères. Il a fallu beaucoup de pierres pour les reconstruire. Toutes les œuvres humaines sont pareillement fragiles. Elles sont à la merci des tremblements de terre, des révolutions, de l'usure, du temps qui passe. Le temps ne produit que des blessures, des meurtrissures. Seules les fougères peuvent les soigner. Le temps est l'ennemi des pierres. Gottardo m'a appris un beau conte italien. *La goccia disse al sasso : Dammi tempo, che ti buco.* « La goutte d'eau qui tombe éternellement (d'une source, d'un suintement quelconque) dit au rocher qui est dessous : "Donne-moi du temps, et je te perce." »

Francine toute meurtrie s'éloigna en ruminant la philosophie de cette goutte.

Ralph termina ses pierres pour un palais de fougères. Il lui fallut beaucoup de temps. Plusieurs années. Puis, suivant le processus du « prisonnier politique inconnu », il en tira quarante clichés avec le Kodak de son fils Peter. Il les envoya aux maires de quarante communes françaises, grandes ou petites. Sur le nombre, 39 négligèrent de lui répondre. Il avait cependant proposé un prix dérisoire, 3 000 francs. C'était encore un franc léger valant 1,80 milligramme d'or en 1959. Seule la mairie de Clermont-Ferrand répondit à sa proposition, prétendant qu'elle ne disposait pas d'une telle somme. Stalkner eut pitié de ces Clermontois si misérables. Il répondit qu'il comprenait leurs raisons et qu'il ferait cadeau de sa pierre à condition qu'elle fût bien située. Le maire remercia chaleureusement, précisant qu'elle serait placée au jardin Lecoq, sous les arbres, à la merci des oiseaux, des vieilles personnes et des amoureux, soulignant que Clermont n'aurait pas d'autre palais. Un camion-benne vint la prendre, et Ralph Stalkner n'entendit plus jamais parler d'elle.

Cette même année 1959, la dernière du franc léger, fournit à Ralph et à Francine l'occasion d'assister à d'autres funérailles. Notamment à celles d'un écrivain très connu et très admiré dans la région, Henri Pourrat. Ralph n'en avait pas lu une ligne.

— Lui aussi, dit-elle, a construit deux monuments. Un roman, *Gaspard des montagnes*, histoire d'un beau et vaillant garçon, vif d'esprit et de corps, amoureux d'Anne-Marie. Elle a tranché d'un coup de couteau deux doigts d'un brigand qui s'était caché sous son lit. Et il a juré qu'il se vengerait. L'autre monument s'appelle *Le Trésor des contes*. Pourrat a recueilli, comme

La Fontaine pour ses fables, une multitude d'histoires qui traînaient et il en a fait dix ou douze volumes. Je te lirai des pages du roman et quelques-uns des contes.

La Montagne annonçait la mort de Pourrat et le jour de ses obsèques dans le cimetière d'Ambert.

— Il était d'Ambert ? s'étonna Ralph. Comme le fromage ?

— Comme l'ambre.

Ils prirent l'autobus départemental qui les transporta sur place. La queue était longue derrière le corbillard. Tendant l'oreille, le Californien entendait des propos affligés :

— Henri Pourrat s'est donc laissé mourir ! Quelle perte ! L'Auvergne, la France ne produisent pas beaucoup d'artisans comme lui… Mais elles garderont longtemps son souvenir… Il portait un drôle de nom : « Pourrat » veut dire « poireau »… Il faudra bien qu'un jour on lui construise un monument… Je n'ai rien lu de lui. Il paraît que c'était un grand homme de plume…

Le corbillard s'arrêta devant l'église. Ralph et Francine, qui n'étaient vraiment chrétiens ni l'un ni l'autre, suivirent la foule sans faire aucun signe de croix. Le sacristain chanta un Kyrie épouvantable, suivi d'un *De Profundis*. Quelques personnes communièrent. Le prêtre bénit le cercueil. Pourrat sortit enfin, les pieds devant, remonta dans le corbillard et gagna le cimetière qui dominait Ambert.

Profitant de leur séjour ambertois, Ralph et Francine visitèrent une fabrique de papier. Suivant les techniques traditionnelles rigoureusement conservées, elle produisait les belles feuilles blanches et grenues sur lesquelles autrefois l'on couchait les actes notariés. On y imprimait aussi des éditions de luxe de Charles d'Orléans, de Baudelaire, de Pourrat lui-même.

Ambert n'étant pas toute sa région, le Livradois, Ralph et Francine achetèrent une feuille riche d'une imitation d'Aragon où un conscrit dit adieu à cent villages :

> *Tours-sur-Meymont, Granval, Clavière,*
> *Collanges, La Chaux, Pavagnat,*
> *Job, Saint-Anthème, Valcivières,*
> *Saint-Germain-l'Herm et Bertignat,*
>
> *Cunlhat, Saint-Eloy-la-Glacière,*
> *Echandelys, Le Monestier,*
> *Aix-la-Fayette, Montgolfier*
> *D'où sont parties les montgolfières,*
>
> *Viverols dont les tours culminent,*
> *Arlanc, ses fuseaux diligents,*
> *Et près de Saint-Amant, La Mine*
> *Où mûrissent l'or et l'argent…*
>
> *Adieu Ambert, ses Ursulines,*
> *Richard-de-Bas, ses chapelets,*

Les Copains, les Sucs, les Pralines,
Ses fromages, ses porcelets.

Adieu nèfles, adieu les mûres,
Le Livradois et le Forez.
Adieu la Dore et ses murmures.
Je reviendrai quand je pourrai.

On pouvait chanter de la sorte longtemps. Enfiler tous ces noms bout à bout, en les saisissant par les rimes.

— Si nous voulons découvrir tous ces villages, soupira Francine, il nous faudra revenir mille fois.

Ils redescendirent à Chauriac. Profitant d'un autre autobus départemental puisqu'ils n'avaient pas de voiture personnelle, excepté celle de l'abbé Charmasson, ils eurent la curiosité d'aller voir au jardin Lecoq comment se portaient les *Pierres pour un palais de fougères*. Ils y trouvèrent la roseraie et ses bancs hospitaliers. Son faune équilibriste. Son jet d'eau sanglotant. Ses moineaux querelleurs. Le lac où il était permis de patiner en décembre, de canoter en juin et même de tomber dans l'eau parmi les cygnes effrayés sans se mouiller plus haut que le genou. C'est en automne que le jardin Lecoq est le plus beau. Souvent, l'été auvergnat se prolonge jusqu'à la mi-octobre et tout le monde se laisse surprendre par la première gelée. Après ces funérailles ambertoises, les saules pleuraient des larmes d'or. Les hirondelles, les loriots, les rossignols étaient déjà partis vers des rivages plus chauds, ne laissant derrière eux que les passereaux mangeurs de crottin. Les cygnes mélancoliques flottaient à la dérive, la tête sous une aile. Pourrat est mort, Pourrat est mort ! se répétaient-ils. Les daims n'osaient plus mettre le nez hors de leurs guérites. Les paons s'enfonçaient profondément sous l'abri.

Francine et Ralph cherchèrent leur palais, sans le trouver. Il n'avait pourtant quitté Chauriac que depuis les six mois du printemps et de l'été. Ils finirent par remarquer une bosse pareille à une borne kilométrique, mais toute verte. Ils s'en approchèrent, lurent difficilement l'inscription : *Pierres… palais… fougères*. C'était bien l'ouvrage de Ralph, mais couvert de mousse. Ils s'agenouillèrent, arrachèrent à pleines mains ce masque abominable. Le palais reparut. Ils cherchèrent le responsable du jardin. Il avait le visage de Beethoven, errant parmi les frondaisons et les bustes, hagard, poursuivant une inspiration qui ne venait pas. Le couple vint à lui, se fit connaître, exprima sa douleur de voir la pierre en un tel état. Le responsable promit de veiller sur elle dorénavant. Il leva la main droite, jura et cracha dans l'herbe.

— Si vous ne tenez point parole, affirma le sculpteur, je viendrai la récupérer et je la donnerai à un autre jardin.

Les choses se firent ainsi.

Ces déconvenues laissèrent Ralph plusieurs mois sans voix et sans travail. Préparant le voyage en Italie décidé avec Francine, il se mit à lire des auteurs italiens dans le texte et en traduction. Il retrouva le *Cantique des créatures* de François d'Assise. Il eut une certaine idée de Dante Alighieri que Mussolini avait introduit dans son hymne fasciste ; de Luigi Pirandello et de son théâtre ; de Cesare Pavese, poète antifasciste, auteur de *Verrà la morte e avrà i tuoi occhi* (« La mort viendra et elle aura tes yeux »), inspiré par une liaison malheureuse avec une actrice américaine, avant de se suicider. Mais au début de 1964, il reçut une lettre de son fils Peter qui l'engageait à venir régler son héritage à Belmont. Il ne pouvait s'abstenir. Les 30 000 dollars de Chicago le lui permettaient. Francine refusa de le suivre :

— Va tout seul. Ces affaires ne regardent que toi. Envoie-moi des cartes postales illustrées.

Stalkner se rendit donc seul à Orly et prit une place sur un Boeing pour le *San Francisco International Airport*. C'était la première fois qu'il montait en avion. Les hôtesses de l'air facilitèrent son installation. Il se trouva assis derrière un hublot à travers lequel il voyait la terre française et son remue-ménage. Remue-méninges : il entendait autour de lui parler toutes les langues civilisées. Les moteurs furent mis en route. Ils ne produisaient pas des ronflements comme font les dormeurs en pleine sieste, mais des chuintements qui rappelaient les chutes du Niagara. Trois quarts d'heure encore d'attente et de patience. Enfin une voix polyglotte annonça le décollage. Les chuintements devinrent des grondements épouvantables. Ralph se fourra les deux index dans les oreilles. À travers son hublot, il vit la terre s'affaisser, s'enfoncer, Orly se rapetisser. En fait, c'était le Boeing qui prenait de l'altitude.

Tout à coup, il ne vit plus rien, le Boeing plongeait dans l'ouate d'un cumulonimbus. Ralph songea au jeune Lindbergh guidé par sa seule boussole. L'avion monta plus haut encore, le ciel bleu reparut ; au-dessous ne restait qu'une mer de nuages, unie ou moutonneuse. Pendant des heures, il ignora à quelle latitude il se trouvait. Il avait pour seul guide la voix du *Time Keeper* qui annonçait :

— Nous entrons dans l'*Atlantic time*. Veuillez régler vos montres si vous le désirez. Il est maintenant 9 h 15.

Parti d'Orly à 6 h du matin, on arrivait dans le Maine à 9 h 15 ! Le temps semblait ne plus fonctionner entre la France et les États-Unis.

Après des heures de course, le *Time Keeper* annonçait toujours :

— Nous entrons dans l'*Eastern time*, et il est 9 h 30... Nous entrons dans le *Central time*, il est 9 h 45... Nous entrons dans le *Mountain time*, et il est 9 h 50...

Ralph renonça au réglage de sa montre. De temps en temps, une hôtesse lui apportait un plateau-repas. Ils arrivèrent à l'aéroport à 10 h 55, après seulement trois heures de traversée. Certains voyageurs se vantaient d'être arrivés en Amérique avant leur départ de France, car il fallait tenir compte des fuseaux horaires. Ralph mit quand même trois heures pour traverser San Francisco. Il atteignit Belmont le surlendemain. Peter l'attendait à l'auberge *Elbo Room*.

C'était maintenant un grand garçon, large d'épaules, la bedaine un peu fournie, avec plusieurs dents en or. Visiblement, la photographie professionnelle assurait sa prospérité. Il serra la main de son père, tout petit, tout maigre en comparaison. Il expliqua qu'il travaillait pour plusieurs magazines, notamment le *Californian Picture* et le *L. A. Weekly Paper*.

— Quel âge avez-vous maintenant ? demanda Ralph avec un peu de confusion.

— Quarante-neuf ans, je suis né en 1915. Êtes-vous sûr que vous êtes mon père ?

— Il me semble, mais j'ai des trous de mémoire.

Une deuxième fois, ils se serrèrent la main. Ralph poursuivit son interrogatoire :

— Êtes-vous marié ?

— De temps en temps.

— Je parle de mariage officiel.

— Officiellement marié, officiellement divorcé.

— J'ai un fils unique prénommé Peter. Comment va votre mère qui fut, je crois, ma première femme ? J'ai oublié son prénom.

— Elle s'appelle Lucy, va fort bien et joue toujours de la clarinette.

La conversation se poursuivit joyeusement. Ils aperçurent au loin le ranch où avaient habité Jim Stalkner et sa femme, l'oncle Ferman, Big Joe et Virginia la servante noire. Plus rien, plus personne n'y bougeait, ni les chèvres, ni la scierie, ni le lapin Bunny, ni les chats, ni les pigeons. Tout y était indubitablement mort et sans doute enterré. Un écriteau indiquait *À VENDRE, s'adresser à Dr Fisby notaire 816 Pacific St. Bodega Bay*.

Ralph considéra bien tristement cette maison morte où il avait vécu son adolescence, en attendant de partir vers le Klondike avec Jack London. Ces prés où il s'amusait à chercher, puis à cueillir les trèfles à quatre feuilles parce qu'ils ont la réputation de porter bonheur. Ses livres en étaient farcis, mais à présent les feuilles en étaient séchées et probablement dépourvues de leur pouvoir. Par acquit de conscience, il en chercha quand même trois ou quatre qu'il glissa dans son portefeuille.

Ralph et son fils se rendirent à Bodega Bay en suivant la falaise. Le soleil au loin, derrière l'océan Pacifique, manifestait son intention de se coucher. Ils sonnèrent à la porte du notaire Fisby. Après une longue attente, ils furent introduits dans le bureau notarial. Fisby les fit asseoir en face de lui et les considéra le temps de bourrer et d'allumer sa pipe. C'était un calumet indien à long tuyau orné de plumes et de verroteries.

— Ne craignez rien, dit l'homme. C'est un calumet de la paix, je l'allume pour qu'il facilite notre entente.

Ils expliquèrent qui ils étaient, d'où ils venaient et parlèrent du ranch de Belmont. S'adressant à Ralph, le notaire lui fit cette révélation :

— Fils de Jim Stalkner, le plus ancien propriétaire, vous êtes maintenant son légataire universel. Cela signifie que ce jeune homme, votre propre fils, n'a droit à rien du tout.

— C'est une très bonne nouvelle, dit Peter en éclatant de rire. Je ne voulais rien de cette bicoque.

— Votre père peut vous en céder une part, si cela lui convient.

— Il y a du mobilier à l'intérieur. Il pourra prendre tout ce qu'il voudra.

— J'ai fixé à 12 000 dollars la valeur de la maison. Plusieurs personnes sont venues l'examiner. Je serai sans doute obligé de réduire mon estimation. Dois-je vous rendre les clés pour que vous puissiez y entrer ?

— Personnellement, je n'y tiens pas, dit Ralph. Elle est pleine de mauvais souvenirs. Mon père est tombé sur la scie circulaire qui l'a découpé tout du long, comme un sandwich. Ma mère est décédée en me donnant le jour.

— Lorsque j'aurai réussi à la vendre, je vous enverrai la somme correspondante à l'adresse que vous m'avez donnée, en France.

— Je confirme mes intentions, dit Ralph.

— Et moi les miennes, dit Peter.

— Tout est réglé entre nous, dit le notaire. C'est un effet de ma pipe indienne.

Le père et le fils se retrouvèrent seuls dans le vent frais qui venait de l'océan.

— Me permettez-vous de vous photographier ? demanda Peter. Je travaille aussi pour le *San Francisco Examiner*. Je peux vous faire rencontrer un journaliste qui vous consacrera un article, si vous en êtes d'accord. Par exemple Kenneth Rexroth.

— Je l'ai bien connu jadis.

— Il suffit que nous prenions un repas ensemble. Faites cela pour me faire plaisir.

Ralph accepta. Ils soupèrent de *tortilla* et de poulet. Quatre jours plus tard, l'article parut dans l'*Examiner*. Rexroth y écrivait qu'il avait soupé avec Ralph Stalkner, rappelant à ses lecteurs que cet homme, maintenant en exil en France, avait été pendant vingt ans ou peut-être davantage « le sculpteur le plus admiré et le plus célèbre de San Francisco ».

Ralph et Peter se quittèrent affectueusement, se donnant mutuellement l'accolade à la manière mexicaine.

— Je viendrai vous voir à Chauriac, promit Peter.

Avant de s'envoler vers la France, Stalkner apprit que la prison d'Alcatraz venait de fermer définitivement ses portes sur décision du Procureur général des États-Unis, après la dernière évasion, celle de Frank Morris, jamais retrouvé. Plusieurs projets furent examinés afin de transformer l'île. Notamment celui d'y ériger une statue de la Liberté comme celle qui éclairait New York. Ralph se rendit sur place, muni de l'article de l'*Examiner*, afin de proposer ses services.

— Je suis, expliqua-t-il, un spécialiste des œuvres monumentales (il en montra des photos) et je pourrais refaire la statue de la Liberté, telle qu'elle est, ou sous des traits différents.

— Nous avons d'autres projets, répondit le

gouverneur. Tous doivent être examinés, éva-
lués. Si le vôtre est retenu, je vous écrirai.

— J'habite maintenant en France.

— En France ou au bout du monde.

Stalkner regagna le pays de Bartholdi, l'auteur
avec Gustave Eiffel de la statue de la Liberté. Il
ne reçut jamais aucune réponse du gouverneur.
Son incompétence de sculpteur figuratif se
confirmait. Il se félicita d'avoir adopté un style
nouveau.

19

La Maison de la Pierre

Revenu en Auvergne, Ralph retrouva Francine toujours très occupée à ses patchworks et à ses expositions, son beau-frère Marcel producteur d'ail, de topinambours et de melons ; et toute la population chauriacoise, qui croyait l'avoir perdu, très heureuse de son retour. Pour la remercier, il se procura une pierre de Volvic, guère plus volumineuse qu'une borne kilométrique, et entreprit de la perfectionner. Il la souligna d'un joli titre émaillé : *Retour à mes pierres*, et informa la municipalité qu'il en faisait cadeau à la commune. Elle fut placée au centre de la place principale et inaugurée le 1er mai 1966, jour anniversaire de l'auteur, en présence du conseil municipal, des enfants des écoles qui chantèrent en chœur et en anglais l'hymne à la Bannière étoilée. Après quoi, l'on but du vin de Dallet ou du sirop de framboise et l'on grignota des *guenilles* préparées par les dames. Sortes de beignets, ou bugnes, ou merveilles, ou oreillettes. Cette pierre fut la dernière œuvre sculpturale de Ralph Stalkner.

Il se plaignait souvent à Marcel-Markus :

— J'ai quatre-vingts ans. Et ça ne va pas fort.

— À quel endroit ?

— De la fatigue, un peu partout.

— C'est ce que nous appelons en Auvergne la « petite échauffure ». Un rhume, une fatigue. Ça ne vaut pas qu'on dérange un médecin. Ça passera tout seul.

— Et si ça ne passe pas ?

— Alors, c'est ce que nous appelons la « grande échauffure » : la pneumonie, une colique persistante. Elle doit suivre son évolution sans que personne la contrarie.

— Vous avez aussi une « très grande échauffure » ?

— Oui, une tumeur dans la poitrine ou dans la vessie, une paralysie. C'est signe dans ce cas qu'on est foutu. Le médecin n'y peut rien. On ne va pas le déranger.

— Et la vieillesse ? C'est une petite échauffure ?

— La vieillesse ne passe pas. Faut l'accepter. Faut qu'on s'en accommode.

— Je vais faire de mon mieux.

Il remplaça la sculpture par la peinture. Il se procura des toiles, des cadres, des pinceaux, du

White Spirit, un chevalet, plusieurs palettes, des éponges et des pistolets. Il ne possédait aucune technique picturale ; mais il savait que, selon Léonard de Vinci, la peinture est une chose mentale. Il n'avait donc rien à représenter. Des lignes, des courbes, des cercles, des volutes, des cubes, des taches lui suffiraient.

Il montra ses essais à Francine. Elle approuva ces embrouillaminis.

— Pas besoin de titres, suggéra-t-elle.

— Il suffira d'une signature lisible. On dira un jour « c'est un Stalkner », comme on dit « c'est un Picasso ».

Couvrir une toile de peinture lui demandait beaucoup moins d'efforts que de modeler une pierre de Volvic.

C'est à cette époque que l'on parla de la Maison de la Pierre. Un propriétaire d'une ancienne caverne volvicoise abandonnée avait eu l'idée d'en faire une Maison de la Pierre, de même qu'il y avait une Maison des Volcans à Aurillac, une Maison de la Gentiane à Riom-ès-Montagnes, une Maison de l'Herbe près de Saint-Alyre, une Maison du Fromage à Égliseneuve-d'Entraigues. Pourquoi pas une Maison de la Pierre ? Pas question de dégager tout le chantier médiéval ; on se contenta d'un hectomètre carré. Ce qui exigea néanmoins l'enlèvement de 10 000 mètres cubes de débris. On reboucha un effondrement de la voûte, mura les deux sorties, reconstitua les ténèbres dans lesquelles s'échinaient les anciens carriers à la clarté fumeuse de leurs torches. Ainsi fut organisé un « spectacle son et lumière » de quarante minutes. Ralph, Francine et Marcel ne manquèrent pas de s'y rendre.

Devant la porte d'entrée de fer, Allemands, Anglais, Belges, Hollandais attendaient leur tour. Des Français crachaient des noyaux de cerises. Ralph fut le seul Américain. La porte enfin s'ouvrit, les laissa entrer, se referma. Les voici plongés dans une fraîcheur surprenante et une obscurité totale. Une voix sortit de l'ombre :

— Mesdames, messieurs, vous vous trouvez ici sous une coulée de lave descendue il y a cent mille ans du puy de la Nugeyre…

Les petits enfants serraient le cou, la main ou les jambes de leur mère. On les prévint qu'ils allaient entendre les bruits vrais d'une éruption enregistrée *in vivo*, très loin de l'Auvergne, dans les entrailles d'un volcan de Sumatra en pleine activité.

— N'ayez pas peur ! Ce ne sera rien d'autre qu'une bande magnétique !

Des veilleuses s'allumèrent au ras du sol, balisant le parcours à suivre dans cette descente aux enfers. On marchait sur quelque chose d'indéfinissable et de gluant. On comprit ensuite qu'il s'agissait d'une piste en béton, souillée de terre et bordée de cordes comme la passerelle d'un navire.

318

— Avancez sans crainte ! recommanda un guide, en ajoutant aux loupiotes le faisceau étroit de sa lampe de poche.

La foule progressait à pas précautionneux. Le volcan de Sumatra commença ses éructations. Les yeux des spectateurs s'habituaient peu à peu à la rare clarté. Ils arrivèrent dans une immense caverne. Au centre, se dressait une colonne irrégulière, tel un os de jambon mal rongé. D'ici avaient été extraites une partie de la cathédrale de Clermont, l'église de Montferrand, la Sainte-Chapelle et le Marthuret de Riom. Des lueurs rouges ou bleues soulignaient les reliefs. Dans cet antre avaient peiné, six siècles auparavant, les pauvres tireurs de lave de Volvic, à mains nues, les pieds dans leurs gros sabots, la tête sous les chapeaux de feutre offerte aux éboulements, aux éclats qui volaient ou qui tombaient, comme dans les mines des chercheurs d'or.

Ralph, qui avait un peu lu la *Divine Comédie* prêtée par son ami Piazzoni, les imaginait aussi comme ces damnés de l'enfer :

> *Qui vid'io gente piu che altrove troppa,*
> *E d'une parte e d'altra, con grandi urli,*
> *Voltando pesi per forza di poppa...*

« Là je vis des gens plus nombreux qu'ailleurs, D'un côté et de l'autre, poussant de grands cris, Roulant des poids à force de poitrine... »

Des lampes dissimulées projetaient sur les parois les ombres fantastiques des visiteurs. Sur leurs têtes, malgré la sécheresse extérieure du mois de juin, pleuvaient les sources de la voûte. Mais il s'agissait d'eau de Volvic, filtrée par six couches de cendre et de pouzzolane. Comme le champagne, elle mouille mais ne tache pas.

Le volcan sumatranais donna plus fort de la gueule. La pétarade, les explosions devinrent terrifiantes. La progression des visiteurs se fit difficile, il fallut descendre des marches, en remonter d'autres. Tout à coup, un mammouth dégringola sur Stalkner, l'applatit contre la muraille suintante en poussant un juron néerlandais. Ralph rentra la tête dans le cou, se cramponna aux cordes comme il put. Le Hollandais grogna des mots incompréhensibles qui devaient être des excuses.

On arriva enfin dans un amphithéâtre aux gradins inondés. Pour protéger les fondements de la clientèle, un guide disposa dessus des feuilles de plastique mousse. Quand tout le monde fut assis, un écran s'illumina et régala le public d'un montage audiovisuel qui racontait la coulée de la Nugeyre, la beauté des volcans en éruption, la terreur émerveillée des témoins préhistoriques, l'histoire des travailleurs de la pierre.

Enfin, une lumière acceptable revint. À trois places à sa droite, Ralph reconnut le Batave qui avait failli l'écrabouiller et qui ne l'honora ni d'un mot ni d'un regard. Au sortir de la caverne, la tête encore pleine de grondements et les épaules humides, on traversa une sorte de parvis où se trouvaient rassemblés divers ouvrages d'andésite sculptée, une vieille bergère, un cheval tirant sa charrette, trois Grâces auvergnates, un enfant dans son berceau, un Vercingétorix au casque pourvu d'ailes. Ayant retrouvé le grand soleil, les visiteurs se détendaient, riaient de leurs frayeurs, se photographiaient les uns les autres devant des pierres utilitaires travaillées au marteau-piqueur par une ligne de trous rapprochés comme les timbres-poste. Ils allèrent se désaltérer au chalet d'accueil de la *Société des eaux de Volvic*. Car l'eau y coulait gratis à pleins verres et, par un miracle digne des noces de Cana, y avait le goût de l'orange, du citron, du pamplemousse ou du cassis. À moins qu'on ne la préférât naturelle et pure. « L'eau minérale la plus pure du monde », se prétendait-elle. Et de plus remplie de bulles, *volvillante*.

On pouvait aussi s'abreuver sans crainte à la fontaine de la Reine qui coulait un peu plus haut. Un guide en raconta l'histoire. Cet ouvrage, chef-d'œuvre d'un compagnon sculpteur du XVIIᵉ siècle, se dressait naguère devant l'hôtel-Dieu de Clermont. En 1814, après la première chute de Napoléon, la duchesse d'Angoulême, fille unique survivante de Louis XVI, dite

Madame Royale, visitait l'Auvergne où de forts sentiments monarchistes subsistaient. À l'entrée de Montferrand, elle fut accueillie par un arc de triomphe, une compagnie d'infanterie, un discours du maire. Or voici qu'un groupe de jeunes hommes, portant le plastron blanc des vignerons endimanchés, détèle les chevaux du carrosse, se met dans les brancards et tire la voiture pour honorer l'illustre passagère. Ainsi gagnent-ils aux Montferrandais leur surnom éternel de Mulets blancs. Ils arrivent au galop à l'octroi de Clermont, se dirigent vers la préfecture au milieu des ovations et des rires, font une halte devant l'hôtel-Dieu car ils ont soif. Avant de boire à l'eau de la fontaine, ils offrent un gobelet de leur propre vin à Son Altesse.

— Non, merci, mes amis, dit-elle en souriant. Le vin n'est pas mon affaire. Mais je veux bien, si vous me la présentez, boire une tasse de l'eau de cette fontaine.

La duchesse la trouva délicieuse. Ainsi la fontaine fut-elle, un peu abusivement, baptisée « fontaine de la Reine ».

— Il y a quelques années, acheva le guide, des aménagements de voirie condamnaient la fontaine de la Reine à disparaître. À être jetée aux ordures, après tant d'autres œuvres sculpturales. Par bonheur, les *Sources de Volvic* ont adopté cette orpheline, l'ont déménagée pierre par pierre, l'ont reconstruite près du Goulet, la veine mère d'où jaillit la volvillante[1].

— Si j'étais encore en âge d'avoir une fille, dit Stalkner, (je rappelle que j'ai un garçon), je la prénommerais *Spring*, « Source », bien que ce prénom n'existe pas au calendrier, pour la vouer à la pureté, à la limpidité, à la fraîcheur, à la générosité.

---

1. À présent, la fontaine de la Reine est redescendue à Clermont, en face de l'hôtel-Dieu.

20

Autres « échauffures »

Un jour que Ralph Stalkner procédait à un mélange de ses couleurs avant de les répandre sur des toiles, il fut importuné par une mouche. Une mouche obstinée qui tournait autour de lui, sans produire le moindre ronron. Il essayait de la chasser de la main gauche, elle revenait du côté droit. Il en parla à son beau-frère.

— C'est ce qu'on appelle une mouche volante, répondit Marcel. Une toute petite échauffure. En réalité, elle est logée au fond d'un de tes yeux, sur la rétine. Tu n'arriveras point à t'en débarrasser.

— Y a autre chose, dit Ralph. Regarde mes mains. Le dessus, pas le dessous… Ces traces bleues comme si je m'étais cogné… J'ai pris des gants, elles se forment quand même.

— Je vois ce que c'est. On les appelle des « fleurs de cimetière ».

— C'est très encourageant. Je me cogne aussi contre les portes. Je perds mes lunettes.

— Après tout, il vaut mieux que tu consultes un médecin.

Et il s'éloigna en chantonnant un moqueur refrain patois : « *Le Touène, ol ho fouè venhi en médechi Ke l'ho pas gari...* L'Antoine a fait venir un médecin qui ne l'a pas guéri. »

Francine prit la chose plus sérieusement. Elle appela le docteur Tournilhac, la quarantaine achevée, spécialiste de toutes les échauffures. Celui-ci fit coucher Ralph de tout son long sur une table, regarda ses yeux avec une loupe, examina ses mains, l'ausculta par-devant et par-derrière, compta les battements de son cœur.

— Quatre fois vingt ans, conclut-il, ce n'est pas un âge pour mourir. Vous avez une tache sur une rétine, personne ne pourra vous l'enlever. Supportez patiemment les voltigements de cette mouche volante. J'en ai une moi-même au fond de l'œil droit. Votre cœur est encore bon, mais le sang est un peu épais. Faites de l'exercice. Marchez autour de Chauriac.

— Avec ma femme, je suis allé à Volvic, à la Maison de la Pierre.

— Très bonne idée. Mais allez plus haut. Par exemple au sommet du puy de Dôme. Respirez fort. L'air y est d'une pureté exceptionnelle. Restez-y plusieurs heures. Faites-y une cure d'air pur.

Faire à pied l'ascension par le chemin des Muletiers dépassait leurs forces. L'abbé Charmasson accepta de les y transporter dans sa voiture nouvelle, une Deuche, une Deux-Chevaux, en suivant la route à péage. Elle tournait autour du puy comme un tire-bouchon, avec une forte déclivité.

— Pourquoi « puy » ? demanda Francine.

— Le mot dérive du latin *podium*, qui signifie « colline ». Quant à « Dôme », il ne vient pas de *domus* qui signifie « maison », mais de *doumias*, mot celte qui signifie sans doute « qui échappe à la grêle ». Le mont Doumias est une montagne sans grêle.

Lorsqu'ils furent au sommet, regardant autour d'eux, ils admirèrent la longue ligne des volcans, avec ou sans cratère, dont le « mont sans grêle » était le patriarche. Couverts de forêts pleines d'écureuils, ou de prairies broutées par des vaches ou des moutons. Plus bas, la Limagne, fille du limon, toute en blés ou en champs de maïs, qui se perdait à l'horizon après avoir nourri Clermont-Ferrand, Riom, Maringues, Issoire, que l'Allier abreuvait de ses courbes.

L'escouade stalknérienne atteignit la cime extrême, après avoir traversé les ruines d'un temple à Mercure et constaté que des ouvriers mettaient la dernière main à une tour de télévision. Ralph se remplissait les poumons d'air pur et se demandait si les Auvergnats ne mettraient pas un jour l'air pur en bouteilles comme ils faisaient de l'eau de Volvic.

— Savez-vous, dit Charmasson, que la première émission de télévision, en direct et en couleurs, eut lieu l'an 1170 sur cette cime ?

— Vous plaisantez !

— Je raconte. En ce temps-là, existait ici une chapelle consacrée à saint Barnabé, desservie par deux ou trois moines, dont l'un était Robertsen, moine de Cantorbéry, formé dans cette ville anglaise riche d'un archevêché à l'époque où l'Angleterre était toute catholique. Ce Robertsen avait une grande admiration pour Thomas Becket, ce fils de Normands, formé dans les écoles d'Oxford, de Paris, d'Auxerre, de Bologne, qui avait su se faire estimer du roi d'Angleterre, Henri II, pour son habileté, son savoir, son énergie. Ils devinrent des amis intimes quoique le roi fût de quinze ans son cadet. Il fut fait grand chancelier du royaume et dut combattre certains privilèges ecclésiastiques. Sur ces entrefaites, l'archevêque de Cantorbéry vint à mourir. Henri II proposa Becket à ce siège, le pape l'y nomma. Il dut dès lors défendre les privilèges qu'il avait précédemment attaqués au nom du souverain. Leurs relations se détériorèrent. Becket donna sa démission de chancelier. En même temps, il incitait le pape à excommunier le roi d'Angleterre. « Eh quoi ! s'écria

Henri II en fureur et en langue française. Cet homme qui a mangé mon pain, qui est venu sans sou ni maille à ma cour, voilà que pour me frapper aux dents, il dresse son talon ! J'ai du chagrin au cœur. Personne ne me vengera donc de ce clerc ? » Quatre chevaliers entendirent ces paroles et se présentèrent à Cantorbéry. À leur vue, les serviteurs de l'archevêque l'engagèrent à barricader ses portes. Mais Becket refusa, disant : « La maison de Dieu ne doit être fermée à personne. » Les chevaliers le massacrèrent, puis firent main basse sur les objets précieux de la cathédrale. Il n'y a pas de petits bénéfices. Le corps fut enterré le lendemain dans la crypte. Sa tombe devint immédiatement un lieu de pèlerinage, de miracles, de visions. Or pendant que se déroulait en Angleterre cette séquence shakespearienne, un des ermites résidant au sommet du puy de Dôme dans la chapelle de saint Barnabé, Robertsen, en eut la vision précise et simultanée au cours de sa prière nocturne. Dès le lendemain, il la raconta à ses collègues. Ainsi, il est parfaitement légitime d'affirmer que le premier essai historique de télévision en couleurs et en direct est parti du sommet du mont Doumias un soir de l'an 1170. Malheureusement, il n'eut qu'un seul spectateur. Et personne ne veut y croire. La véritable tour télévisuelle fut installée en 1971.

— Un autre Beckett est venu beaucoup plus tard, dit Francine, avec deux *t*, prénommé Samuel. Mais il était irlandais et sans aucun lien avec Thomas.

Ralph Stalkner respira de toutes ses forces au sommet du mont Doumias. Mais la longue promenade le fatigua. Il ne bénéficia d'aucun miracle. « Un jour, se dit-il, j'irai peut-être à Cantorbéry me confier à Thomas Becket en personne. » Ils redescendirent vers la Deuche qui les ramena fidèlement à Chauriac. Ralph garda la compagnie obsessionnelle de la mouche volante. Des taches bleues continuèrent de fleurir le dessus de ses mains. Un matin, voulant se lever, il tomba du lit, sans grand mal, sauf l'humiliation. Francine l'aida à se remettre debout. Il consomma sa soupe coutumière.

Une semaine plus tard, elle le trouva en pleurs devant son chevalet.

— Je ne peux plus peindre, avoua-t-il. Mon barbouillage n'a aucun sens. Je ne serai point Picasso.

Il se mit à lire. Il s'abonna au *New World Writing*. Il découvrit les poètes du jour, Wallace Stevens, Nelson Bentley, Albert Herzing, les traduisit en français plus ou moins adroitement, recopia leurs textes dans un cahier. Ainsi de Donald Hall, ce poème d'*Excuses* :

Now with my single voice I speak to you.
I do not hear an echo to my voice.
I walk the single path that heroes do
And climb the mountain which is my own choice[1].

« Maintenant, avec ma seule voix, je vous parle. Je n'entends point d'écho à ma voix. Je suis le seul chemin que suivent les héros, Et je gravis la seule montagne que j'ai choisie. »

C'est à l'âge de vingt-cinq ans que Donald Hall fut présenté sur le fameux troisième programme de la BBC. En 1951, il obtint le *Lloyd McKim Garrison*, prix de poésie à Harvard. En 1970, il s'était fait éditeur de poésie dans *The Paris Review*.

Ralph Stalkner peinait à suivre et à comprendre les poètes modernes. Francine lui mit entre les mains un recueil de poèmes japonais, des haïkus déjà traduits en français. Il s'en régala comme si elle lui avait offert une platée de prunes mûres, fendues par le soleil, prêtes à tomber du prunier :

> *Les nuages filent*
> *comme le sable*
> *matins d'automne*
> SHIKI

---

1. Donald HALL, *Exiles and Marriages*, Viking Press, 1955.

L'arracheur de raves
avec une rave
montre le chemin
ISSA

Aujourd'hui aussi
la mort se rapproche
fleurs sauvages
ISSA

Le vent d'automne
n'a pas d'égards
pour moi l'orphelin
ISSA[1]

— Chaque poème est composé en japonais de vingt-sept syllabes. Les traducteurs ont cherché à respecter cet usage. Essaye de composer toi aussi ces sortes de poèmes, sans trop te soucier du nombre de syllabes. Ce ne seront pas des haïkus japonais, mais des strophicules auvergnates, dit Francine.

Il s'y essaya :

Le chemin des bois
s'en va là-bas
plein de mystères

Donnons-nous la main
nous avons pris
le bon chemin

---

1. Traduits par Vincent Brochard.

Le soleil me dit
en se couchant
que j'ai trop erré

La pie jacasse
le merle siffle
et l'homme dégoise

Une mouche dans mon œil
elle montera peut-être
avec moi au ciel

Une nuit, Ralph rêva qu'il était reçu Là-Haut par un chœur d'anciens imagiers volvicois, en sabots cerclés de fer sous la longue chemise de nuit dont sont vêtues les âmes éternelles. Ils le conduisirent sur leur chantier céleste, disant dans leur langage :

— Nous t'y attendions, petit frère, pour mener plus avant notre ouvrage.

— À quoi travaillez-vous en ce moment ?

— À perfectionner les portes du paradis.

— Je suis aussi sculpteur d'images. Je vous propose ma collaboration.

— Que sais-tu faire ?

— Reproduire à ma façon, inspiré par de grands modèles, des œuvres illustres. C'est par exemple ce que j'ai fait en bas avec la *Diane au cerf* de Jean Goujon. Il existe déjà une *Porte du paradis* à Florence, près du Dôme, œuvre de Lorenzo Ghiberti qui y travailla vingt-sept ans.

À vrai dire, ma cervelle, mes mains n'inventent pas beaucoup. Mais je ne suis pas un vrai copiste, un élève seulement des grands maîtres.

— Nous connaissons la *Porte du paradis* de Ghiberti. Mais nous ne voulons ni marbre ni bronze ni andésite. Nous travaillons dans le spirituel. Nous ne pouvons donc accepter ton style.

À ce refus, Ralph se réveilla. Il ouvrit les yeux. Il reconnut au plafond un lustre en bois de poirier qu'il avait fabriqué vingt-quatre années auparavant, lors de son installation à Chauriac. « Toute mon existence, se dit-il, je n'aurai fait que des ouvrages provisoires, j'ai essuyé maints refus. Jamais je n'aurai accompli la grande chose que Dagda exige pour me rendre éternel. »

Il se leva, s'habilla péniblement, s'installa au soleil devant la porte du jardin. Des cumulus bourgeonnaient dans le ciel, en compagnie de quelques altocumulus. Francine parut pour dire « Viens déjeuner ». Elle le trouva levant les mains vers le ciel, les doigts écartés, en train de pétrir quelque chose.

— Qu'est-ce que tu fais ?

— Je sculpte les nuages.

Elle télégraphia à Peter Stalkner : *Viens vite si tu veux voir vivant ton père encore une fois. Il sculpte les nuages.*

21

Mille excuses

L'abbé Charmasson dans sa soutane noire rendit visite à son ami Ralph Stalkner. Il le trouva enfoncé dans un banc à lattes de jardin en train d'observer le ciel. Ils se tutoyaient.

— Que fais-tu là, vieux frère ?

— Je regarde les nuages.

— C'est une agréable occupation.

— Ils sont ma matière première, plus facile à modeler que la pierre de Volvic. Regarde celui-là, au-dessus du puy de Dôme, j'en ai fait un poisson.

— C'est très exact.

— Et cet autre qui s'en va au loin vers l'océan, j'en ai fait un vaisseau. Une galère remplie de prisonniers. On les transporte à Cayenne parce qu'ils n'ont point combattu.

— Moi non plus, je n'ai pas combattu, j'ai soigné des blessés, je leur ai donné les sacrements. Je n'ai pas été un héros, je m'en excuse.

— Tu as quand même porté l'uniforme ?

— Oui, une année seulement, de 1939 à 1940. Je n'ai pas été fait prisonnier.

— Tu as été sacrément veinard !

— À propos de sacrements, te plairait-il que je t'en confère un, qu'on appelle chez les catholiques l'extrême-onction ? C'est le dernier de nos sacrements, il lave de tous les péchés qu'on a pu commettre, on se présente tout pur au jugement de Dieu. Mais il ne fait pas mourir.

— Je ne suis pas catholique. J'ai été élevé par une servante noire, Virginia, qui se disait presbytérienne.

— As-tu été baptisé ?

— Je n'en sais rien.

— Tu n'as donc aucune religion embarrassante ?

— Seulement celle de la pierre, de la sculpture, de la peinture. Le désir d'embellir ma maison, d'embellir San Francisco, d'embellir la Californie.

— Et les péchés ?

— Quels péchés ?

— Il y a les tout petits, qu'on qualifie de véniels, et les très gros, les capitaux : l'orgueil, la colère, la luxure, la gourmandise, la paresse, l'avarice, l'envie.

— Considère que je les ai tous commis. Sans compter les petits.

— Acceptes-tu que je t'accorde l'extrême-onction ? Si elle ne te fait pas de bien, elle ne te fera aucun mal.

L'abbé tira de sa poche un petit flacon contenant de l'huile. Il en versa quelques gouttes dans une coupelle, y trempa trois doigts, avec lesquels il oignit à peine les paupières, les narines, les oreilles, la bouche, les mains, les pieds du malade en prononçant des paroles latines.

— Le latin est la langue de Dieu, dit Ralph.

— Dieu comprend toutes les langues.

Il y eut un long silence. Puis Stalkner :

— Excuse-moi, je suis essoufflé.

— Nous avons trop parlé, dit le père.

Il fit en l'air une croix qui était une bénédiction. Lui aussi était un sculpteur de nuages.

Marcel venait pareillement tenir compagnie à son beau-frère assis sur le banc à lattes.

— Comment vas-tu ?

— Comme je peux.

— C'est déjà assez bien.

Marcel n'était pas un bavard, il n'avait pas grand-chose à demander, à raconter. Ils restaient longtemps muets. Ralph demeurait la tête renversée, le visage tourné vers le ciel, les yeux clos.

— Veux-tu jouer à Pigeon vole ? proposa Marcel.

— Qu'est-ce que c'est que ça ?

— Un petit jeu. Si je dis « Pigeon vole », tu

dois lever le doigt, parce qu'un pigeon, ça vole. Si je dis « Âne vole », tu ne dois pas le lever, parce qu'un âne ne vole pas. Et tu as perdu.

— C'est trop compliqué. Je pense que je n'y arriverai pas. Je te présente mille excuses.

Au cimetière de Chauriac, Francine avait acheté une parcelle de terrain payable à la mairie. Les prix variaient suivant la durée, pour vingt ans, pour cinquante ans, pour cent ans, pour l'éternité. Elle l'avait prise pour l'éternité. Deux mètres de long, un mètre et demi de large.

— En creusant assez profond, avait précisé le secrétaire de mairie, on peut y tenir à quatre, facilement.

— Si tu veux, proposa Markus à sa sœur, je peux creuser la fosse. Je ne demande aucun salaire. Tu me nourriras simplement le temps de la besogne.

Elle avait accepté. Il prévoyait que le trou aurait bientôt un occupant. Il se mit à creuser de bon cœur. « C'était le travail de l'oncle Ferman, se rappela Francine, selon ce que Ralph m'a raconté. »

La terre était grasse et pleine d'escargots, comme la souhaitait Baudelaire. Les occupants y dormiraient tranquilles, ignorant les problèmes de la surface et ceux des nuages. C'était le mois de novembre de l'année 1973. Les hirondelles tenaient congrès sur les fils télégraphiques et se préparaient à partir vers le Maroc. Les oies sauvages étaient déjà passées, disposées en escadrilles comme les avions bombardiers, en poussant de lugubres *crois-crois-crois*. Marcel se disait : « Je croirai si je veux… » À l'intérieur de la fosse, il disposa des briques, jusqu'à former quatre murailles. Il comptait établir au-dessus un quadrilatère en pierre de Volvic, puis un couvercle de béton armé. Le tout serait une tombe honorable, sans crucifix, puisque Ralph n'avait jamais vraiment nourri une pensée chrétienne.

Il n'eut pas le temps d'achever. Un matin du début de décembre, Ralph Stalkner oublia de se réveiller. Oublia de vivre davantage. Le médecin appelé lui tâta les mains et le front, ausculta son cœur qui ne battait plus et signa un permis d'inhumer. Francine s'effondra en larmes sur le corps de son mari, remplit de baisers ses joues maigres, joignit ses doigts ; découpa une large mèche de sa chevelure blanche.

Les obsèques eurent lieu trois jours plus tard, sans passer par l'église. Beaucoup de Chauriacois et de Chauriacoises suivirent quand même le corbillard, en prononçant la phrase traditionnelle :

— Notre Américain s'est laissé mourir. C'était un grand artiste.

L'abbé Charmasson suivait, tout au bout de la file, en costume profane. Le cercueil fut descendu au fond de la fosse. Chaque présent laissa tomber dessus une poignée de terre auvergnate. Francine rentra chez son frère, laissant inoccupée la maison du sculpteur, son totem, ses pierres abandonnées. Les autres femmes, après l'avoir embrassée, regagnèrent leur chacunière. Les hommes, pour se remonter, allèrent boire un coup de vin de Dallet dans le bistrot *Au bon coin*.

Quelques jours plus tard, Peter vint d'Oakland où il habitait, présentant beaucoup d'excuses et un bouquet de bruyère :

— J'ai été retenu par mon journal qui m'avait confié un reportage sur Charlie Chaplin. Dans ce métier, on ne fait pas ce qu'on veut.

Marcel avait terminé le couvercle en béton armé.

— C'est une belle tombe, dit Peter en y déposant son bouquet. Toute simple, comme il l'aurait voulue.

Du bout des lèvres, il demanda pardon à son père de ce retard :

— Quand on est lié à un journal, on n'est pas libre de ses mouvements. Charlie Chaplin ne disposait que d'une heure.

Il rencontra Francine. Elle lui expliqua qu'elle était la demi-propriétaire de l'ancienne ferme où Ralph avait travaillé un quart de siècle.

— Soyez tranquille, dit Peter. Je ne vous en chasserai point. Disposez-en comme si elle était entièrement à vous.

Puis il repartit pour Oakland.

22

Les oiseaux

Marcel Mazeil acheva son travail en peignant à l'encre de Chine sur la tranche du couvercle le nom et les dates de l'occupant : *RALPH STALKNER 1884-1973*.

Il prit un dernier repas chez sa sœur et regagna son domicile, disant :

— Si tu as encore besoin de moi, je suis à ton service.

Francine cita un proverbe auvergnat :

— « Une main lave l'autre et toutes deux lavent la figure. »

Elle devait rester dans cette vaste maison où tout portait la trace de Ralph, le dossier des chaises, les portes des placards, le chambranle des fenêtres, les marches des escaliers, les peintures abstraites accrochées aux murs. Les murs du salon, où elle recevait sa clientèle espérée, étaient tapissés de patchworks. Des voisines compatissantes lui rendaient visite, apportant des *milhars* aux cerises que les Limousins nomment « clafoutis », des tartes aux pommes. Chacune racontait ses propres ennuis. Francine ne parlait guère, écoutait beaucoup. Quoique peu croyante, elle allait quelquefois à l'église, rencontrer l'abbé Charmasson. Il venait aussi, admirait les patchworks, les chambranles sculptés. Les jours où personne ne venait, où elle restait seule avec elle-même et ses souvenirs, elle se demandait à quoi lui servait de vivre encore à soixante-quatorze ans passés, sans enfants, sans petits-enfants, presque sans parenté. Elle reçut une réponse un matin de printemps de l'année 1974.

Elle avait laissé une fenêtre ouverte par où elle distinguait le clocher de Chauriac, composé de pierres multicolores assemblées, tout pareil à un patchwork lui-même. Un frôlement soudain traversa la pièce, accompagné d'une criaillerie pénétrante. Elle referma la fenêtre. Un oiseau venait d'entrer, un bec court et pointu, une plage jaune sous les ailes, le ventre blanc parsemé de taches sombres. Elle l'identifia : une grive. Très appréciée des chasseurs : faute de grives, on mange des merles. Une grive prisonnière à présent. Elle tournoyait dans la pièce, poussant un *tsip, tsip, tsip* infiniment répété.

Peut-être cette sorte qu'on nomme grive musicienne. Caroline, la mère de Francine, enseignait à ses élèves les différents jargons que pratiquent les oiseaux. L'hirondelle de fenêtre fait *svitt, svitt, svitt*, et *tsivitt* lorsqu'elle est inquiète. Le moineau domestique fait *piap, piap, piap*. Le rouge-gorge *tictictictic*. Le geai des chênes produit des *shreik, shreik* avec un accent germanique. Ayant exploré le salon, la grive se posa sur un buffet, haletante, considérant avec stupeur les lieux où elle se trouvait. Ne produisant plus aucune musique. « Que vais-je faire de cette créature ? » se demanda Francine. Elle connaissait la théorie de Charles Darwin sur l'évolution des espèces. Notre ancêtre le plus ancien est un poisson, le cœlacanthe, qui a remplacé ses nageoires abdominales par des ailes, devenant un exocet, ou poisson volant. Au bout de quelques millions d'années, l'exocet est devenu un oiseau complet, couvert de plumes, pourvu d'un bec, de deux ailes et de deux pattes. L'évolution se poursuit. L'oiseau remplace ses plumes par des poils, ses ailes par deux bras et deux jambes, son bec par une bouche parlante. L'évolution se poursuit encore, il est capable de devenir professeur d'université, décoré de la Légion d'honneur. Francine se dit qu'elle avait donc devant elle un arrière-arrière-arrière grand-père qui avait refusé d'évoluer davantage. L'homme, depuis toujours, est fasciné par l'oiseau, par sa faculté de voler, par son plumage coloré, par son chant. À tel point qu'il a voulu l'imiter, en se couvrant de cire et de plumes comme Icare, en créant des machines volantes. Les humains sont parvenus à traverser l'Atlantique par les airs comme les cigognes ; mais jamais aucun d'eux n'a réussi à pondre un œuf.

Francine courut chez son frère et lui demanda de confectionner une cage où enfermer sa grive musicienne. Dès le lendemain, il apporta l'objet, une cage si spacieuse qu'elle eût pu contenir un porcelet. Ils la garnirent d'une nourriture abondante et variée, vers de terre, chenilles, mûres sèches, petits escargots. La grive se tenait toujours sur le buffet de chêne minutieusement sculpté, muette. Elle habitait normalement les forêts à épais sous-bois, les parcs et les jardins, préférait la montagne à la plaine. Elle tournait autour d'elle ses yeux noirs et pétillants comme deux perles, le bec hermétiquement fermé.

— Elle va mourir de faim et de soif, dit Francine, si nous n'arrivons pas à l'enfermer.

Marcel s'approcha d'elle à pas muets, enleva sa casquette, la jeta sur la grive. Elle s'envola, atterrit sur le lustre, d'où elle dominait tout le champ de bataille comme Napoléon à Austerlitz. Lorsqu'ils allumèrent le lustre, elle s'enfuit, se posa ailleurs. La chasse se poursuivit une heure ou deux. Marcel réussit enfin à s'emparer d'elle dans un filet à papillons, au bout d'un manche. Il la tint entre ses deux grosses mains, toute palpitante, serrée contre son cœur. Peu à peu, elle s'apaisa. Il mit entre ses lèvres moustachues un demi-abricot, éleva l'oiseau vers sa bouche, retenu par les pattes. Elle mangea l'abricot par petites becquées. Ce fut ensuite une tranchette de fromage. Ils firent de même. Il l'introduisit enfin dans la cage dont il referma le portillon.

— Ouf ! dit Francine.

— Me voici, dit son frère, promu nourrice de ta grive.

Tous deux consommèrent leur soupe et allèrent se coucher. Lorsque le lendemain elle se leva, elle courut sur ses pieds nus examiner l'oiseau. Il se tenait abattu, au fond de la cage, en pleine dépression. « Aucune créature, se dit-elle, n'est faite pour vivre prisonnière, ni les hommes ni les animaux. Ni le pélican brun, l'huîtrier de Bachman, l'aigrette neigeuse que j'ai vus à Alcatraz. » Elle ouvrit le portillon de la cage, saisit délicatement la grive, lui présenta ses lèvres avec une tranche de melon. La grive en fit grand profit. On lui laissa la permission de voleter tout à son aise. Les fenêtres demeuraient soigneusement closes.

Le dressage dura des semaines. Francine parlait à sa grive comme à une amie de passage ; elle l'avait baptisée Colombine :

— Si j'ouvre une fenêtre, est-ce que tu reviendras ? Regarde : moi, je me suis envolée pour l'Amérique, et je suis revenue. Connais-tu la fable *Les Deux Pigeons* ?

344

Elle la lui récita : « Deux pigeons s'aimaient d'amour tendre... » Elle demanda :

— As-tu un frère ou une sœur ?

Colombine ne fit aucun geste de la tête qui aurait pu dire oui ou non. Francine imita son cri habituel *tsip tsip tsip*. La grive battit des ailes et se posa sur le chignon de sa gardienne, enfonçant ses ongles dans les cheveux. Elles se promenèrent ainsi un moment une sur l'autre.

— Quel dommage que Peter ne soit point ici pour nous photographier !

Un jour, alors qu'elle consommait une omelette aux pommes de terre, entre midi et quatorze heures en buvant du Coca-Cola, la grive se posa sur la table et se mit à picorer les miettes de pain. Francine se garda bien de la déranger. Elle lui présenta au contraire des coquilles d'œuf vide, dont Colombine se régala. Elle remercia en prononçant des *tsip tsip tsip*.

Après un mois de cette compagnie, Francine et Marcel eurent l'audace d'entrouvrir la fenêtre. Colombine y alla, flaira du bec cet espace, mais n'insista point pour emprunter cette demi-ouverture. Elle regagna même sa cage dont le portillon restait toujours ouvert. Le surlendemain, le frère et la sœur écartèrent tout à fait les deux battants. La grive musicienne y vint, mais resta sur l'appui. Lorsque Francine imita son *tsip-tsip*, elle revint.

Les jours suivants, à cette expérience renouvelée, elle sortit, ouvrit les ailes et fila vers le clocher à patchwork, se posa sur un relief. Elle y rencontra plusieurs moineaux domestiques, avec qui elle sembla engager une conversation. Sans doute ne parlaient-ils pas la même langue car elle parut assez vite s'en lasser. Et que fit-elle ? Après avoir trois ou quatre fois fait le tour du clocher, elle revint chez Francine et rentra dans la cage de Marcel.

L'adoption fut achevée. Dans l'ancienne ferme de Ralph, Francine ne se sentait plus veuve esseulée. Elle apprit l'identité officielle de sa petite compagne : *turdus philomelus*. Ne pas confondre avec *turdus iliacus*, grive mauvis, ni avec *turdus merulator*, merle buveur de vin.

Elle ne laissait point Colombine sortir la nuit, craignant qu'elle ne perdît le chemin du retour. De la fenêtre ouverte, elle contemplait seule, égoïstement, le firmament au-dessus de Chauriac. L'été était la saison la plus riche en étoiles. Celles-ci se multipliaient avec une fécondité comparable à celle des lampyres. À tel point que beaucoup de bébés étoiles en excès pleuvaient du ciel. Les survivantes, solidement accrochées au plafond céleste, éclairaient la nuit sans lune. « Moi, se disait Francine tristement, je n'ai jamais eu d'autre bébé que Colombine. »

En 1976, elle trouva sa grive musicienne les

346

pattes en l'air, morte d'on ne sait quoi dans sa cage. Elle essaya vainement de la remplacer.

Elle-même mourut d'un cancer à l'hôpital de Billom en 1978. Au père Charmasson, quoique peu croyante, elle avait confié son désir d'avoir des obsèques religieuses, avant d'aller dormir éternellement près de son mari défunt. Devant la tombe de Ralph, l'abbé prononça ces paroles :

— Je recommande au Seigneur de prendre ces deux âmes ensemble. Elles ont toujours vécu si près de la Beauté qu'elles ne pouvaient, sans le savoir, être bien loin de Dieu.

Saint-Maurice, le 30 octobre 2012.

Table

Du même auteur :

Romans

Le Chien du Seigneur, Paris, Plon, 1952 (prix Populiste, 1953)
Les Mauvais Pauvres, Paris, Plon, 1954
Les Convoités, Paris, Gallimard, 1955
L'Immeuble Taub, Paris, Gallimard, 1956, Bartillat, 2001
Le Fils de Tibério Pulci, Paris, Robert Laffont, 1959, ou *La Combinazione*, Paris, Julliard, 1988
La Foi et la Montagne, Paris, Robert Laffont, 1962 (prix des Libraires, 1962)
Le Péché d'écarlate, Paris, Robert Laffont, 1966 (prix de la *Revue indépendante*, 1968)
Des chiens vivants, Paris, Julliard, 1967 ; Presses de la Cité, 2010
La Garance, Paris, Julliard, 1968, AEDIS, 2000
Une pomme oubliée, Paris, Julliard, 1969
Le Point de suspension, Paris, Gallimard, 1969
Un front de marbre, Paris, Julliard, 1970
Un temps pour lancer des pierres, Paris, Julliard, 1974

Le Voleur de coloquintes, Paris, Julliard, 1972 (prix Maupassant, 1974)

Le Tilleul du soir, Paris, Julliard, 1975

Le Tour du doigt, Paris, Julliard, 1977

Les Ventres jaunes, Paris, Julliard, 1979, Presses de la Cité, 2007

La Bonne Rosée, Paris, Julliard, 1980, Presses de la Cité, 2008

Les Permissions de mai, Paris, Julliard, 1980, Presses de la Cité, 2009

Le Pays oublié, Paris, Hachette, 1982

La Noël aux prunes, Paris, Julliard, 1983 (prix de la Bibliothèque de prêt du Cantal, 1984)

Les Bons Dieux, Paris, Julliard, 1984

Avec flûte obligée, Paris, Julliard, 1986

La Dame aux ronces, Paris, Presses de la Cité, 1989

Juste avant l'aube, Paris, Presses de la Cité, 1990

Un parrain de cendre, Paris, Presses de la Cité, 1991

Le Jardin de Mercure, Paris, Presses de la Cité, 1992

L'Impossible Pendu de Toulouse, Paris, Fleuve noir, 1992

Gens d'Auvergne, Paris, Omnibus, 1992

Y a pas d'bon Dieu, Paris, Presses de la Cité, 1993

La Soupe à la fourchette, Paris, Presses de la Cité, 1994

Un lit d'aubépine, Paris, Presses de la Cité, 1995

Suite auvergnate, Paris, Omnibus, 1995

La Maîtresse au piquet, Paris, Presses de la Cité, 1996

Le Saintier, Paris, Presses de la Cité, 1997

Le Faucheur d'ombres, Paris, France Loisirs, 1998

Le Grillon vert, Paris, Presses de la Cité, 1998

La Fille aux orages, Paris, Presses de la Cité, 1999
Un souper de neige, Paris, Presses de la Cité, 2000
Auvergne encore, Paris, Omnibus, 2000
Les Puysatiers, Paris, Presses de la Cité, 2001
Dans le secret des roseaux, Paris, Presses de la Cité, 2002
La Rose et le Lilas, Paris, Presses de la Cité, 2003
L'Écureuil des vignes, Paris, Presses de la Cité, 2004
Une étrange entreprise, Paris, Presses de la Cité, 2005
Le Temps et la Paille, Paris, Presses de la Cité, 2006
Le Semeur d'alphabets, Paris, Presses de la Cité, 2007
Un cœur étranger, Paris, Presses de la Cité, 2008
Les Délices d'Alexandrine, Paris, Presses de la Cité, 2009
Une vie en rouge et bleu, Paris, Calmann-Lévy, 2010
Le Dernier de la paroisse, Paris, Calmann-Lévy, 2011
Les Doigts bleus de la pluie, Paris, Presses de la Cité,
   2011
Le Choix d'Auguste, Paris, Calmann-Lévy, 2012
Les Cousins Belloc, Calmann-Lévy, 2014

Biographies

Hervé Bazin, Paris, Gallimard, 1962
Sidoine Apollinaire, Clermont-Ferrand, Volcans, 1963
Pascal l'insoumis, Paris, Perrin, 1988
Les Montgolfier, Paris, Perrin, 1990
Qui t'a fait prince ?, Paris, Robert Laffont, 1997
Aux sources de mes jours, Paris, Presses de la Cité, 2002

Histoire

La Vie quotidienne dans le Massif central au XIXe siècle,
Paris, Hachette, 1971 (prix de l'Académie française, 1972)
Histoire de l'Auvergne, Paris, Hachette, 1974
La Vie quotidienne contemporaine en Italie, Paris,
Hachette, 1973
Les Grandes Heures de l'Auvergne, Paris, Perrin, 1977
*La Vie quotidienne des immigrés en France de 1919 à
nos jours*, Paris, Hachette, 1984
Le Pape ami du diable, Monaco, Le Rocher, 2002

Essais

Les Greffeurs d'orties, Paris, La Palatine, 1958
Grands Mystiques, Paris, Pierre Waleffe, 1967
Solarama Auvergne, Paris, Solar, 1972

Nouvelles

Avec le temps…, Paris, Presses de la Cité, 2004

Divertissements

Riez pour nous, Paris, Robert Morel, 1972 (prix Scarron,
1972)
L'Auvergne et son histoire, BD, dessins d'Alain Vivier,
Roanne, Horvath, 1979
Célébration de la chèvre, Paris, Robert Morel, 1970,
Coralli, 1997
Cent clés pour comprendre le feu, Paris, Robert Morel,
1973

Les Zigzags de Zacharie, Saint-Germain-Lembron, CRÉER, 1978

Fables omnibus, Paris, Julliard, 1981, ou *Les Fables de Jean Anglade*, Riom, De Borée, 2009

Confidences auvergnates, Étrepilly, Bartillat, 1993

L'Auvergne aux tisons, Luzillat, Coralli, 1994

Auvergnateries, dessins de Jacques Poinson, Chamalières, Canope, 1994

La Bête et le Bon Dieu, Paris, Presses de la Cité, 1996

Le Faon sans héritage, Vichy, AEDIS, 1996

Abécédaire auvergnat, Luzillat, Coralli, 1997

Le Pain de Lamirand, Riom, De Borée-Coralli, 2000

Albums

L'Auvergne que j'aime, Paris, SUN, 1973

Drailles et burons d'Aubrac, Paris, Le Chêne, 1980

L'Auvergne et le Massif central d'hier et de demain, Paris, Delarge, 1981

Clermont-Ferrand d'autrefois, Lyon, Horvath, 1981

Clermont-Ferrand fille du feu, Seyssinet, Xavier Lejeune, 1990

Les Auvergnats, Paris, La Martinière, 1990

Mémoires d'Auvergne, Riom, De Borée, 1991

L'Auvergne vue du ciel, Riom, De Borée, 1993

Trésors de bouche, Riom, De Borée, 1990

Mon beau pays la Haute-Loire, Riom, De Borée, 1998

L'Auvergne de Jean Anglade, Riom, De Borée, 2007

Traductions de l'italien

Le Prince, de Machiavel, Paris, Le Livre de Poche, 1985

Le Décaméron, de Boccace, Paris, Le Livre de Poche, 1979

Les Fioretti, de saint François d'Assise, Paris, Le Livre de Poche, 1983

Le Convoi du Brenner, de Ruggero Zangrandi, Paris, Robert Laffont, 1962

La Religieuse de Monza, de Mario Mazzucchelli, Paris, Robert Laffont, 1962

Poésie

Chants de guerre et de paix, Attichy, Le Sol Clair, 1945

Théâtre

Le Cousin des îles, scénario d'après *Les Bons Dieux*

Films

Une pomme oubliée, réalisation de Jean-Paul Carrère
Les Mains au dos, réalisation de Patricia Valeix
Le Manuscrit du dôme, DVD
À l'école de ma vie, DVD

Cassettes

Contes et légendes d'Auvergne, Paris, Nathan
Si Lempdes m'était chanté, Mairie de Lempdes, Puy-de-Dôme

Vidéocassettes

Mémoires d'Auvergne (Films Montparnasse)
Le Tour de France des métiers, Auvergne (BETA Production)

Le Livre de Poche s'engage pour
l'environnement en réduisant
l'empreinte carbone de ses livres.
Celle de cet exemplaire est de :
350 g éq. CO_2
PAPIER À BASE DE   Rendez-vous sur
FIBRES CERTIFIÉES   www.livredepoche-durable.fr

Composition réalisée par PCA

Achevé d'imprimer en février 2015 en France par
CPI BRODARD ET TAUPIN
La Flèche (Sarthe)
N° d'impression : 3009597
Dépôt légal 1re publication : mars 2015
LIBRAIRIE GÉNÉRALE FRANÇAISE
31, rue de Fleurus – 75278 Paris Cedex 06